GENEVA LEE

# ROYAL DANGER

*Autorin*

Geneva Lee ist eine hoffnungslose Romantikerin und liebt Geschichten mit starken, gefährlichen Helden. Mit der »Royal«-Saga, der Liebesgeschichte zwischen dem englischen Kronprinzen Alexander und der bürgerlichen Clara, traf sie mitten ins Herz der Leserinnen und eroberte die internationalen Bestsellerlisten im Sturm. Geneva Lee lebt zusammen mit ihrer Familie im Mittleren Westen der USA.

GENEVA LEE

# ROYAL
# Danger

Roman

Band 11

Deutsch von Charlotte Seydel

blanvalet

Die Originalausgabe erschien 2020 unter dem Titel »Breathe Me«
bei Ivy Estate, New York.



MIX
Papier aus verantwortungsvollen Quellen
FSC® C014496
www.fsc.org

Klimaneutral*
Druckprodukt
ClimatePartner.com/14044-1912-1001

Penguin Random House Verlagsgruppe FSC® N001967

1. Auflage

einem Unternehmen der Penguin Random House Verlagsgruppe GmbH,
Neumarkter Str. 28, 81673 München
Redaktion: Susann Rehlein
Umschlaggestaltung und -motiv:
© Johannes Wiebel | punchdesign,
unter Verwendung von Motiven von stock.adobe.com (FC, pacrovka)
LA · Herstellung: sam
Satz: Uhl + Massopust, Aalen
Druck und Bindung: GGP Media GmbH, Pößneck
Printed in Germany
ISBN 978-3-7341-1151-8
www.blanvalet.de

*Für diejenigen, die kämpfen –*
*für sich, für andere, für die Liebe:*
*Gebt niemals auf.*

# 1

*Smith*

Der Weg zur Hölle war mit Renovierungsstaub gepflastert. Ich stolperte über eine gefährlich abgestellte Holzsäge und sah zu, dass ich an den zwei Männern vorbeikam, die sich über den Fugenmörtel für die hintere Küchenwand stritten. Wenn ich nicht aufpasste, wurde ich noch in diese verdammte Debatte hineingezogen. In meinen zehn Jahren als Anwalt hatte ich genug Streitereien erlebt, um zu wissen, dass manche Schlachten es nicht wert waren, ausgefochten zu werden, insbesondere wenn es um Fliesen ging. Ich hatte nur eine Sache im Kopf – eine *Person* –, und ich hatte keine Lust, mit jemandem zu sprechen, bevor ich sie gesehen hatte. Ich ließ meine Frau Belle äußerst ungern einen Tag lang mit einem ganzen Handwerkertrupp allein. Zum einen, weil sie sich immer wieder neue Aufgaben ausdachte, die im Haus noch zu erledigen waren, aber vor allem, weil ich sie begehrte. Nicht dass ich ihr nicht vertraut hätte, ich wollte sie nur eben am liebsten ganz für mich allein haben. In den letzten

Tagen hatte ich sie mit zehn Handwerkern, einem Vorarbeiter und den Hausangestellten teilen müssen. Vorbei waren die glorreichen Tage, in denen ich sie gevögelt hatte, kaum dass wir die Halle unseres Londoner Stadthauses betreten hatten. Das hatte ich gewusst, als ich darauf drängte, aufs Land zu ziehen. Ich hatte nur nicht damit gerechnet, dass ich sie in dem Chaos noch nicht einmal finden könnte, von vögeln ganz zu schweigen.

Fünf Monate lang hatten wir nach dem perfekten Anwesen gesucht und waren dabei immer wieder aneinandergeraten. Es hatte sich herausgestellt, dass wir sehr gegensätzliche Bedürfnisse hatten. Sie wollte eine heimelige Atmosphäre. Ich wollte eine moderne Küche. Sie wollte unbedingt einen Swimmingpool. Ich hasste Pools. Sie wollte höchstens eine Autostunde von London entfernt sein. Ich wollte sie so weit wie möglich von dieser Stadt wegbringen. Diesen Wunsch hatte ich allerdings nie geäußert. Doch zweifellos ahnte Belle, dass ich sie nicht nur von der chaotischen Stadt, sondern auch von ihrem Freundeskreis fernhalten wollte. Ich liebte ihre Freunde fast so sehr wie sie selbst, sie waren wie eine Familie für uns, aber beste Freunde der Monarchie zu sein machte uns zur Zielscheibe. Es war an der Zeit, ein neues Kapitel aufzuschlagen. So weit waren wir uns einig, auch wenn wir uns über alles andere stritten.

Schließlich hatten wir ein Haus gekauft, das so viele unserer Kriterien wie möglich erfüllte, und was nicht passte, wurde herausgerissen. Thornham Park war im späten sechzehnten Jahrhundert erbaut und alle paar Jahrzehnte modernisiert worden, um die neuesten Annehmlichkeiten wie Sanitäranlagen einzubauen sowie den Launen der verschiedenen Besitzer gerecht zu werden. Sussex lag für meinen Geschmack vielleicht nicht weit genug von London entfernt, aber das Anwesen bot ansonsten alles, was Belle sich wünschte, und erfüllte den einzigen Punkt, auf dem ich bestand: dass wir aus London wegzogen.

Wie sich herausstellte, waren fünf Monate Auseinandersetzungen mit einer hormongesteuerten Schwangeren ein Klacks im Vergleich zum Umgang mit Handwerkern. Allmählich vermutete ich, dass das die ganze Zeit ihr Plan gewesen war. Solange das halbe Haus in Trümmern lag, kehrten wir immer wieder in unser Haus in Holland Park zurück, um uns zu erholen.

Eine schnelle Suche auf dem Gelände blieb erfolglos. Ich hätte es Belle nicht verdenken können, wenn sie angesichts der anhaltenden Kakofonie von Bohren, Hämmern und Sägen, die aus der Küche dröhnten, die Flucht ergriffen hätte. Der Umbau war fast abgeschlossen, aber es würde noch Monate dauern, bis wir das gesamte Anwesen auf den neuesten Stand gebracht hatten. Wir hatten uns auf die wichtigsten Elemente konzentriert: unser Schlafzimmer und das Bad, die Küche und den Wohnbereich und natürlich das Kinderzimmer. In den letzten Wochen waren wir gependelt. Belle hatte sich ein paar Tage in der Woche um ihre Patentochter Elizabeth gekümmert, um ihre beste Freundin zu unterstützen, und ich regelte in London die letzten Geschäfte. Da das Baby jeden Tag kommen konnte, hatte ich Belle endlich davon überzeugt, den größten Teil ihrer Sachen herzuschaffen. Jetzt musste ich sie nur noch davon überzeugen, länger als einen Abend am Stück hierzubleiben.

Zwanzig Minuten später hatte ich alles abgesucht, und mir blieb nichts anderes übrig, als den Teil des neuen Hauses aufzusuchen, den ich am wenigsten mochte: den Pool. Es schien Ironie des Schicksals zu sein, dass wir endlich das perfekte Landhaus in der Nähe von London – Belles Wunsch – gefunden hatten, mit allen Sicherheitsmerkmalen, auf denen ich bestanden hatte, nur um dann festzustellen, dass es einen verdammten Pool im Keller gab. Der Zufall hinterließ einen bitteren Geschmack in meinem Mund. Im Haus meiner Familie in Kensington, in dem ich aufgewachsen war, nachdem wir aus Schottland weggezogen waren, hatte es ebenfalls einen Pool im Keller gegeben. Meine Erinnerungen an diesen Pool waren davon überschattet, dass ich darin die Leiche meines Vaters gefunden hatte. Ich war froh gewesen, den alten Kasten nach unserer Hochzeit zu verkaufen und mit Belle nach Holland Park zu ziehen. Auch ohne die düsteren Erinnerungen an mein Elternhaus war ich nicht begeistert von einem Pool, insbesondere weil wir ein Kind haben würden, aber ich konnte nicht leugnen, dass das Anwesen ansonsten perfekt war.

Als ich die feuchtwarme Luft in der unteren Etage spürte, fand ich sie. Sie zog ihre Bahnen im Pool, das Wasser um sie herum schlug kleine Wellen, und ihr wohlgeformter Hintern wölbte sich über der Oberfläche und bot mir eine kleine Privatvorstellung. Belle trug nicht einen Fetzen Stoff am Leib. Das Haus war voller Handwerker, und sie badete hier unten nackt. Ich spürte, wie auf vertraute Weise das Blut in meine Lenden pumpte. Egal, wie oft ich sie sah, wie oft ich sie vögelte oder liebte, es war immer dasselbe. Ich wollte nur noch mehr.

Sie erreichte die geflieste Wand mir gegenüber und hielt sich am Rand fest. Wassertropfen perlten ihren Rücken hinunter, als sie ihr nasses Haar schüttelte.

»Willst du mich weiter anstarren, du perverser Kerl?«, rief sie mit hoher Stimme und machte sich nicht die Mühe, sich umzudrehen.

»Ich weiß meinen wertvollen Besitz zu würdigen.« Ich würde

mich nicht dafür entschuldigen, dass ich meine Frau bewunderte. Weder ihr noch sonst jemandem gegenüber. Sie war die Verkörperung all meiner Träume.

Schließlich warf Belle mir über die Schulter ein verschmitztes Grinsen zu, als ob sie genau wüsste, was ich dachte, dann drehte sie sich um, um mir einen Blick auf ihre Vorderseite zu gewähren. Ihre ehemals kleinen kecken Brüste hatten sich zu prallen Kugeln entwickelt, deren dunkle Nippel darum bettelten, von mir in den Mund genommen zu werden. Ich griff nach unten, um meinen Schwanz zu richten, und ließ meinen Blick unter die Wasseroberfläche zu ihrem gewölbten Bauch wandern, in dem unser Kind heranwuchs. Sie war schon immer so hübsch gewesen, wie ihr Name es andeutete, aber jetzt war sie die verdammt schönste Frau auf dem Planeten.

»Wenn eine Frau von Blicken schwanger werden könnte …«, scherzte sie, strich sich über den Bauch und zwinkerte mir zu.

»Komm her.« Ich lockte sie mit dem Zeigefinger. »Ich will dir etwas zeigen.«

»Ich glaube, ich kann es von hier aus sehen«, sagte sie trocken, biss sich jedoch in die Unterlippe.

Grinsend blickte ich an mir hinunter. »Was für eine schmutzige Fantasie Sie haben, Mrs. Price.«

»Was für einen Riesenschwanz Sie haben, Mr. Price«, schnurrte sie.

»Wie kannst du das von da drüben erkennen?« Ich griff nach dem Handtuch, das sie auf der Chaiselongue liegen gelassen hatte, und hielt es hoch. »Ich will dich kein zweites Mal bitten müssen, meine Schöne.«

Selbst aus der Ferne sah ich, wie vorfreudige Schauer ihren Körper überliefen. Ein vertrauter Ausdruck huschte über ihr

Gesicht. Ich hatte sie aufgefordert, zu mir zu kommen. Sie hatte sich widersetzt. Ich hatte sie gewarnt. Wir wussten beide, was als Nächstes kam.

Belle rührte sich nicht.

»Meine Schöne«, knurrte ich.

Sie genoss es fast so sehr, mich in Rage zu bringen, wie sie es genoss, gemaßregelt zu werden. Es war unsere eigene Art von Vorspiel. »Ich sollte wirklich rauskommen«, sagte sie mit einem Seufzer. »Ich glaube, heute Nachmittag kommen noch ein paar Bewerberinnen.«

Ich war nach wie vor nicht davon überzeugt, dass wir ein Kindermädchen brauchten. Wir hatten das Thema immer wieder besprochen. Die Idee, jemand Fremdes so nah an unser Kind heranzulassen, gefiel mir nicht. Aber keiner von uns beiden konnte sich rund um die Uhr um das Baby kümmern. Belle plante, ihr Start-up *Bless*, einen Verleih für Couture-Mode, um ein separates Abonnement für Babykleidung zu erweitern. Ihre Geschäftspartnerin war seit Kurzem zusätzlich damit betraut worden, sich um unser jüngstes Problem zu kümmern, den Halbbruder von König Alexander. Ich plante, eine Anwaltskanzlei im Ort zu eröffnen, was absolut seriös aussehen würde und mir eine Ausrede verschaffte, künftig nicht mehr im Auftrag der Krone ermitteln zu müssen. Es war an der Zeit, dass wir uns auf uns und unsere Familie konzentrierten, damit würden wir alle Hände voll zu tun haben. Aber ich hatte in den letzten paar Jahren – im Grunde mein ganzes Leben lang – zu viel erlebt, um zu glauben, dass es so einfach sein konnte. Ich fasste nicht leicht Vertrauen in Menschen, und das aus gutem Grund. Ich konnte mir schlicht nicht vorstellen, dass wir jemanden finden würden, den ich für vertrauenswürdig hielt.

»Du machst dir Sorgen«, unterbrach Belle meine Gedanken und glitt durch das Wasser zu den Eingangsstufen. Langsam und vorsichtig stieg sie sie herauf. Mit jeder Stufe wurde mehr von ihrem üppigen Körper sichtbar und traten meine Bedenken ein Stück weiter in den Hintergrund.

»Jetzt nicht mehr«, versprach ich und strich mit der Zunge über meine Unterlippe. »Jetzt entscheide ich nur noch, was ich zuerst mit dir anstelle.«

»Ich habe nicht getan, was du gesagt hast«, betonte sie mit einem verruchten Funkeln in den blauen Augen. Ich hatte richtig vermutet, sie wollte bestraft werden.

Ich legte ihr das Handtuch um die Schultern.

»Was soll ich nur mit dir machen, meine Schöne?«, fragte ich und zog an dem Frotteetuch, in dem sie gefangen war, bis sie so nah war, wie es ihr schwangerer Körper zuließ.

Belle legte den Kopf in den Nacken, ihr Haar tropfte auf ihre Schultern, sie lächelte. »Alles, was du willst.«

In diesem Fall brauchten wir das Handtuch nicht. Ich rieb damit über ihre nackte Haut, bis sie trocken war, und hielt inne, um sie einen Moment lang zu betrachten. »Ist dir kalt?«

»Nein.« Aber sie zitterte.

Ich hob eine Augenbraue.

»Vielleicht ein bisschen«, gab sie zu.

Ich ließ meine Hand zwischen ihre Schenkel gleiten und drängte ihre Beine auseinander, damit ich über ihre von der Lust feuchte Haut streichen konnte. »Ich kann dich aufwärmen.«

»Aber ich habe dir nicht gehorcht«, murmelte sie und wand sich.

Meine Handfläche zuckte bei der Einladung. Ich beugte mich hinunter, strich mit meinen Lippen über ihren Mund und dann weiter über ihre Kieferpartie bis zu ihrem Ohr. »Ich habe nicht gesagt, dass ich dich nicht bestrafen werde. Dir wird an einigen Stellen bald ziemlich warm werden.«

Ein Hüsteln brach den Bann zwischen uns, und ich fuhr herum und stellte mich zwischen meine Frau und den Eindringling.

»Ich bitte um Verzeihung.« Humphrey, unser neuer Butler, hielt den Blick sorgsam auf den Boden gerichtet. Sein leicht gerötetes Gesicht war ebenso kantig und korrekt wie der Frack, den er trug. »Sie haben einen Gast. Ich habe sie in den östlichen Salon gebracht. Ich dachte, bei den Arbeiten in der Küche …«

»Danke«, unterbrach ich ihn. »Wir kommen gleich hoch.«

»Ich lasse etwas Tee bringen«, schlug er vor, wobei sein Blick immer noch am Boden klebte.

Nach diesem Zwischenfall würde ich einen Whiskey brauchen. Humphrey verbeugte sich, dann drehte er sich um und stieg die Treppe zum Erdgeschoss hinauf.

»Wir werden nie auch nur ein bisschen verdammte Privatsphäre haben«, brummte ich.

»Wessen Idee war es, London zu verlassen und aufs Land zu ziehen?«, erinnerte mich Belle, die sich von mir entfernte, während sie ihr Handtuch zurechtrückte, um sich vollständig zu bedecken.

»Ich will einen Neuanfang«, sagte ich. Fort aus London. Fort aus der geschäftigen Stadt. Nach allem, was uns widerfahren war, hatte Belle zugestimmt, allerdings nicht ganz so bereitwillig. Zum Glück verfügte ich jedoch über diverse Methoden, sie zu überreden – wenn wir nur einen Moment für uns hatten.

»Wollen wir Mary Poppins kennenlernen?« Belle streckte ihre Hand aus und lenkte meine Aufmerksamkeit auf das zurück, worum es eigentlich ging: unsere Zukunft. Ihre, meine und die unserer Tochter.

Ich würde mich an das Personal gewöhnen, und das Personal würde sich daran gewöhnen, uns so anzutreffen.

»Gehen wir, meine Schöne.« Ich nahm ihre Hand und führte sie zum Aufzug. Wir traten hinein, und ich drückte den Knopf für die erste Etage. »Ich begrüße sie. Komm zu uns runter, wenn du angezogen bist.«

Als wir die erste Etage erreichten, trat Belle in den Flur, dann drehte sie sich um und streckte eine Hand vor, um zu verhindern, dass die Aufzugtüren zuglitten. »Es ist doch richtig, oder? Dass wir herziehen?«

Ich hörte nur die Frage, die sie eigentlich stellte: Können wir die Vergangenheit hinter uns lassen?

Ich lächelte, dann tat ich etwas, wozu ich bei meiner Frau selten das Bedürfnis verspürte: Ich log. »Ja. Hier wird alles einfacher. Du wirst sehen.«

Sie nickte, als ich mich aus dem Aufzug lehnte, um sie zu küssen, doch ihr Körper blieb starr, und in dem Moment wurden mir zwei Dinge klar: Sie wusste, dass es eine Lüge war, aber sie hatte gehofft, mir glauben zu können.

»Ich bin in ein paar Minuten unten«, versprach sie.

Die Türen schlossen sich, und sie verschwand aus meinem Blickfeld. Ich hatte versprochen, sie zu beschützen, und fast hätte ich dafür mein Leben geopfert. Daran würde sich nichts ändern, aber bald musste ich auf zwei aufpassen. Das war hier leichter, fern von dem Chaos, das in unserem königlichen Freundeskreis herrschte.

# 2

*Belle*

Sobald ich aus der Kabine in den Korridor trat, in dem mein Refugium, wie ich es gern nannte, lag, begrüßten mich die Geräusche der Bauarbeiten im Erdgeschoss. Ich watschelte den Flur hinunter in den Ostflügel und schloss die Schlafzimmertür hinter mir. Für einen Moment lehnte ich mich von innen gegen das Holz und zog das Handtuch fest um meinen Körper. Das Leben in einem schönen Haus auf einem großen Anwesen war nicht gerade ein Zuckerschlecken. Da ich auf einem aufgewachsen war, bis ich aufs Internat ging, wusste ich, was ein solches Anwesen an Personal erforderte. Es war weise von meinem Mann, dass er darauf bestanden hatte, einen Butler, einen Koch, einen Gärtner und eine Haushälterin einzustellen. Er hatte sich um alles gekümmert – um fast alles.

Im Moment war es schwer vorstellbar, wie ruhig dieses Haus bald sein würde. Aber sobald der Polier und seine Leute ihre Arbeit beendet hatten, würden nur noch wir beide hier sein.

Der nächste Nachbar war mehrere Kilometer entfernt, und in den Ort brauchte man mit dem Wagen eine Viertelstunde. Die Aussicht, hier mit meiner Familie zu leben, hätte mich glücklich stimmen müssen. Das hatte ich schließlich gewollt: Kinder mit Smith. Das wollte ich immer noch, aber ich konnte nicht umhin, mir Gedanken darüber zu machen, wie viel ich dafür aufgab. Ich hatte ihm sogar beinahe vorgeschlagen, ein Haus im Umkreis meiner Mutter zu suchen, nur damit ich jemanden in der Nähe hatte, den ich kannte. Aber ich wusste im Grunde, dass das eine schlechte Idee war.

»Kopf hoch, Soldat«, murmelte ich mir selbst zu. Ich warf das Handtuch aufs Bett und machte mich auf den Weg ins Bad, wo ich die Dusche anstellte und mich daran erinnerte, dass dies einer der vielen Gründe war, warum dieses Haus das Opfer wert war. Das gesamte Bad war entkernt, die Sanitäranlagen erneuert worden. Die Toilette sah aus wie in einem Fünf-Sterne-Resort. Smith hatte darauf bestanden, dass es genau meinen Vorstellungen entsprach, damit ich während des restlichen Umbaus einen Rückzugsort und nach der Geburt des Babys einen ruhigen Platz zum Entspannen hatte. Ich hatte mich für Carrara-Marmor entschieden, weil seine schlichte Eleganz nie aus der Mode kommen würde. Eine Badewanne für zwei Personen bot einen Blick auf die sanften Hügel hinter dem Haus. Die beiden Waschbecken lagen einander an einem langen Toilettentisch gegenüber, der von Kronleuchtern beleuchtet wurde. Nicht nur der Boden, sondern auch eine Wand war ganz mit den eleganten weißen Marmorfliesen gekachelt, davor befand sich die große ebenerdige Dusche. Eine einzelne Glasscheibe trennte die zwei Regenduschen vom übrigen Raum ab. Es war schwierig gewesen, einen Platz für die Seife zu schaffen, ohne die Wirkung zu zerstören. Schließlich war ein kleines Regal in die Wand eingelassen worden, in dem wir unsere Sachen verstauen konnten. Ich hatte den Raum so gestaltet, dass Smith und ich gleichzeitig duschen konnten. Angesichts dessen, wie regelmäßig er sich mit unter meine Dusche gesellte, hätte auch eine genügt.

Ich steckte mein Haar hoch und stieg unter die Dusche in der Hoffnung, meine Bedenken wegzuspülen, bevor ich mich mit den potenziellen Kindermädchen traf – ein weiteres Zugeständnis, das ich meinem beschützenden Ehemann gegenüber gemacht hatte. Wir hatten beide ein Geschäft zu führen. Ich hatte überlegt, meiner Geschäftspartnerin meine Hälfte an *Bless*, einem Couture-Kleiderverleih, zu verkaufen, aber ich konnte mir nicht vorstellen, ganz darauf zu verzichten. So sehr ich auch Mutter sein wollte, meine Identität wollte ich nicht völlig aufgeben. Da spürte ich einen heftigen Tritt in meinem Bauch, der mir den Atem raubte, als hätte mein kleines Mädchen bereits eine eigene Meinung zu diesen Dingen.

»Du könntest mich doch später zur Arbeit begleiten«, säuselte ich, strich kreisförmig über meinen immer größer werdenden Bauch und kassierte einen weiteren Tritt. »Wir Mädels müssen zusammenhalten.«

Ich sah einfach nicht ein, warum ich nicht beides sein konnte: Mutter und Geschäftsfrau. Meine beste Freundin schaffte es ja sogar, Mutter und Königin von England zu sein.

»Mit jeder Menge Personal«, erinnerte ich mich mit einem Seufzer und stellte das Wasser ab. Sogar Clara hatte anfangs ein Kindermädchen. Seit William auf der Welt war, hatte ich ihr geholfen. Frauen brauchten Frauen. Es machte mich nicht zu einer schlechten Mutter, wenn mir jemand half, und es machte mich nicht zu einer schlechten Unternehmerin, wenn ich ein

Baby hatte. Ausgeglichenheit war sowieso eine Illusion. Das hatte ich in meinem ersten Jahr in der eigenen Firma gelernt.

Weil ich in Gedanken gewesen war, war mein Haar zu nass geworden, um es offen zu tragen, und ich hatte keine Zeit, es zu trocknen. Ich steckte es zu einem Knoten zusammen, trat in mein Ankleidezimmer, nahm einen blauen Seidenschal und band ihn mir kunstvoll um den Kopf. Den Großteil meiner Umstandskleider bewahrte ich in London auf, wo ich sie für Geschäftstreffen und meine Besuche im Palast brauchte. Auf dem Land entschied ich mich in der Regel für eine bequemere Garderobe, die es mir erlaubte, über Baumaterialien zu klettern, durch das hohe Gras hinter dem Anwesen zu streifen oder mich zu entspannen, nachdem die Handwerker gegangen waren. Aber heute wollte ich einen guten Eindruck machen, und dafür eigneten sich Overalls und Pullover nicht. Ich schnappte mir eine dehnbare schwarze Leggings und zog sie an, wobei ich kaum das Gleichgewicht halten konnte, als ich den hohen Bund nach oben und über meinen runden Bauch zog. Je weiter die Schwangerschaft voranschritt, desto schwieriger wurde es, die einfachsten Dinge zu tun. Ich verließ meine Seite des Ankleidezimmers und ging zu Smith', wo ich ein einfaches weißes Oxford-Hemd fand. Ich zog es an, knöpfte die ersten paar Knöpfe zu und knotete es dann knapp über dem Bund der Leggings. Ich schlüpfte in ein Paar Samt-Birdies, das Beste, was meinen Füßen in den letzten drei Monaten passiert war, und beschloss, dass das genügte. Immerhin besser, als in Jogginghosen aufzutauchen.

Ich schnappte mir mein Telefon vom Nachttisch und machte mich auf den Weg zur Treppe, hielt jedoch inne, als ich eine Nachricht bemerkte.

Clara: *Wann kommst du zurück? Vielleicht können wir uns alle zusammen zum Lunch treffen?*

Ich holte tief Luft, unsicher, wie ich reagieren sollte. Mit »alle« meinte sie Edward und mich. Lunch mit Clara bedeutete, nach Buckingham zu fahren. Sie hatte ein Neugeborenes, daran ließ sich nichts ändern. Ich wusste zufällig, dass Edward sie vermisste und gern mit ihr essen und seinen neuen Neffen sehen würde. Aber in Buckingham war eben auch Alexander, und ganz gleich wie sehr Edward seine Schwägerin und Freundin liebte, nichts konnte ihn dazu bringen, einen Fuß an den Ort zu setzen, an dem Alexander lebte. Das war schon seit Wochen so, und ich konnte es ihm nicht verübeln. Ich hatte aufgehört, ihn zu fragen, wann er wieder mit seinem Bruder sprechen würde, aus Angst, dass er mich auch noch aus seinem Leben ausschließen könnte. Und jemand musste schließlich ein Auge auf ihn haben.

Ich schrieb zurück, dass ich es noch nicht sagen könne, wohl wissend, dass ich ein schwierigeres Gespräch damit nur aufschob. Ich scrollte durch meine Nachrichten, um zu sehen, ob Edward auf meine letzte freundliche Frage geantwortet hatte, ob er reden wollte. Zwei Worte hatte er geschrieben.

*Alles gut.*

Gut. Mehr erfuhr ich momentan nicht von ihm. Gut? Blödsinn. Es ging ihm nicht gut. Überhaupt nicht. Wem würde es schon gut gehen, wenn er seinen Mann verloren hatte? Zumal unter solchen Umständen. Er war fast nur noch unterwegs, als könnte er so seinen Sorgen entfliehen. Ich wusste nie, wann er in London oder überhaupt in England war, und Clara erwartete, dass ich sie über seinen jeweiligen Aufenthaltsort informierte. Es war mir zutiefst unangenehm, zwischen meinen besten Freunden zu stehen. Und ich fand es schrecklich, dass ich hier draußen feststeckte und die beiden nicht einfach zwingen konnte, sich endlich zusammenzusetzen und miteinander zu reden. Vermutlich fand ich einfach das Gefühl furchtbar, dass mein eigentliches Leben eine Stunde entfernt in London stattfand und ich hier festsaß.

Als ich die Treppe hinunterging, drehte ich die Lautstärke meines Klingeltons herunter und wappnete mich innerlich für das Gespräch. Die Tür zum Wohnzimmer stand offen, ich trat ein und schloss sie hinter mir, um den Baulärm zumindest etwas zu dämpfen.

Smith hielt mitten im Satz inne und drehte sich zu mir um. Sein Blick streifte mich auf eine Weise, die mir immer einen Schauer über den Rücken jagte. Selbst jetzt, bei einer der banalsten Aufgaben überhaupt – einem Vorstellungsgespräch –, spiegelte sich das Begehren in seinen grünen Augen wider. Er sah mich an wie immer: als würde er sich gleich auf mich stürzen und mich an die Wand drängen.

Und bei diesem Blick fühlte ich mich wie immer: Ich sehnte mich danach, dass er genau das tat.

Mein Mann stellte die meisten Männer in den Schatten. Es gab gut aussehende Männer, und dann gab es Smith. Dunkles Haar, einen Hauch dunkler als kastanienbraun, und markante Gesichtszüge, die ihn gottgleich aussehen ließen. Breite Schultern, ein muskulöser Oberkörper – er strahlte eine natürliche Arroganz aus, der ich nicht widerstehen konnte. Anfangs hatte ich es zumindest versucht, nachdem er mich als seine Assistentin eingestellt hatte. Immerhin war ich deutlich später in seinem Bett gelandet, als zu vermuten gewesen war. Nachdem ich ihn jetzt kannte, wünschte ich, ich hätte nicht so lange gewartet. Es gab nur wenige Laster im Leben, die köstlicher waren, als einem so mächtigen und selbstsicheren Mann wie Smith Price zu gehören und von ihm dominiert zu werden. Die Vorstellung, dass ich auch nur einen Moment davon durch meine eigene Sturheit verloren hatte, war beinahe unerträglich. Selbst jetzt war ich kurz davor, ihn ins Bett zu zerren – oder zur nächstbesten freien Oberfläche.

Aber wir hatten einen Gast, und der Art und Weise nach zu urteilen, wie sie ihre unglaublich dünnen Lippen zu einer schmalen Linie zusammenpresste, missbilligte sie… anscheinend alles. Der Rest von ihr war ebenso hart, von der Hakennase bis zu ihrem streng zurückfrisierten Haar. Ich zwang ein warmes Lächeln auf mein Gesicht und ging mit ausgestreckter Hand auf sie zu.

»Das ist meine Frau Belle«, stellte Smith mich vor, und das potenzielle Kindermädchen ergriff derart fest meine Hand, dass ich dachte, sie wolle sie mir abreißen. »Belle, das ist Martha.«

»Freut mich«, sagte ich sanft, was mir nicht mehr als ein Grunzen einbrachte, dann richtete sie ihre Aufmerksamkeit wieder auf Smith. Ich setzte mich zu meinem Mann aufs Sofa.

»Und die Stunden?«, fragte sie und ignorierte mich völlig.

»Das haben wir noch nicht ganz entschieden.« Er sah Bestätigung suchend zu mir.

»Wir brauchen jemanden in Teilzeit«, sagte ich. »Nachdem sie geboren ist und wir eine Weile mir ihr zu Hause waren und uns eingelebt haben.«

»Glauben Sie mir, Sie wollen keine Teilzeitkraft«, sagte sie – nicht zu mir, sondern zu Smith.

Smith legte mir beschwichtigend eine Hand aufs Knie. Spürte er, dass ich die Frau unmöglich fand?

»Ach nein?«, fragte er höflich. Ich kannte diesen Tonfall. Er war Small Talk vorbehalten.

»Beständigkeit ist essenziell. Es dauert ein paar Jahre, bis das Kind zur Schule geht, aber Struktur ist enorm wichtig. Sie sind beide geschäftlich eingebunden. Keiner von Ihnen kann die Hauptbezugsperson sein«, sagte sie und beschrieb die Situation etwas zu treffend. »Jemand muss dafür sorgen, dass Disziplin und Struktur strikt durchgesetzt werden.«

»Ich glaube nicht, dass Babys Disziplin brauchen«, platzte ich heraus. Kinderbetreuung war doch kein Bootcamp.

Marthas vernichtender Blick deutete an, dass sie da anderer Meinung war.

»Das sollte man auf jeden Fall im Hinterkopf behalten«, sagte Smith sanft und drückte zweimal mein Knie, unser Geheimcode für »Lass mich das regeln«. »Wie Sie sehen, sind wir noch dabei, die beste Lösung zu finden, und es wird eine Weile dauern, ehe wir jemanden hier brauchen.«

»Bis zur Geburt müssen jede Menge Vorbereitungen getroffen werden«, beharrte Martha.

»Natürlich, aber wir wollen trotzdem warten, bis die Bauarbeiten abgeschlossen sind.« Smith ging nahtlos von einer Ausrede zur nächsten über. »Wir melden uns.«

Wir standen alle auf, und Smith führte sie aus dem Raum. Als er zurückkam, hob ich fragend eine Augenbraue.

»Wo hast du diese Schreckschraube denn gefunden? Ich dachte, dieser Typ wäre ausgestorben.«

»Ich glaube, man hat sie alle aufs Land verbannt«, sagte er müde. »Bereit für Runde zwei?«

»Glaubst du, die sind alle so?«, fragte ich und überlegte, ob unser Tag voll von missbilligenden Marthas sein würde.

»Das will ich nicht hoffen.«

Unser Wunsch wurde erfüllt, aber anders, als wir es uns erhofft hatten. Unter den Kandidatinnen waren ein paar eher strenge konservative Gouvernantentypen, eine ehemalige Lehrerin und eine amerikanische College-Studentin, die offensichtlich auf ein schnelles Visum aus war. Keine von ihnen passte. Sie alle wollten im Haus wohnen und eine Vollzeitstelle. Das konnte ich ihnen kaum verübeln.

»Will denn keine etwas nebenher machen?«, grummelte ich.

Smith griff nach unten, hob meinen Fuß auf seinen Schoß, zog mir den Slipper aus und begann, meinen Fuß zu massieren. Ein Stöhnen entfuhr mir, und er lachte leise.

»Hör bloß nicht auf«, befahl ich, rollte genüsslich mit den Augen und entspannte mich.

»Nicht aufhören hat dich überhaupt erst in diese Schwierigkeiten gebracht, meine Schöne«, erinnerte er mich in schroffem Ton, der meine Gedanken zu dunkleren Orten wandern ließ, an die nur er mich führen konnte.

»Halt die Klappe und massier mir die Füße.«

Er fügte sich und knetete mit seinen kräftigen Händen den Stress weg, der mich die ganze Woche geplagt hatte. »Vielleicht sollten wir wirklich darüber nachdenken, jemanden Vollzeit einzustellen.«

Ich riss die Augen auf, der Zauber war verflogen. »Was? Nein.« Ich schüttelte den Kopf. »Ich will nicht, dass jemand anders unser Baby großzieht.«

»Das will ich auch nicht«, sagte er beschwichtigend. »Aber ehrlich gesagt, möchte ich auch keine Fremde in ihrer Nähe haben. Woher weißt du, dass du jemandem dein Kind anvertrauen kannst, wenn du ihn nicht kennst?«

»Wir können sie zum Essen einladen«, sagte ich. »Wir müssen ja nicht mit ihr leben.«

»War nur so ein Gedanke.« Aber es war ihm ernst, das hörte ich an seiner Stimme. Später würde er auf das Thema zurückkommen, wenn er sich mit weiteren Argumenten für seinen Standpunkt gerüstet hatte.

»Vielleicht brauchen wir auch gar kein Kindermädchen.«

»Meine Schöne«, sagte er und sprach meinen Kosenamen wie eine Warnung aus. »Das haben wir doch schon besprochen. Du willst *Bless* nicht aufgeben, und ich will auch gar nicht, dass du das tust. Und ich werde mit meiner neuen Kanzlei alle Hände voll zu tun haben.«

»Was hat es für einen Sinn, aufs Land zu ziehen, wenn wir uns nicht entschleunigen? In London wäre es einfach, einen Babysitter zu finden. Jane. Edward. Clara. Sie würden es alle umsonst machen, und wir kennen sie. Außerdem hat Buckingham seine eigene Armee. Unsere Tochter wäre sehr sicher.«

Ich wartete darauf, dass er mir widersprach. Stattdessen widmete er sich meinem anderen Fuß. Er wollte Zeit gewinnen. Ich hatte diesen Punkt schon ein paarmal angesprochen, jedes Mal war er mir eine Antwort schuldig geblieben. Aber wir beide kannten den Grund, warum er nicht in London sein wollte. Er wollte nicht, dass einer von ihnen auf das Baby aufpasste. Er wollte sie nicht in der Nähe haben. In gewisser Weise konnte ich es ihm nicht verübeln. Nach allem, was dort passiert war – uns und denen, die wir liebten –, schien es gefährlich zu sein, in der Stadt zu bleiben. Doch die Stadt war voll von Verbündeten, nicht nur von Feinden. Ich wusste nicht, wie ich ihm das klarmachen sollte.

Die Tür ging auf, und ein dunkler Haarschopf tauchte darin auf. »Oh, bitte entschuldigen Sie. Ich habe geklopft, aber …«

»Kommen Sie rein, Miss …«

»Miss Welter«, sagte sie und trat ein.

Ich zog meinen Fuß zurück und schob ihn in meinen Schuh, und Smith stand auf. Als ich wieder aufsah, machte ich große Augen. Die Frau, die in den Raum kam, konnte nicht älter als zweiundzwanzig sein, und sie war umwerfend. Sie strahlte Selbstbewusstsein aus und trug ein schickes Ensemble, das sich auch in meinem eigenen Kleiderschrank hätte finden können – einschließlich einem Paar Slipper mit Leopardenmuster. Ihr dunkles Haar schwang um ihre Schultern. Sie lächelte mich an. »Ich wollte nicht stören, aber der Butler sagte, ich könnte Sie hier finden.«

»Es ist schrecklich laut da draußen«, sagte ich, als sie uns gegenüber Platz nahm und ihren schwarzen Bleistiftrock glatt strich. »Wir müssen uns entschuldigen. Ich bin Belle. Das ist mein Mann Smith.«

»Nora«, sagte sie und schaute sich im Raum um. »Ihr Haus ist wunderschön. Zumindest die Teile, die schon fertig sind.«

»Danke«, sagte Smith lachend.

»Wird es fertig, bevor das Baby kommt?«, fragte sie und betrachtete meinen Bauch.

»Das hoffe ich«, sagte ich, auch wenn ich diesen Traum schon so gut wie aufgegeben hatte. Das Baby konnte jeden Tag kommen, und es musste noch einiges gestrichen und ein Dutzend kleiner Projekte erledigt werden. »Ich bin mir nicht sicher, ob sich Bauarbeiten und Kleinkinder gut vertragen.«

»Babys können bei allem schlafen«, sagte sie mit einer wegwerfenden Handbewegung und zeigte dabei gepflegte Fingernägel. »Klar, Sie wollen das sicher endlich hinter sich haben. Ich kann mir vorstellen, dass es nicht sonderlich angenehm ist, ständig fremde Leute im Haus zu haben.«

»Ja, das stimmt«, sagte Smith. »Lassen Sie uns beginnen. Also, warum sind Sie an dem Job interessiert?«

»Das hört sich jetzt sicher klischeehaft an.« Sie rollte mit den Augen. »Aber ich liebe Kinder. Ich habe angefangen, auf Lehramt zu studieren. Ich möchte Grundschullehrerin werden, aber ich hab nicht so viel Geld, also dachte ich, ich nehme mir eine kleine Auszeit, spare etwas an und gehe im Frühjahr in Teilzeit zurück an die Uni.«

»Also studieren Sie noch?«, fragte ich.

»Ja. Also, nein. Momentan nicht, meine ich«, sagte sie und wirkte zum ersten Mal seit ihrer Ankunft verunsichert. »Ich will aber zu Ende studieren, und das werde ich auch. Es ist doch eine Teilzeitstelle, oder?«

»Ist das okay?«, fragte ich und rechnete bereits mit ihrer Enttäuschung.

»Ja«, sagte sie strahlend. »In den ersten Monaten, wenn Sie mich womöglich mehr brauchen, kann ich viel für Sie da sein, und im Frühjahr kann ich dann zurück an die Uni gehen. Das Timing ist perfekt.«

Da musste ich ihr zustimmen.

»Erzählen Sie uns mehr über sich«, sagte Smith. »Ihre Bewerbung verrät nicht viel.«

»Ich bin im Norden aufgewachsen. Als ich jünger war, habe ich viel auf Kinder in der Nachbarschaft aufgepasst, doch es kommt mir seltsam vor, potenziellen Arbeitgebern zu sagen, sie sollen die Nachbarn in der Straße anrufen. Ich kann Ihnen aber gern ein paar Namen und Nummern geben, wenn Sie möchten.«

»Das wird nicht nötig sein«, warf ich ein, weil ich wusste, dass mein Mann sie ohnehin genauestens überprüfen würde, wenn er es nicht schon getan hatte.

»Außerdem muss ich gestehen, dass ich Sie gegoogelt habe«, sagte sie.

»Oh.« Ich war mir nicht sicher, was ich davon halten sollte.

»Und ich finde die Idee von *Bless* einfach wunderbar! Die Hälfte der Oufits, in die ich mich in den Läden verliebe, kann ich mir nicht leisten. Sie sind ein Genie.«

»Nein, nicht wirklich.« Ich schüttelte verlegen den Kopf, doch Smith ließ mich nicht entkommen.

»Sie ist bescheiden. Sie ist ein Genie.« Smith' Blick begegnete meinem, und einen Moment lang waren wir die Einzigen im Raum. Als ich mich aus dem Bann löste, bemerkte ich, dass sie uns mit einem verträumten Lächeln beobachtete.

»Sie zwei sind einfach …« Sie presste eine Hand auf ihre Brust. Dann schüttelte sie den Kopf und griff in ihre Tasche. »Oh, ich denke, ich sollte Ihnen das hier geben. Ich bin zertifiziert in Herz-Lungen-Wiederbelebung sowie …«

Ein energisches Klopfen unterbrach sie.

»Entschuldigen Sie«, sagte Smith und drehte sich um. »Ja?«

Die Tür ging auf, und dort stand mit gelbem Schutzhelm auf dem Kopf unser Vorarbeiter Benjamin und machte ein grimmiges Gesicht. »Entschuldigen Sie die Störung, aber wir haben ein Problem.«

»Ein Problem?«, wiederholte Smith und war schon auf den Beinen.

»Sie sollten mit in den Weinkeller kommen.«

Smith folgte ihm zur Tür hinaus, und ich stand auf, hin und her gerissen zwischen dem Wunsch, ihnen zu folgen und meinem Anstand. Ich sah zu Nora, die immer noch ihre Unterlagen in der Hand hielt.

»Ich hatte keine Ahnung, dass Umbauen so aufregend ist«,

gestand ich ihr. »Wollen wir mal sehen, was es jetzt wieder für ein Problem gibt?«

»Ich bin dabei.« Mit einem Grinsen ließ Nora die Papiere auf den Tisch fallen.

Kaum waren wir aus dem Wohnzimmer getreten, fiel mir die gespenstische Stille im Haus auf. Alle Bauarbeiten waren zum Stillstand gekommen. Das konnte kein gutes Zeichen sein.

»Wie lange leben Sie schon hier?«, fragte Nora, als wir die Wendeltreppe hinunter in das Untergeschoss gingen, wo sich der Pool, der Weinkeller und die Lagerräume befanden.

»Wir sind nur ab und zu hier. Die meiste Zeit verbringen wir noch in der Stadt.«

»In London?«, fragte sie aufgeregt. »Da würde ich gern leben.«

»Wir haben dort ein Haus. Ich glaube, wir können das Stadtleben nicht ganz loslassen.«

»Ich liebe London. Sussex hat seine eigenen Reize, aber ehrlich gesagt wüsste ich auch nicht, ob ich die Stadt ganz aufgeben würde«, sagte sie und fügte schnell hinzu: »Natürlich haben Sie einen guten Grund.«

»Sie sollten uns begleiten, wenn wir das nächste Mal hinfahren«, hörte ich mich zu ihr sagen. Ich mochte Nora, und vielleicht war mein neues Kindermädchen, das ich ihnen schließlich vorstellen musste, die Ausrede, die ich brauchte, um Clara und Edward in einen Raum zu bekommen. Allerdings müsste ich einen neutralen Ort finden. Wenn Nora schon die Vorstellung aufregend fand, in London zu leben, war ich mir nicht sicher, ob ein Besuch im Buckingham Palast sie nicht überforderte.

»Oh, sehr gern. Da gibt es einen süßen kleinen Laden für Kindermode …«

»Meine Damen«, schnitt Smith ihr das Wort ab, schlüpfte aus dem Weinkeller und versperrte uns den Weg, »ich denke, wir sollten das Gespräch oben abschließen.«

Ich kannte meinen Mann gut genug, um zu sehen, dass er aufgebracht war. Seine Schultern waren hochgezogen, die Muskeln angespannt – er war ganz klar in Alarmbereitschaft.

»Was ist los?«, fragte ich leise.

Smith drängte uns zurück zur Treppe und schüttelte den Kopf. »Nichts. Ich bin sicher, alles ist gut.«

Gut. Da war es wieder, dieses Wort. Warum bestanden die Leute darauf, *gut* zu sagen, wenn sie eigentlich *beschissen* meinten?

»Was ist da drin?« Ich spähte über seine Schulter, als gerade die Kellertür aufschwang und mir einen Blick auf einen Haufen blasser, elfenbeinfarbener Steine freigab. Instinktiv wandte ich den Kopf ab, noch bevor ich das richtige Wort dafür gefunden hatte: Schädel.

# 3

*Smith*

Mein Weinkeller war nun mit Polizeiband abgesperrt, der Boden war erst zur Hälfte fertig, und es gab keine Hoffnung, dass die Arbeiten bis zum Ende des Monats abgeschlossen sein würden. Ich hatte Belle schon vor Stunden in dem vermutlich vergeblichen Versuch nach oben geschickt, sie zum Hinlegen und Ausruhen zu zwingen. Sie hatte den Anblick eines Haufens von Gebeinen, die in ihrem neuen Zuhause gefunden worden waren, bemerkenswert gut verkraftet. Ich war mir nicht sicher, ob das so bleiben würde.

»Mr. Price.« Detective Longborn, ein untersetzter Mann mit einem Schnurrbart, der besser in ein früheres Jahrhundert gepasst hätte, schlenderte auf mich zu und kratzte sich am Kopf. »Morgen kommt jemand, um die Knochen abzuholen. Tut mir leid, dass wir nicht früher jemanden herschicken können.«

»Den Knochen wird es kaum etwas ausmachen, noch ein wenig zu warten«, erwiderte ich trocken.

»Sieht so aus, als würden sie schon eine Weile dort liegen. Solche Dinge kommen auf so alten Anwesen vor«, sagte er nachdenklich. »Obwohl über Thornham Park tatsächlich Geschichten in Umlauf sind …«

Ich war mir nicht sicher, ob ich mehr hören wollte. »Geschichten?«

»Abergläubischer Unsinn, den man sich im Dorf erzählt. Von Gespenstern und tragischen Vorkommnissen«, sagte er.

»Ist das alles?«, fragte ich erleichtert. Ich glaubte nicht an Geister und Spukhäuser. Wenn ich an Spuk glaubte, dann als Strafe jener, denen wir unrecht getan hatten und die nun unsere Träume heimsuchten. Von solchen Geistern war ich einst verfolgt worden, erst Belles Liebe hatte sie vertrieben. Ich hatte keine Angst vor diesem Haus oder seiner Vergangenheit. »Wenn wir die Ermittlungen irgendwie beschleunigen könnten, wäre ich froh. Meine Frau soll diese Woche niederkommen, und es ist jetzt schon knapp mit den Bauarbeiten.«

»Oh, ich kann mir vorstellen, dass da nichts dran ist. Wir schicken die Knochen ins Londoner Labor, und ich melde mich. Solange Sie nicht noch mehr Geheimnisse ausgraben, sollte es schnell gehen.« Longborn zwinkerte mir zu, und ich zwang mich zu einem Lächeln.

Ich hatte viele Geheimnisse und fragte mich unwillkürlich, ob eines Tages, in Jahrzehnten, vielleicht Jahrhunderten, irgendein armer Kerl sie ausgraben würde.

Ich verabschiedete die Polizisten an der Haustür und war froh, als sie wieder in ihre Autos stiegen. Es war lange her, dass ich unter der Beobachtung der Behörden gestanden hatte. Tatsächlich schienen sie von der Entdeckung kaum beunruhigt zu sein. Vermutlich gewöhnte man sich an irritierende Funde, wenn man an einem Ort mit so viel Geschichte lebte.

Benjamin wartete, bis sie weggefahren waren, um mir weitere schlechte Nachrichten zu überbringen. »Wir können erst in einem Monat da unten weitermachen. Die Truppe hat nächste Woche einen anderen Auftrag, und ich kann sie nicht abziehen.«

»Was können wir tun?« Ich kniff mir in die Nasenwurzel und fragte mich, ob meine Kopfschmerzen von dem ganzen Krach oder von dem allgemeinen Stresslevel herrührten. Eigentlich brauchten wir den Weinkeller nicht. Ich wünschte jetzt, wir hätten gar nicht erst mit dem Bau begonnen. Es war ein Wunschtraum von mir gewesen, das ganze Haus fertig zu haben, bevor das Baby kam. Je näher der Zeitpunkt rückte, desto mehr Sorgen bereitete mir die Situation allerdings. Vielleicht hatte Belle recht, und wir sollten einfach in London bleiben, anstatt in einem halb fertigen Haus zu wohnen.

Ich schnippte mit den Fingern. »Was ist mit diesem Wochenende?«

»Das könnten wir versuchen«, sagte Benjamin nachdenklich, »aber wahrscheinlich müssten wir rund um die Uhr arbeiten, und ich weiß nicht, ob Ihrer Frau das gefallen wird.«

»Da haben Sie recht. Deshalb fahren wir zurück nach London«, beschloss ich, wohl wissend, dass ich Belle nicht lange zu bitten brauchte. Sie würde begeistert sein, der verdammte Weinkeller wurde fertig, die Knochen wurden weggeschafft, und endlich könnte das Leben ein oder zwei Minuten lang normal sein. »Ich bin erreichbar, falls es Probleme gibt.«

»Solange wir da unten keinen ganzen Friedhof finden, schaffe ich das schon«, sagte Benjamin zuversichtlich. »Die Männer wollen gerade für heute zusammenpacken. Ich sage ihnen Bescheid, dass wir Überstunden machen.«

Die letzten zwei Worte betonte er auf eine Weise, die mir

nicht entging. »Sagen Sie ihnen, dass sie einen dicken Bonus kriegen, wenn sie es schaffen.«

Mir war klar gewesen, dass ich früher oder später um Bestechung nicht umhinkommen würde. Mit einem Knochenfund hatte ich allerdings nicht gerechnet.

Als die letzten Handwerker gegangen waren, schloss ich die Türen ab und ging in die Küche. Sie war bis auf ein paar letzte Feinarbeiten fertig. Wir hatten die alten maroden Möbel entfernt und elegante glänzende Schränke, eine große Spüle und eine Insel mit einer Arbeitsplatte eingebaut. Eines Tages würde in der Ecke ein kleiner Tisch stehen, an dem wir Kaffee tranken, während wir unserem kleinen Mädchen beim Frühstück zusahen. Eines Tages würde das Leben aus einfachen Freuden bestehen. Eines Tages würde es so weit sein. Ich musste jetzt nur noch ein bisschen durchhalten.

Es war nicht viel im Kühlschrank, niemand hatte gekocht, aber ich fand etwas Obst und Käse sowie ein Stückchen Prosciutto, nach dem es Belle in letzter Zeit verlangte. Ich schnappte mir alles und stieg die Treppe zur ersten Etage hinauf. Als ich meinen Kopf in unser abgedunkeltes Schlafzimmer steckte, wurde ich von einem verschlafenen Lächeln begrüßt.

Belle lag zusammengerollt auf der Seite, eine Decke halb um die Beine gewickelt. »Haben sie den Fall gelöst?«

»Er wird sich vermutlich als cold case erweisen«, sagte ich und schritt hinüber, als sie die Hand ausstreckte, um auf dem Nachttisch die Lampe einzuschalten.

Sie richtete sich im Bett auf, setzte sich in den Schneidersitz und zog sich fröstelnd die Decke bis zum Hals hoch. »Ein so altes Haus hat vermutlich seine Geschichte.«

»Ich wünschte, die Geschichte befände sich nicht in unserem Weinkeller«, brummte ich und öffnete die Packung mit dem Käse für sie. »Wir können auch auf einen Happen ins Dorf gehen. Ich bin sicher, der Pub hat geöffnet.«

»Das reicht mir«, sagte sie und pflückte eine Traube von ihrem Stiel. »Ich bin nicht so hungrig.«

»Du bist nicht so hungrig?«, wiederholte ich, sicher hatte ich sie falsch verstanden.

Sie warf eine Weintraube nach mir, die an meiner Nase abprallte. »Du tust, als wäre ich ein Schwein.«

»Nein!«, rief ich sofort, denn ich befürchtete, das Ganze würde in ein hormongesteuertes Missverständnis ausarten. »Du warst vorhin schwimmen, und wir haben nichts zu Abend gegessen.«

»Vielleicht …« Sie richtete ihre blauen Augen kurz auf mich, ehe sie wieder das magere Mahl betrachtete, das ich zusammengesammelt hatte. »Ich hab mich wohl einfach erschreckt, und bei allem, was sonst so los ist, bin ich einfach zu unruhig, um richtig Appetit zu haben.«

»Nun, das Ergebnis unserer archäologischen Ausgrabungen wird morgen entfernt«, informierte ich sie, »und der Weinkeller wird pünktlich fertig.«

»Was? Wie? Wir lagen doch sowieso schon im Plan zurück, und jetzt müssen die Arbeiten auch noch ruhen, bis die Knochen abgeholt werden.« Sie zitterte erneut, und mir wurde klar, dass ihr keineswegs kalt war. Sie war wirklich verängstigt.

Ich rückte näher an sie heran, und sie entspannte sich etwas. »Sie arbeiten das Wochenende durch, um den Weinkeller fertigzustellen, und wir fahren solange nach London, und zwar bis alles fertig ist. Ich komme erst wieder hierher, wenn auch der letzte Hammer aus diesem verdammten Haus entfernt wurde.«

Sie schob die Decke weg, und ein breites Lächeln zeichnete sich auf ihren Lippen ab. Wir hatten es gerade mal auf zwei Nächte in Sussex gebracht, bevor wir für mindestens eine Woche – wenn nicht sogar länger – nach London zurückkehrten. »Wirklich? Ich muss Edward und Clara anrufen und …«

»Schon erledigt«, unterbrach ich sie. »Ich habe ihnen gleich eine Nachricht geschickt, nachdem ich die Vereinbarung mit Benjamin getroffen hatte. Ich muss mich sowieso mit ein paar Geschäftspartnern treffen.«

»Geschäftspartner?« Sie zog eine Augenbraue hoch. »Was ist mit Freunden?«

»Ich habe keine Freunde«, sagte ich brüsk.

»Doch, hast du.«

»Ich habe deine Freunde, die mich normalerweise brauchen, damit ich etwas für sie erledige.« Ich beugte mich vor und küsste sie auf die Stirn. »Das macht uns zu Geschäftspartnern.«

»Was ist mit Georgia?«, hakte sie nach.

»Lass Georgia nicht hören, dass du sie als Freundin bezeichnest«, riet ich. In Wahrheit war Georgia Kincaid mehr als eine Freundin für mich, aber nicht auf die typische Weise. Unsere Verbindung war mehr wie die zwischen Bruder und Schwester. Wir waren beide unter der Fuchtel eines unheimlichen Soziopathen aufgewachsen, und wie in den meisten Familien beruhte unsere Bindung auf gemeinsamen traumatischen Erlebnissen.

»Wirst du mit Alexander reden?«, fragte sie leise.

Wochenlang waren wir auf Zehenspitzen um das Thema herumgeschlichen. Obwohl wir unseren Londoner Kreis seit dem Kauf von Thornham einige Male gesehen hatten, war die Situation alles andere als entspannt. Alexander, mit dem ich aneinandergeraten war, den ich aber gleichwohl respektierte, hatte sich zurückgezogen, nachdem seine Frau bei einer vereitelten Entführung fast gestorben war. Ich konnte ihm nicht verübeln, dass er sie beschützen wollte, aber ich war auch nicht bereit, ihm meine Hilfe zuzusichern. Ich hatte jetzt selbst eine Frau und ein Kind. Ich wusste, dass er das verstand, doch dadurch standen unsere jeweiligen Ziele jetzt im Widerspruch zueinander.

»Vielleicht sollte ich Nora einladen mitzufahren«, sagte Belle und steckte sich eine weitere Traube in den Mund. »So kann ich sie besser kennenlernen.«

»Wen?«, fragte ich, noch halb in meinen eigenen Gedanken gefangen.

»Nora. Das letzte Mädchen, das sich vorgestellt hat«, sagte sie und verzog das Gesicht. »Ich weiß, dass du sie nicht vergessen hast. Sie ist umwerfend.«

Ich legte den Kopf schief und ging die Erinnerungen an den heutigen Tag durch. Es hatten sich eine ganze Menge Frauen vorgestellt. »Die Letzte? Sie schien nett zu sein. Ich kann mich nicht erinnern, dass sie besonders umwerfend war. Wie heißt sie noch?«

Ich wusste es wirklich nicht mehr und sagte das nicht nur, um meine hochschwangere Frau zu beruhigen.

»No-ra«, antwortete Belle und rollte mit den Augen, woraufhin ich sie am liebsten übers Knie gelegt hätte. »Und erzähl mir nicht, du fändest sie nicht heiß.«

»Ich kann mich kaum an sie erinnern.« Ich zuckte mit den Schultern. »Aber du mochtest sie?«

Sie verschränkte die Arme, als hätte ich sie irgendwie beleidigt. »Ja – und du willst mir ernsthaft erzählen, dass du sie kein bisschen anziehend fandst?«

»Ich glaube nicht, dass ich derjenige bin, der sich zu ihr hingezogen fühlt, meine Schöne«, sagte ich grinsend. »Ich wünschte, ich könnte mich besser an sie erinnern, denn du bringst mich auf alle möglichen Ideen, was dich und sie angeht.«

»Oh, das würde dir gefallen, was?« Sie streckte mir die Zunge heraus. »Das war ja klar.«

»Zu meiner Verteidigung, ich bin nicht derjenige, der sie scharf findet.«

»Du willst nur, dass ich mich besser fühle«, sagte sie, und mir fiel wieder ein, dass es ihr Sturkopf gewesen war, der mich als Erstes an ihr gereizt hatte. »Weil ich fett und schwanger bin und sie heiß und perfekt ist und …«

»Du bist perfekt«, fiel ich ihr ins Wort und spürte Wut in mir aufwallen, wie immer, wenn jemand meine perfekte Frau kritisierte – selbst wenn sie es selbst tat.

»Ich bitte dich! Weil ich keine Hose mehr zukriege, trage ich Leggins«, sagte sie, als ob das irgendwie von Bedeutung wäre. »Ich kann nicht einmal mehr meine Zehen sehen, und manchmal, wenn ich lache …«

»Perfekt«, wiederholte ich, »und wag es ja nicht, etwas Negatives über meine Frau zu sagen.«

»Oder was?«, forderte sie mich heraus, und ihre Augen leuchteten wissend.

»Oder *das*«, sagte ich, zog sie zu mir heran und drehte sie herum, sodass mein Mund neben ihrem Kinn war. »Ich will kein einziges negatives Wort mehr aus deinem Mund hören. Du warst noch nie so schön wie jetzt.«

Ich löste den Gürtel ihres seidenen Morgenrocks, und er klappte auf und enthüllte die Wölbung ihres Bauchs.

»Ich will das nicht sehen«, murmelte sie und versuchte, mir den Gürtel zu entwenden, damit sie den Morgenrock wieder zubinden konnte.

»Ich aber«, sagte ich, zog ihre Hände weg, legte sie auf ihren Rücken und band in aller Ruhe mit dem Gürtel des Morgenrocks ihre Handgelenke zusammen. Sie starrte mich an, und in ihren blauen Augen lag eine explosive Mischung aus Vorfreude, Gier und Schalk. Sie hatte mich absichtlich auf die Palme gebracht. Wegen ihres Zustands war ich sanfter als sonst. Belle hingegen schien unbedingt meine Geduld auf die Probe stellen zu wollen. Ich würde ihr zeigen, dass ich mich unter Kontrolle hatte. »Du wirst dich nicht bedecken oder versuchen, dich vor mir zu verstecken. Hast du das verstanden?«

Sie nickte.

»Hast. Du. Das. Verstanden?«, wiederholte ich und umfasste eine ihrer prallen Brüste. Meine Fingerspitzen suchten ihren Nippel, ich freute mich darauf, ihn zu reizen und zu sehen, wie sie sich wand.

Noch immer antwortete sie nicht, nur ihre Mundwinkel zuckten kurz. Ich kniff ihr sanft in den Nippel, sie öffnete den Mund und formte ein stummes Ja.

»Ich habe dich nicht verstanden«, sagte ich und drückte fester zu.

Sie sog scharf die Luft ein.

»Ja, Sir«, murmelte sie lauter, halb stöhnend und halb spottend.

Ihre Worte machten mich von jetzt auf gleich heiß, es war, als hätte sie einen Schalter umgelegt. Ich küsste mich an ihrem Kinn entlang, streichelte ihre Brüste und ihren Bauch und ließ die Hand gelegentlich zu ihrer Scham wandern oder zumindest so weit, wie das in dieser Position möglich war. Dabei genoss ich ihre Versuche, mich durch ihre Bewegungen dorthin zu bringen, wo sie mich haben wollte. Sie mochte mich angestachelt haben, aber jetzt saß sie in der Falle, und ich würde entscheiden, wann sie kam.

Doch das reichte bei Weitem nicht aus, um sie in den einladenden dunklen Raum zu bringen, wo sie die Erlösung fand, die nur ich ihr geben konnte – und das wussten wir beide. Für mich kam es nicht infrage, meine Frau zu gefährden, während sie schwanger war. Ganz gleich, wie sie darüber dachte. Mit gefesselten Händen tastete sie über den Stoff meiner Hose, bis sie die Ausbuchtung fand.

»Was suchst du, meine Schöne?«, neckte ich sie und bewegte mich gerade so weit, dass sie mit den Fingerspitzen über die Spitze meines steinharten Schwanzes streichen konnte.

»Offensichtlich muss sich jemand darum kümmern«, jammerte sie. »Vermutlich ich.«

Ich lachte und rückte aus ihrer Reichweite. Ich hatte nicht die Absicht, ihr ihren Willen zu lassen. Sie wollte einen Orgasmus. Ich wollte etwas klarstellen. Nicht dass ich mich hinterher nicht um ihre Bedürfnisse kümmern würde.

»Komm mit«, forderte ich, schob den Gürtel von ihren Handgelenken und führte sie zum Fußende des Bettes.

Dort ließ ich sie stehen, holte eine schwarze Augenbinde aus dem Nachttisch und kehrte dann zu ihr zurück. Als ich den seidigen Stoff um ihre Augen band, begannen ihre Hände wieder nach meinem Schwanz zu tasten.

»Noch nicht«, ermahnte ich sie und zog meine Hüften zurück, sodass sie ins Leere griff. »Ich liebe deinen Körper. Jetzt mehr denn je. Vergiss das nie wieder.«

»Ja, Sir«, sagte sie brav.

»So ist es besser«, lobte ich und führte sie nach vorn, bis ihre Knie sanft gegen die Bettkante stießen. »Wenn du deinen perfekten Körper nicht betrachten willst, zwinge ich dich nicht dazu. Aber ich will ihn mir ansehen.«

Ich ging auf die Seite des Bettes, ließ dabei meine Hose fallen, stieg auf die Matratze, rutschte nach oben, kniete mich hin und lehnte mich gegen das Kopfteil. »Ich möchte, dass du auf allen vieren zu mir kriechst, meine Schöne.«

Sie machte einen Schmollmund, legte jedoch ein Knie auf das Fußende des Bettes, dann das andere und bildete mit den Beinen ein Dreieck, dessen Spitze auf alles zeigte, was mir heilig war: ihre perfekte Muschi und unser perfektes Kind.

Langsam kroch sie über das Bett auf mich zu, ihre langen Glieder lasziv und sicher trotz der Veränderungen, über die sie sich beklagte. Sie spürte, dass meine Beine geschlossen waren, also spreizte sie sie, und als ihre Hüften meine erreichten, schnurrte sie praktisch vor Vergnügen.

»Du hast deine Hose ausgezogen«, stellte sie fest.

»Ich habe es vermisst, dich zu vögeln. Es ist schon einen ganzen Tag her«, antwortete ich und beobachtete mit einem Grinsen, wie sie mit ihrer Scham über meinen Schwanz rieb und ihn zu voller, schmerzhafter Aufmerksamkeit brachte. »Du bist so wundervoll.«

Ich packte ihre Hüften und zog sie nach vorne, damit mein Daumen ihre Klitoris massieren konnte, während ich ihren Bauch liebkoste und ihn mit Küssen übersäte, von denen ich hoffte, dass sich das Baby nicht daran erinnern würde.

Ich hätte nie gedacht, dass mich ihre Schwangerschaft so scharf machen würde. Irgendetwas an dem Gedanken, dass sie mein Kind austrug, machte alles an ihr noch erregender. Es war, als würde sie endgültig mir gehören. Ich war für immer in ihr verwurzelt – immer bei ihr. Dass auch sie mich nur noch mehr wollte, war fast zu viel. Aber ich würde niemals ablehnen. Ich hoffte, eines Tages mit meinem Schwanz in ihr zu sterben.

Ich rutschte mit meinem Oberkörper am Kopfteil nach unten und ließ ihre Muschi über meinen Unterleib gleiten, bis mein Schaft von ihrer süßen Nässe überzogen war.

Sie wimmerte, als sie sich zitternd auf mich herabließ und mich Zentimeter für Zentimeter in sich aufnahm, bis ihre Muschi mich ganz umschlungen hatte.

»Fuck, bist du eng«, stöhnte ich, als ich spürte, wie sie sich um meinen Schaft zusammenzog, und genoss den hingebungsvollen Ausdruck auf ihrem Gesicht. Langsam bewegte ich die Hüften, beobachtete das Auf und Ab ihres Bauches und genoss ihre Enge.

»Das habe ich gebraucht«, stöhnte sie und nahm meinen Rhythmus auf, bis ich spürte, wie Schauer ihren Körper überliefen.

»Ich liebe die Art, wie du auf meinem Schwanz aussiehst, meine Schöne.«

»Fester bitte«, sagte sie atemlos, es war mehr ein Flehen als eine Forderung. Sie wusste genau, dass sie nicht lange oben sein würde.

»Wie du willst, meine Schöne.«

Ich stieß in sie hinein, und jedes Mal keuchte sie, verfiel schließlich in ein einziges langes Flehen. »Nimm mich. Nimm mich, Sir!«

Trotzdem war ich von ihrem Bauch abgelenkt und machte mir Sorgen, dass ich sie verletzen würde, wenn ich noch grober wäre. Mein Orgasmus war mir egal, Hauptsache, Belle kam.

Ihr Körper versteifte sich, und sie ballte die Hände auf meiner Brust zu Fäusten. »Ohhhh …«

»Das ist es, meine Schöne«, sagte ich. »Lass los.«

Auf Belles Gesicht lag ein selbstvergessener Ausdruck, ihr ganzer Körper zog sich um mich zusammen, während sie sich weiter rhythmisch bewegte. Trotz meiner Entschlossenheit, mich nicht um mein eigenes Vergnügen zu kümmern, konnte ich nicht anders. Der Anblick meiner perfekten schwangeren Frau, die auf meinem Schwanz zum Orgasmus kam, brachte auch mich zum Höhepunkt.

Danach legte ich sie sanft aufs Bett und nahm ihr die Augenbinde ab, die Haare hinter ihren Ohren waren verschwitzt.

»Das war …«, sagte sie, brachte den Satz aber nicht zu Ende.

Ich half ihr ins Bad und bot ihr sogar an, ihr beim Waschen zu helfen – aber ganz gleich, wie mühselig ihr Bauch es ihr machte, sie wollte nichts davon hören. Als sie eine Minute später wieder auftauchte, sah sie hinreißend aus – absolut hinreißend.

»Stolz auf dich?«, stichelte sie, als sie mein schiefes Grinsen sah.

»Ein bisschen.«

Wir kehrten zum Bett zurück, Belle schien doppelt so müde zu sein wie vorher, aber nur halb so gestresst.

Ich lag noch wach, lange nachdem sie eingeschlafen war, und beobachtete das gleichmäßige Heben und Senken ihrer Brust. Eine alte Angewohnheit, die mich zuverlässig beruhigte. Heute Nacht jedoch blieben meine Nerven angespannt. Jedes Mal wenn ich die Augen schloss, sah ich den Knochenhaufen mit den Schädeln vor mir. Ich fragte mich, ob sie auch in diesem Haus geschlafen hatten. Ob jemand sie damals nicht gut genug bewacht hatte. Bald würde ich zwischen meiner schlafenden Frau und meiner schlafenden Tochter umhergehen und das Wunder ihrer Atmung beobachten. Nur äußerst widerwillig schloss ich die Augen. Zu schlafen käme mir vor, als würde ich Verrat an dem Versprechen begehen, das ich mir selbst gegeben hatte: dass sie immer sicher bei mir sein würde. Wie viel schwerer würde es sein, dieses Versprechen zu halten, wenn wir ein Kind hatten? Ich schlüpfte aus dem Bett und trug die Reste unseres Abendessens in die Küche. Dann überprüfte ich noch einmal alle Schlösser und die Sicherheitskameras. Alles war so, wie es sein sollte. Alles war an seinem Platz. Alles bis auf die Knochen, die in meinem Keller lagen.

Wie ferngesteuert führten mich meine Füße hinunter zu ihnen. Ich knipste eine Arbeitslampe an und duckte mich vorsichtig unter dem Polizeiband hindurch. Sie hatten sie fotografiert und dann in einer Reihe ausgelegt. Ein Haufen Knochen, die wie Oberschenkelknochen und Rippen aussahen – aber es waren die Schädel mit den Haarrissen, die mich nicht losließen. Der Beweis, dass ihr Tod alles andere als natürlich gewesen war. Es waren insgesamt sechs, sie waren nicht mehr als schaurige Pyramide gestapelt, aber ich wusste genau, welcher oben gelegen hatte. Ich sah ihn, wenn ich die Augen schloss. Den Anblick eines so kleinen Schädels konnte man nicht mehr aus seinem Gedächtnis löschen.

# 4

*Belle*

Bei Harrods herrschte schon im Oktober Weihnachtsstimmung. Das Kaufhaus hatte bereits weihnachtlich dekoriert. Vor dem Eingang war ein riesiger Baum aufgestellt, um den sich die Touristen scharten, um Fotos zu machen. Lichterketten hingen an der Fassade, und der Türsteher wünschte mir »Frohes Fest«. Ich verkniff es mir, ihn daran zu erinnern, dass es noch Wochen bis zum Weihnachtsfest waren, denn meine schlechte Laune rührte eher daher, dass die Geburt kurz bevorstand, als daher, dass der Laden irgendeinen Fehler gemacht hätte. Bei all den Vorbereitungen im Haus hatte ich gar nicht daran gedacht, Geschenke zu besorgen. Jetzt kam mir in den Sinn, dass mein spontaner Einkaufsbummel, der Edward ins Freie locken sollte, vielleicht die letzte Chance war, mich auf die bevorstehenden Feiertage vorzubereiten. Ich hatte keine Ahnung, ob ich dazu noch Gelegenheit haben würde, wenn das Baby erst da war. Plötzlich spürte ich die vertraute Panik, die mich jedes

Mal überkam, wenn ich an die Zukunft dachte. Gerade als ich kurz davor war zu hyperventilieren, stieß mich ein Mann mit der Schulter an.

»Entschuldi…« Das Wort erstarb auf meinen Lippen, als ich mich umdrehte, um den Schuldigen böse anzustarren.

»Du bist gekommen!« Ich warf die Arme um meinen besten Freund, der meine Umarmung unbeholfen erwiderte. Ich rückte von ihm ab und musterte Edward einen Moment lang, weil ich unsicher war, ob ich ihn mit meinem Überschwang überforderte, aber er schenkte mir ein verlegenes Lächeln.

»Ich will Mini-Belle nicht zerquetschen.« Sanft tätschelte er meinen Bauch.

»Mini-Belle?«, wiederholte ich.

»Nun, ihr zwei habt doch noch keinen Namen für sie«, erklärte er. »Oder?«

»Wir haben ein paar Ideen.«

»Wie nebulös«, sagte er leichthin, doch in seinen Worten klang eine Schärfe an, die andeutete, dass er unsere Geheimniskrämerei nicht guthieß.

Natürlich nicht. Edwards Familie bestand praktisch nur aus Geheimnissen. Geheimnissen, die ihn kürzlich die Person gekostet hatten, die er am meisten auf der Welt geliebt hatte. Wie schwer musste es für ihn sein, irgendeine Information, die man ihm vorenthielt, als harmlos zu betrachten, nachdem einem ein so wichtiger Mensch brutal genommen worden war.

»Du erfährst es, sobald ich es weiß. Versprochen!«

»Du könntest es einfach wie wir Royals machen und ihr jeden Namen geben, der dir einfällt«, bemerkte er trocken.

»Ah, ja, die alte Louisa-Anne-Elizabeth-Mary-Victoria-Fanny-Methode«, sagte ich.

»Fanny?«, wiederholte er. »Bitte sag mir, dass das kein Anwärter ist.«

»Billie?«

»Das wäre noch schlimmer.« Trotz des rauen Tons zog er die Mundwinkel nach oben, das war fast schon ein Lächeln.

»Darf ich sagen, dass du gut aussiehst?«, fragte ich, als wir uns Arm in Arm durch die Menge bei Harrods wanden. Er trug T-Shirt und Jeans, was sonst nicht sein Stil war, eigentlich schade, fand ich, da dieses Outfit seinen schlanken durchtrainierten Körper betonte. Normalerweise war er glatt rasiert und sein lockiges Haar sorgfältig gestylt. Heute war es unter einer Mütze versteckt, und entweder ließ er sich einen Bart wachsen, oder er hatte keine Lust, einen Rasierer in die Hand zu nehmen. Mit der Mütze und der Sonnenbrille, die er aufbehalten hatte, fiel er auf und ging zugleich in der Menge unter, weil er kaum zu erkennen war. Andererseits ließ seine Aufmachung vermuten, dass er nicht erkannt werden wollte. Ein paar Leute starrten ihn an, versuchten zweifellos herauszufinden, wer der Prominente war, der ihnen so bekannt vorkam. Aber schließlich gaben sie auf. Er sah eher aus wie ein Rockstar als wie der Prinz von England.

»Ich sehe beschissen aus«, sagte er mit einem Grinsen.

»Nein.« Ich schüttelte den Kopf und hielt inne, um ein Paar Jimmy Choos zu bewundern. »Du hast diese Nach-mir-die-Sintflut-Ausstrahlung. Das ist ziemlich heiß.«

»Das ist die Hölle auch«, entgegnete er achselzuckend.

Ich biss mir auf die Unterlippe, nahm einen Schuh in die Hand und betrachtete ihn etwas länger als nötig, während ich über eine Antwort nachsann. Ich wusste nicht, wie ich die Sache angehen sollte. Sollte ich ihn nach David fragen? Danach, wie er sich fühlte? Vielleicht hatte er das Bedürfnis zu reden. Es passierte schließlich nicht alle Tage, dass man seinen Ehemann verlor. Und dass der eigene Bruder ihn getötet hatte.

Aber inzwischen waren Wochen vergangen, und ich machte mir Sorgen um ihn. Nicht weil er traurig war. Das hatte ich erwartet. Sondern weil er sich in sich selbst zurückzog und sich von dem Rest von uns abkapselte. Von seiner Familie. Auch mit mir hatte er in letzter Zeit kaum gesprochen. War ich so mit meinem häuslichen Glück beschäftigt, dass ich ihn vernachlässigt hatte? Ging er mir aus dem Weg? Wie konnte ich ihm das Gefühl geben, dass er sich mir gegenüber öffnen konnte, ohne ihn zu sehr zu bedrängen? Warum gab es keine Gebrauchsanweisung für so etwas?

Mit einem schweren Seufzer stellte ich den Schuh wieder weg.

»Keine Lust?«, fragte Edward.

»Wann soll ich die denn in der Pampa tragen? Wenn ich die Hühner füttere?«

»Ihr habt Hühner?« Die Idee schien ihn ehrlich zu schockieren.

»Und wenn?«

»Du warst noch nie ein Outdoor-Girl«, sagte er und klang zum ersten Mal, seit wir uns getroffen hatten, wirklich amüsiert.

»Ich bin auf dem Land aufgewachsen«, erinnerte ich ihn. »Ich beherrsche alle wichtigen Skills der wohlhabenden Gesellschaft auf dem Land: auf die Jagd gehen, Hunde Gassi führen und sogar Hühner füttern.«

»Echt? Das machst du da draußen?«

»Komm uns besuchen und finde es heraus«, sagte ich. Ich

hatte versucht, ihn zu überreden, mit uns nach Sussex zu kommen, seit dieses ganze Drama passiert war.

»Ich habe darüber nachgedacht wegzuziehen«, sagte er und hob die Schultern.

»Nach Sussex?«, hakte ich nach.

»Irgendwohin, wo es wärmer ist.« Er blieb vor einer Auslage mit Schals und Handschuhen stehen. »Ich glaube nicht, dass ich mich dieses Jahr mit dem Winter in England auseinandersetzen möchte.«

»Aber an Weihnachten bist du doch hier?«, fragte ich leise.

»Ich weiß es nicht. Mir ist dieses Jahr nicht so richtig nach Feiern.« Er strich über die Fransen eines Burberry-Schals in der Auslage. »Es wäre unser Hochzeitstag.«

»Ich weiß. Ich finde, du solltest nicht allein sein.«

Das Letzte, was er brauchte, war, an seinem ersten Hochzeitstag allein zu sein. Aber war es besser, diesen Tag mit meinem Mann, unserer Tochter und mir zu verbringen? Oder erinnerte ihn das nur auf schmerzhafte Weise an das, was er verloren hatte?

»Ich dachte, ich suche mir irgendwo einen Strand mit kalten Getränken und heißen Männern. Wer sagt denn, dass ich an Weihnachten allein sein muss? Ich bin nicht der einzige alleinstehende schwule Mann auf der Welt.« Seine Lippen verzogen sich zu einem schiefen Grinsen, das zu gezwungen wirkte, um glaubhaft zu sein.

Solange die Wunde offen war, konnte ich genauso gut das ganze Salz auf einmal hineinschütten. »Clara möchte mit uns zu Mittag essen.«

»Grüß sie von mir«, murmelte er.

»Sie will, dass du auch kommst.«

»Da gehe ich nicht hin. Wo auch immer sie ist … ist auch er.«

Ich brauchte nicht zu fragen, wen er meinte. Seit sie sich kannten, entfernten sich Alexander und Clara nie weit voneinander. Das hatte sich nach allem, was sie durchgemacht hatten, nur noch verstärkt. »Ich bin sicher, wir können es so einrichten, dass er fernbleibt. Willst du Wills nicht sehen?«

»Macht mich das zu einem schlechten Menschen, wenn ich Nein sage?«, fragte er mit hohler Stimme. »Ich will sie nicht hassen, aber ich kann ihr scheinbar nicht …«

Er konnte ihr noch nicht verzeihen. »Sie hat nichts falsch gemacht.«

»Ich weiß.« Er nickte und ließ den Kopf hängen. »Aber mit dem Herzen zu streiten ist ungefähr so effektiv, wie mit einem Tisch zu streiten. Es ist unmöglich. Ich brauche einfach Zeit.«

»Dann sage ich ihr das«, erwiderte ich schlicht. Es war schmerzhaft, ihn so leiden zu sehen. Und zu sehen, dass Clara sich die Schuld daran gab. Aber es gab Wunden, die konnte nur die Zeit heilen.

»Belle«, sagte er zögernd und nahm die Sonnenbrille ab, um mich aus geröteten Augen anzustarren, »sag ihr nicht, dass ich sie hasse. Ich …«

»Mach ich nicht«, versprach ich ihm und umarmte ihn erneut, nur um zu spüren, wie das Baby sogleich heftig strampelte.

Edward wich zurück, die Brille immer noch in der Hand, die Augen weit aufgerissen. »War das sie?«

»Ja«, sagte ich lachend. »Sie nimmt inzwischen ganz schön viel Raum ein.«

»Wenn du sie und mich noch mal so aneinander quetschst, ist sie gezwungen, hier zu kommen und dir die Meinung zu geigen.«

»Versprochen?« Ich stöhnte. Mein Geburtstermin war nur noch zwei Tage entfernt, und ich konnte es kaum erwarten.

»Wenn sie wie ihre Mutter ist, taucht sie auf, wann es ihr verdammt noch mal gefällt«, stichelte Edward. Wir bogen um eine Ecke und stießen fast gegen einen Weihnachtsbaum, der über und über mit mundgeblasenem Glasschmuck behängt war. Edwards gute Laune verflog. Vielleicht war Shoppen doch keine so gute Idee. Die Geschenke konnte ich auch später noch besorgen oder einfach im Internet bestellen. Im Moment brauchte Edward mich mehr, als irgendjemand in meinem Umfeld in ein paar Wochen ein Geschenk brauchen würde.

»Hast du Hunger?«, platzte ich heraus, um ihn von der Erinnerung an die bevorstehenden Feiertage abzulenken.

»Ich könnte etwas mit viel Kohlehydraten vertragen, das mich emotional betäubt«, forderte er.

»Das sollte sich machen lassen.« Vielleicht war das alles, was ich tun konnte: Für ihn da zu sein, wenn er ganz unten war und trauerte. Vielleicht war das alles, was man überhaupt tun konnte, wenn man es mit einem gebrochenen Herzen zu tun hatte.

# 5

*Smith*

In der Bar des Westminster Royal war es angesichts der Uhrzeit ziemlich ruhig. Ein paar Geschäftsleute tranken Cocktails am Tresen und diskutierten die Börsenkurse. In der Ecke trank ein Pärchen, das ganz mit sich beschäftigt war, Champagner. Ich nahm einen Tisch in der Mitte des Raums, von dem aus ich alle Ausgänge im Blick hatte, und wartete auf meinen Gast, überprüfte rasch mein Handy, aus Sorge, dass ich im Trubel auf Londons Straßen vielleicht einen Anruf von Belle überhört hatte. Keine neuen Nachrichten. Ich rechnete jeden Moment mit einem Anruf – dem Anruf – und je länger ich ihn nicht erhielt, desto angespannter wurde ich. Es war schwierig, Belle aus den Augen zu lassen, wenn jederzeit die Wehen einsetzen konnten.

Am Nachbartisch verstummten auf einen Schlag die Gespräche der Geschäftsleute, und alle drehten sich nach einer Frau um, die die Bar betreten hatte. Ich musste nicht hinsehen, um zu wissen, wer es war.

Georgia Kincaid legte immer einen Auftritt hin, ob sie es wollte oder nicht.

Heute hatte sie ihre übliche Motorradkombi gegen eine enge schwarze Hose und einen schmalen Blazer getauscht, der so tief ausgeschnitten war, dass die Spitze ihres BHs hervorlugte. Ihr glänzendes schwarzes Haar fiel ihr locker um die Schultern und bildete einen scharfen Kontrast zu ihren rubinroten Lippen. Sie machte sich nicht die Mühe zu lächeln, als sie mich entdeckte. Stattdessen schritt sie geradewegs auf mich zu, ignorierte die Blicke der Männer und setzte sich neben mich, auf den einzigen anderen Stuhl, von dem aus man die Ausgänge im Blick hatte. Manche Gewohnheiten starben nie, und Georgias derzeitige Tätigkeit erforderte Wachsamkeit.

»Wo ist deine Frau?«, fragte Georgia und blickte hinter mich, als wäre denkbar, dass ich eine im neunten Monat schwangere Belle hinter meinem Rücken versteckte.

»Shoppen mit Edward«, sagte ich knapp.

»Ich glaube nicht, dass du dir seinetwegen Sorgen machen musst.« Georgia verzog die Lippen zu einem verträumten Lächeln.

»Er ist nicht derjenige, um den ich mir Sorgen mache.«

»Du kannst sie nicht die ganze Zeit einschließen«, tadelte sie seufzend.

Ich warf ihr einen Blick zu. »Ach nein? Macht das dein Boss mit seiner Frau nicht genauso?«

Dass Georgia für Alexander arbeitete, war ein heikles Thema. Vor allem weil ich eigentlich vorgehabt hatte, sie zu überreden, auf Belle aufzupassen. Aber nein, irgendwie hatte man sie dazu gebracht, für die Monarchie zu arbeiten, was mich angesichts unserer Erziehung mehr als überraschte. Georgia und ich waren in unserer Jugend von einem der heimtückischsten Verbrecherbosse Englands dazu erzogen worden, die königliche Familie und alles, wofür sie stand, zu hassen. Jahrelang hatte ich in dem Glauben gelebt, dass niemand die Monarchie mehr hasste als mein Ersatzvater Hammond, Georgia und ich. Hammond hatte von mir verlangt, gegen sie zu arbeiten. Doch irgendwann gelang es mir, mich von ihm und seinen schmutzigen Geschäften zu distanzieren. Dafür musste ich allerdings den Menschen verlieren, der mir auf der ganzen Welt am wichtigsten gewesen war: meine Frau. Als ich schließlich herausfand, dass meine Ehe Manipulation und Fake gewesen war, überzeugte ich auch Georgia davon, mit Hilfe der königlichen Familie gegen Hammond zu arbeiten. Ab da wurde es wirklich hässlich, bis Hammond etwas an meine Tür lieferte, das eine Wende brachte: Belle. Damals begriff ich, dass meine Loyalität immer nur Belle gelten würde. Aber es wurde uns nicht leicht gemacht. Wieder waren wir nur Figuren in einem viel größeren Spiel. Belle zuliebe hatte ich Alexander geholfen, seine Frau und Belles beste Freundin zu finden. Jedes Mal wenn ich wieder in diese Welt hineingezogen wurde, fragte ich mich, ob ich es wieder herausschaffen würde. Dieses letzte Mal hatte sich meine Allianz mit Alexander gefährlich nach Freundschaft angefühlt.

Deshalb hatte ich Belle überzeugen müssen, London zu verlassen. Solange wir in der Nähe dieser Leute blieben, war Belle in Gefahr. Aber es stellte sich heraus, dass ich es wohl doch nicht über mich brachte, sie von ihren engsten Freunden fernzuhalten. Es ging mir nicht darum, sie zu isolieren. Ich wollte mehr als alles andere, dass sie neue Freunde fand, dass sie sich an das Leben in Sussex gewöhnte und neu anfing. Georgia hätte dabei helfen können, aber ich hatte den Verdacht, dass sie Alexanders und Claras Charme zu sehr verfallen war, um zu uns aufs Land zu ziehen.

»Lass Alexander aus dem Spiel«, sagte Georgia. »Es geht nicht um ihn.«

»Es geht immer um ihn«, erwiderte ich grimmig.

»Er ist der König, darum fühlt es sich wahrscheinlich so an.«

»Er hat dich überzeugt, einen Job bei den Guten anzunehmen«, sagte ich und fragte mich, wie jemand, der so chaotisch war wie Georgia, dazu kam, für die Krone zu arbeiten.

»Die Vorteile sind nicht von der Hand zu weisen«, gab sie achselzuckend zurück. »Du solltest mal meinen neuen Wagen sehen.«

Ich hob eine Augenbraue. Wie viel lieber würde ich über Autos als über Königshäuser reden.

»Porsche Panamera«, sagte sie. »Schwarz natürlich.«

»Kommt mir ein bisschen zu schnell und zu lässig für Buckingham vor.« Ich musste zugeben, dass ich beeindruckt war. Der Porsche war nicht einfach nur ein gepanzertes Fahrzeug. Er hatte Stil und zusätzlich zu seinem kugelsicheren Äußeren drei Millimeter bombensicheren Stahl auf dem Dach und unter dem Bodenblech. Eine gute Wahl für jemanden, der die Queen herumfuhr, aber nicht das sicherste Fahrzeug auf dem Markt.

»Er hat versucht, mich in einen Mulsanne zu setzen, doch ich sagte ihm, dass ich ja wohl noch nicht auf dem Weg ins Pflegeheim sei, also hat er nachgegeben.«

»Der Mulsanne ist sicherer«, sagte ich achselzuckend. »Wäre auch meine Wahl gewesen.«

Georgia wandte sich zu mir um und starrte mich an, ihre dunklen von schwarzem Eyeliner umrahmten Augen verengten sich.

»Was?« Ich zuckte mit den Schultern.

»Ich versuche herauszufinden, ob man dich durch einen Betrüger ersetzt hat. Der Smith Price, den ich kenne, würde den Bentley niemals einem Porsche vorziehen«, sagte sie.

»Ich habe jetzt andere Prioritäten.«

»Vermutlich müssen wir alle eines Tages erwachsen werden.« Aber sie klang nicht gerade begeistert über meine plötzliche Reife. »Hat Belle dir nicht nur die Schlüssel für den Bugatti abgenommen, sondern auch deine Eier?«

»Sie wollte nicht, dass ich den Bugatti verkaufe. Sie hängt sehr an ihm.« Ich wäre sogar bereit gewesen, mich von meinem ehemaligen Alltagsauto zu trennen, mit dem Erlös hätte ich unser neues Haus fast komplett bezahlen können, aber meine Frau wollte nichts davon wissen. Angesichts der Erinnerungen, die wir mit dem Wagen verbanden, konnte ich es ihr nicht verdenken. Aber das hieß nicht, dass wir unser Baby in seinem Kofferraum nach Hause bringen würden. »Wir haben einen Range Rover. Das ist sinnvoll.«

»Wenn du weiterhin so verdammt vernünftig bist, brauche ich einen Drink oder zumindest eine ordentliche Tracht Prügel«, sagte sie, doch sie klang amüsiert. War es möglich, dass Georgia Kincaid mein neues Sicherheitsbedürfnis lustig fand? Vielleicht sogar charmant?

Die Zeit an Claras Seite hatte sie wirklich weicher werden lassen.

Ich hob die Hand, um den Kellner herbeizurufen, der so prompt erschien, als würde er erkennen, wann jemand dringend Alkohol bräuchte. Ich bestellte zwei Macallans, und er verschwand in Richtung Bar.

»Also, was führt dich nach London?«, fragte Georgia und lehnte sich auf ihrem Stuhl zurück.

»Darf ich nicht zu Besuch kommen?«

»Ich dachte, dein Plan war es, deine Frau so weit wie möglich von diesem Schlamassel wegzubringen, bevor sie deinen Nachkommen auswirft. Ist sie nicht jede Minute fällig?«

»Der Arzt hat gesagt, dass es wahrscheinlich länger dauert, weil es unser Erstes ist.« Bis meine Frau schwanger geworden war, dachte ich, ich wüsste alles über ihren Körper, schließlich hatte ich ihn ausgiebig studiert. Die letzten paar Monate hatten mir das Gegenteil bewiesen.

»Und du wolltest mich unbedingt sehen?«

»Du musst mir einen Gefallen tun.« Es war sinnlos, sich weiter mit Höflichkeiten aufzuhalten. Wir waren beide viel beschäftigte Menschen.

»Einen Gefallen? Ich bin schockiert.« Sie lächelte den Kellner an, als er den Scotch servierte, und der arme Mann stolperte fast über seine eigenen Füße. Ich konnte nie sagen, ob die Männer aus Lust oder Überlebensinstinkt so auf sie reagierten – oder aus einer primitiven Kombination von beidem.

»Man hat etwas in meinem Haus gefunden.«

»Klingt verdächtig«, sagte sie.

»Knochen.«

Sie ließ das Glas auf halbem Weg zu ihrem Mund in der Luft schweben und zog eine Augenbraue nach oben. »Knochen?«

»Von der menschlichen Sorte«, antwortete ich auf ihre unausgesprochene Frage. »Die Polizei hält es nicht für bedenklich.«

»Sind die nicht eine Million Jahre alt? Ist doch nicht überraschend, dass da ein paar Leichen im Keller sind.« Sie hob eine schlanke Schulter, und ich erinnerte mich an eine Zeit, in der ich ebenso nonchalant auf eine derartige Entdeckung reagiert hätte.

»Das hätte ich auch gesagt, aber der Detective hat angedeutet, dass in der Immobilienanzeige womöglich etwas unterschlagen wurde.« Ich erzählte ihr von meinem Gespräch mit Longborn.

»Das klingt nach ländlichem Aberglauben, Smith«, sagte sie, als ich fertig war.

Das hatte ich mir auch schon den ganzen Tag einzureden versucht. »Wahrscheinlich stimmt das sogar, aber ich wüsste lieber, womit ich es zu tun habe, als auf Gerüchte zu hören.«

»Soll ich herausfinden, ob es in deinem Haus spukt?« Das war die Direktheit, die ich von ihr kannte.

»Ich bitte dich, etwas über die Geschichte des Hauses herauszufinden«, sagte ich. »Ich glaube nicht an Geister.«

»Wenn du nicht an Geister glaubst, dann sieh es einfach als das, was es ist: ein Haufen Knochen in einem alten Haus.« Sie nippte an ihrem Drink und schloss die Augen, als ihr etwas dämmerte. »Es hat sie erschreckt, stimmt's?«

»Ein bisschen.« Es fühlte sich wie Verrat an zuzugeben, dass Belle die Entdeckung aufgewühlt hatte. »Sie ist sowieso schon unsicher wegen des Umzugs. Ich möchte lieber keine weiteren Überraschungen erleben. Wenn wir genau wissen, womit wir es zu tun haben, können wir das vermeiden.«

»Ich sehe es mir an.« Georgia stellte ihr Glas auf den Tisch, faltete die Hände und holte tief Luft. »Es gibt noch etwas, das ich dir sagen sollte.«

Ich bereitete mich auf die Bombe vor, die sie platzen lassen würde.

»Ich bin mir nicht sicher, ob du darüber glücklich sein wirst …«

»Was ist los?«, knurrte ich.

»Denk dran: Erschieß nicht den Boten. Es geht um dein Haus in Holland Park.«

»Was ist damit?«, fragte ich alarmiert. Belle hatte sich gleich nach unserer Ankunft mit Edward getroffen, und ich hatte ein paar geschäftliche Dinge in der Stadt zu erledigen gehabt. Wir waren noch nicht in unserem Stadthaus gewesen, aber angesichts der Tatsache, dass Thornham für Tage, wenn nicht Wochen, unbewohnbar sein würde, wollten wir uns heute Abend dort treffen.

»Du solltest es dir ansehen«, warnte Georgia mich, »und, Price, wahrscheinlich willst du, dass deine Frau es auch sieht.«

# 6

*Belle*

Es ist etwas beunruhigend, einen Anruf von seinem Ehemann zu erhalten, der einem sagt, dass er einen in fünf Minuten abholt. Ich hatte keine Ahnung, woher Smith wusste, dass ich mit Edward im CoCo's war. Ich redete mir ein, dass er sich einfach daran erinnert hatte, dass ich früher immer mit meinen Freunden in dem Restaurant in Notting Hill gewesen war. Aber damals hatten Smith und ich uns kaum gekannt, also vermutete ich, dass er mein Handy trackte. Nach dem, was mit Clara passiert war, verstand ich seine Paranoia. Um ehrlich zu sein, ich wusste es fast zu schätzen. Aber wir waren keine hochrangigen Persönlichkeiten. Die Leute wussten nicht, wer wir waren, und unsere Feinde waren tot. Manchmal musste ich mich daran erinnern, dass alte Gewohnheiten schwer zu überwinden waren. Je länger wir in Frieden lebten, desto mehr würde mein Mann zur Ruhe kommen. Bis dahin musste ich ein wenig Überfürsorglichkeit in Kauf nehmen.

»Komm doch mit«, drängte ich Edward, als wir draußen auf den Bürgersteig traten. Ich schlug den Kragen meines Mantels hoch, denn es hatte angefangen zu nieseln, während wir drinnen Fettuccine gegessen hatten.

Edward schüttelte den Kopf. »Ich glaube, mir tut es gerade nicht sonderlich gut, mit einem glücklich verheirateten Paar zusammen zu sein. Egal, wie sehr ich dich liebe.«

Mir entging nicht, dass sich seine Zuneigungsbekundung nicht auch auf Smith bezog. Edward verstand sich mit Smith, aber sie waren sich nicht gerade nahe. Eigentlich stand niemand meinem Mann nahe. Er hatte etwas Brutales an sich, das die meisten Leute abschreckte. Nicht dass es Smith etwas ausmachte. Es schien ihm sogar ganz lieb zu sein. Ich verstand immer noch nicht, wie ich die Mauer überwunden hatte, die er so sorgfältig um sich errichtet hatte. Ich wünschte nur, er würde auch jemand anderen an sich heranlassen. Man brauchte Freunde, auf die man sich verlassen konnte.

»Aber du besuchst mich doch, wenn das Baby kommt, ja?« Ich würde auf keinen Fall zulassen, dass er sich da herauswand.

»Ich weiß es nicht. Ich habe überlegt zu verreisen. Vielleicht bin ich nicht rechtzeitig zurück«, sagte er mit der Ausstrahlung von jemandem, der gerade zu einem peinlichen Date eingeladen wurde.

»Echt jetzt?«, fauchte ich und verlor für einen Moment die Geduld mit ihm. Er wollte Weihnachten ausfallen lassen. War das nicht schon genug? Ich holte tief Luft und schüttelte meine Verzweiflung ab. »Ich will nicht, dass du das verpasst.«

Er schenkte mir ein angespanntes Lächeln. »Sagt die Frau, die nach New York durchgebrannt ist.«

»Das war etwas anderes.«

Er hob eine Augenbraue. »Hör zu, das hat nichts mit dir zu tun. Ich muss einfach weg aus dieser Stadt. Überall, wo ich hinschaue, sehe ich ihn. Aber ich sehe ihn nicht, wie er war. Ich traue meinen Erinnerungen nicht mehr. Er hat mich die ganze Zeit über angelogen. Nichts, was wir hatten, war echt.«

Ich legte eine Hand auf seinen Arm und fühlte mich furchtbar, weil ich die Beherrschung verloren und mich von meinen Hormonen hatte überwältigen lassen. »Du hast jedes Recht zu trauern. David hat dich geliebt. Dessen bin ich mir sicher.«

»Warum hat er dann so was getan? Ich dachte, ich kenne ihn besser als jeder andere auf der Welt«, sagte er mit leiser Stimme, als sich eine Gruppe lachender Freunde an uns vorbei ins Restaurant drängte. »Er hat ein ganzes Leben vor mir verheimlicht.«

Ich dachte an Smith und wie kompliziert unsere Beziehung am Anfang gewesen war. Er hatte seine Geheimnisse gehütet. Es hatte lange gedauert, bis zwischen uns Vertrauen entstanden war, und auch jetzt wusste ich, dass es tief in seinem Inneren Bereiche gab, die mir verschlossen waren. Vermutlich waren sie auch ihm verschlossen. »Es gibt immer unbekannte Orte in einer anderen Person, egal wie sehr man sie liebt oder wie sehr sie einen liebt.«

»Das ist es doch, was eine Ehe ausmacht«, explodierte Edward und erschreckte zwei Frauen, die mit Einkaufstüten an uns vorbeigingen und jetzt schnell die Straße überquerten. »Man findet diese Orte – und entdeckt sie gemeinsam. Man verbringt den Rest seines Lebens damit, die andere Person zu erforschen, bis man sie lesen kann wie eine kostbare alte Landkarte.«

Vielleicht hatte er recht. War das nicht genau das, was ich auch wollte? Smith so zu kennen, wie ich mich selbst kannte? Dass er mich entdeckte? Mich erforschte? Bis es kein unbekanntes Gebiet mehr zwischen uns gab. Es war die Art von Arbeit, die Zeit und Hingabe erforderte.

»Das haben wir nicht verstanden«, fuhr er fort, diesmal etwas ruhiger. »Und das Schlimmste daran ist, dass ich mich manchmal frage …«

Ich spürte, dass sich ein Geständnis anbahnte. Er öffnete gerade den Mund, als ein Hupen uns aufschreckte.

Ich drehte mich um und sah unseren neuen Range Rover an den Bordstein fahren, seine Scheinwerfer strahlten den Nieselregen an. Smith sprang aus dem Auto und machte ein finsteres Gesicht, weil er mich draußen vorfand. Instinktiv schob ich mich zwischen ihn und Edward, weil ich nicht wollte, dass mein Mann ihn jetzt dafür rügte, dass er mich im Regen stehen ließ.

»Nur einen Moment«, befahl ich ihm und erntete einen überaus missbilligenden Blick. Ich drehte mich zu Edward um, umarmte ihn herzlich und senkte meine Stimme, sodass nur er mich hören konnte. »Ich bin immer für dich da. Kein Urteil. Keine Erwartungen.«

»Sag mir Bescheid, wenn du die kleine Henne ablieferst«, flüsterte er zurück. »Ich verspreche zu kommen, sobald ich kann.«

»Ich weiß.«

Mehr konnte ich nicht von ihm verlangen. Ich wollte, dass mein bester Freund da war, aber ich wollte auch, dass er heilte. Vielleicht konnte ich ihm dabei helfen. Vielleicht musste man manche Schmerzen aber auch allein bewältigen.

Jemand hielt mir schwungvoll einen Regenschirm über den Kopf, und als ich hochsah, blickte ich in Smith' versteinertes Gesicht, eine dunkle Haarsträhne fiel ihm über die Augen. Sein schwarzer Mantel war am Hals zugeknöpft, dazu trug er schwarze Lederhandschuhe mit gekerbten Löchern an den Knöcheln. In dem Nieselregen und dem nebligen Zwielicht sah er aus wie ein dunkler Engel. Nicht die Sorte, die kam, um gute Nachrichten zu überbringen, sondern die, die Wut und Rache über der Erde ausschüttete. Ich erbebte.

Würde ich jemals alles von ihm wissen? Wollte ich das überhaupt?

»Meine Schöne«, sagte er sanft, aber bestimmt.

Ich gab Edward einen Kuss auf die Wange und drückte zum Abschied seine Hand.

Smith geleitete mich zurück zum Wagen. Als ich einstieg, wartete er, um sich zu vergewissern, dass mein Sicherheitsgurt richtig unter der Stelle positioniert war, an der unser kleines Mädchen heranwuchs, dann küsste er mich auf die Lippen. Selbst dieser kleine Akt ließ mich atemlos zurück und erinnerte mich daran, dass ich zwar nicht jeden dunklen Ort in ihm erreichen würde, aber dass er immerhin bereitwillig alle Türen für mich geöffnet hatte. Ich entschied selbst, durch welche ich treten wollte. Ich lehnte mich in meinem Sitz zurück, während er zur Fahrerseite ging, und beschloss, dass das mehr war, als die meisten Menschen je bekamen.

»Ist es warm genug?«, fragte er, als er den Gang einlegte und hinter einem Taxi hinausfuhr.

»Ja, angenehm«, sagte ich. Ich hatte gar nicht gemerkt, dass mir kalt war. Ich bewegte die Zehen, damit sie schneller auftauten.

»Warum hast du im Regen gestanden?«

Ich rollte mit den Augen. »Weil mein süßer Ehemann mir gesagt hat, dass ich in fünf Minuten bereit sein soll und dann zehn gebraucht hat.«

Das brachte ihn zum Schweigen.

»Wohin fahren wir?«, fragte ich. Am Telefon hatte er mir nichts Genaueres gesagt, aber er hatte beunruhigt geklungen.

»Das Haus.« Er zögerte und warf mir einen Blick zu.

»Unser Haus? Was ist los?« Ich runzelte die Stirn.

»Ich habe mich heute Nachmittag mit Georgia getroffen. Sie sagte, dass …«

»Was?«

»Im Grunde weiß ich es nicht.« Der Wagen wurde langsamer, als wir Richtung Holland Park in einen Verkehrsstau abbogen. Ungeduldig klopfte er auf das lederne Lenkrad. »Was ist denn hier los?«

»Wir waren nur zwei Tage in Sussex. Erzähl mir nicht, dass du dich schon nicht mehr an den Verkehr erinnerst«, sagte ich trocken, aber er lachte nicht.

Er reckte den Hals und versuchte, an der Fahrzeugschlange vor uns vorbeizusehen. Er war wirklich besorgt, wodurch meine Panik wuchs.

»Was genau hat sie gesagt?«, fragte ich.

»Dass wir zum Haus gehen müssten. Dass wir es uns selbst ansehen sollten.« Ein Auto neben uns wendete, und Smith lenkte uns hinüber und brachte uns Schritt für Schritt näher an das Unheil, das uns in Holland Park erwartete.

Das konnte doch nicht wahr sein. Ich war noch nicht bereit, mich an Thornham zu binden. Ich dachte, ich hätte mehr Zeit, aber wenn in unserem Haus in der Stadt etwas nicht in Ordnung war, was blieb mir dann anderes übrig? Ich würde Smith wohl kaum davon überzeugen können, dass wir einen neuen Wohnsitz in London brauchten. Ganz zu schweigen davon, dass wir heute Nacht keine Bleibe hatten, falls etwas nicht stimmte. Ich konnte Clara anrufen, und wir könnten zu ihr fahren, aber ich bezweifelte, dass Smith von dieser Idee angetan sein würde. Ich strich mir mit kreisförmigen Bewegungen über den Bauch. Das Baby konnte jeden Tag kommen, doch ich war noch nicht bereit, mein Leben in London ganz aufzugeben. Nicht bevor es kam oder wir uns bereit fühlten, auf uns allein gestellt zu sein.

Vielleicht auch nie.

Je mehr Zeit ich in London verbrachte, desto mehr fragte ich mich, ob ich wirklich endgültig aufs Land ziehen wollte. Was sollte ich dort mit meiner Zeit anfangen? Speisepläne für die Köchin schreiben und über das Anwesen wandern? Ein paar Hunde adoptieren? Mit der Jagd beginnen? Was hatte ich mir nur dabei gedacht?

Ich öffnete den Mund, um Smith meine Gedanken mitzuteilen, doch da lichtete sich der Verkehr, wir wechselten auf die Nebenspur und bogen in die Straße ein, die uns nach Hause führte.

Von außen schien alles in Ordnung zu sein. Es war dasselbe imposante Stadthaus, dieselbe hübsche Straße, dieselbe ruhige verschlafene Atmosphäre, die ich erwartet hatte. Allerdings brannte kein Licht in den Fenstern, und das war seltsam. Nachdem wir uns einig waren, dass wir in London kein Personal einstellen wollten, hatte Smith ein elektronisches Überwachungssystem installiert. Es erlaubte uns, das Haus im Auge zu behalten, Lichter ein- und auszuschalten und sogar Türen aus der Ferne zu entriegeln, falls wir jemanden einlassen mussten. Georgia stand auf der Liste der Personen, die Zugang hatten, da sie im Notfall viel näher dran war.

»Ich dachte, wir hätten das Licht so eingestellt, dass es am

Abend angeht?«, sagte ich. Eine Vorsichtsmaßnahme, um potenzielle Diebe abzuschrecken.

»Das haben wir«, sagte er finster. Er lenkte den Wagen vor das Haus und stellte den Motor aus. »Bleib hier.«

»Auf keinen Fall«, sagte ich. »Georgia hat gesagt, wir sollten es beide sehen.«

»Wenn da jemand drin ist …«, knurrte er.

Ich schüttelte den Kopf, unbeeindruckt von dem Alphatier, das neben mir saß, und öffnete meine Tür. »Das hätte sie uns gesagt! Ich wette, das blöde System funktioniert nicht. Du weißt, dass sie nichts davon hält.«

»Ich vertraue einem Computer mehr als einem Menschen«, sagte er.

»Hinter dem Computer verbirgt sich ein Mensch«, bemerkte ich, als er um den Wagen herum zu mir kam. Ich hielt ihm die Hand hin, und er nahm sie widerwillig. Wir stiegen die Stufen zum Haus hinauf, Smith fummelte auf seinem Telefon mit der App herum. Doch als wir die Tür erreichten, stand sie bereits einen Spalt breit offen.

»Verdammt noch mal«, stieß Smith aus und legte die Stirn in Falten.

»Das warst nicht du?« Ich versuchte, mir meine plötzliche Nervosität nicht anmerken zu lassen.

»Ja. Du hast recht. Georgia wollte uns zeigen, dass das verdammte Ding kaputt ist. Ich werde morgen die Firma anrufen.«

»Aber heute Nacht?« Was, wenn die Türen über Nacht unverschlossen blieben und wir aufwachten und jemanden in unserem Haus vorfanden? Smith würde kämpfen. Diese Lektion hatte ich gelernt. Aber ich wollte nicht, dass mein Mann noch mehr Blut an den Händen hatte.

»Warte hier«, befahl Smith. Diesmal widersprach ich nicht, als er die Tür öffnete und nach dem Lichtschalter tastete, dann leuchtete plötzlich der Kronleuchter auf, und von überall im Raum wurde laut »Überraschung!!!!!!!!« gerufen.

Zum Glück trug mein Mann keine Waffe mehr, und Blicke konnten zum Glück nicht töten. Ich stieß die Luft aus, die ich angehalten hatte, lachte und schüttelte seinen Arm, als Georgia mit einem verschmitzten Lächeln im Gesicht hinter unserer Familie und unseren Freunden hervortrat.

»Tut mir leid, Price. Sie haben mich dazu gezwungen«, sagte sie.

Er funkelte sie wütend an. »Erinnere mich daran, dass ich dich als Kontaktperson von der Liste nehme.«

Smith mochte nicht erfreut sein, aber mein Herz lief über, als ich all die geliebten Menschen zusammen sah. Meine Tante Jane war hier und sprach mit meinem Bruder John. Es war etwas überraschend, ihn hier zu sehen, aber ich war froh, dass die wenigen Verwandten, die ich hatte, die Gelegenheit wahrgenommen hatten. Ich entdeckte meine Mutter, die im hinteren Teil der Menge schmollte. Sie hatte noch nicht akzeptiert, dass sie Großmutter wurde oder dass ich das Familienvermögen an ihren Stiefsohn übergeben hatte. Beides sah sie als Verrat an. Aber es war das strahlende Lächeln an der Spitze der kleinen Gruppe, das mir Tränen in die Augen trieb.

Clara Bishop, meine beste Freundin, war in diesem Jahr durch die Hölle gegangen, und hier stand sie in der ersten Reihe und lächelte, um mein Baby zu feiern. Die Kinder waren nicht dabei, und sie hielt ein Glas Champagner in der Hand. Sofort war ich neidisch. Sie sah umwerfend aus, rosig und glücklich, und unterstrich ihre Kurven mit einem engen, beigefarbenen Kaschmirpullover und dicken schwarzen Ponté-Leggins. Ihr seidiges braunes Haar sah aus, als käme sie gerade aus dem Salon, und ihr Make-up war zurückhaltend, aber perfekt. Ich unterdrückte ein Grinsen, als ich an das Mädchen dachte, das ich an der Universität gekannt hatte. Damals hatte sie Jeans und T-Shirts getragen und sich sehr zu meinem Leidwesen nicht für Mode interessiert. Als sie den Prinzen von England kennengelernt hatte, hatte sie ihren Stil auf eine Weise verändert, die einer Realityshow würdig gewesen wäre. Jetzt sah sie genauso aus wie die Königin, die sie war.

»War das deine Idee?«, fragte ich, als sie nach vorne schlenderte.

»Ich konnte nicht zulassen, dass meine beste Freundin ein Baby bekommt und wir das nicht feiern.« Sie warf ihren freien Arm um mich, und ich nutzte die momentane Ablenkung, um ihr die Champagnerflöte zu entwenden.

Ich nahm einen kleinen Schluck und stöhnte, bevor ich sie ihr zurückgab.

»Ich bringe dir welchen ins Krankenhaus«, versprach sie mit einem mitfühlenden Grinsen. »Es sei denn, du bekommst das Baby …«

»Nein, wir waren uns einig, dass ich sie hier bekomme«, sagte ich. »Ich glaube, er wird alle anderen aus dem Flügel rausschmeißen, auf dem ich liege.«

Clara lachte, aber ich sah, wie ein dunkler Schatten über ihr Gesicht huschte. Sie hatte nicht viel über die Geburt ihres Sohnes William gesprochen, aber ich wusste, dass damit verbundene Schrecken sie verfolgten. Das würde wahrscheinlich immer so bleiben.

»Wo ist Alexander?«, fragte ich und sah mich nach ihrem Mann um.

»Zu Hause bei den Kindern. Er lässt niemanden auf sie aufpassen als dich, Georgia und Norris«, flüsterte sie, »und Norris und Georgia könnten nicht einmal eine Windel wechseln, wenn ihr Leben davon abhinge. Einer von ihnen wird es lernen müssen, oder ich werde gezwungen sein, meiner Mutter die Schlüssel zu Buckingham zu geben.«

»Du hast doch mich«, sagte ich und tat beleidigt.

»Ich dachte, ich hätte dich endgültig an das Landleben verloren.«

»Wir sind für eine Zeit zurückgekommen.«

»Du bist erst vor zwei Tagen gefahren!« Aber sie schien überaus erfreut über diese Information zu sein. »Elizabeth vermisst dich. Sie hat einen Wutanfall bekommen, als Alexander ihr sagte, wohin ich gehe.«

»Ich komme morgen vorbei.« In London fühlte sich das Leben wieder richtig an. Hier konnte ich spontan Pläne machen, meine Patenkinder besuchen, mit meiner besten Freundin einen Happen essen gehen. »Ist Edward hier?«

Plötzlich wurde mir klar, warum er gezögert hatte, als ich ihn bat mitzukommen. Er musste von der Babyparty gewusst haben.

Clara verzog das Gesicht und schüttelte leicht den Kopf. »Ich dachte, er würde kommen … vor allem, als ich ihm geschrieben habe, dass Alexander nicht da ist. Ich glaube, er geht uns allen aus dem Weg.«

Ich brachte es nicht übers Herz, ihr zu erzählen, dass ich ihn heute Nachmittag gesehen hatte. Die zwei würden das mit der Zeit klären, aber ich hörte den Schmerz in ihrer Stimme. Sie liebte ihn wie ihren eigenen Bruder. Seine Entscheidung, nicht zu kommen, sagte ihr, was sie am meisten befürchtete:

Er ging nicht nur Alexander aus dem Weg, er wollte auch sie nicht sehen.

»Wahrscheinlich ist er beschäftigt. Ich meine, deine Schwester sehe ich hier auch nicht«, versuchte ich, sie abzulenken, während wir Arm in Arm ins Wohnzimmer gingen, wo Kaminsims und Fensterbänke mit Dutzenden zarter rosa Rosen geschmückt waren. Der Tisch in der Ecke war mit Platten mit Süßigkeiten gedeckt, darunter eine fünfstöckige Etagere mit Mini-Petits-Fours, die jeweils mit einer Zuckertiara versehen waren. Clara nahm eine Champagnerflöte mit Orangensaft und reichte sie mir.

»Partys machen weniger Spaß, wenn man schwanger ist«, grummelte ich.

»Du kannst aber so viel Kuchen haben, wie du willst.« Sie zog mich in die Ecke und senkte verschwörerisch die Stimme. »Lola ist in Silverstone.«

»Schon wieder?«

Claras Schwester Lola war meine Geschäftspartnerin. Da unsere Firma *Bless* fast ausschließlich online tätig war und mittlerweile über fünf Mitarbeiter verfügte, die sich um den Versand und die Lagerhaltung kümmerten, konnten sie und ich arbeiten, wo wir wollten. Lola arbeitete neuerdings zusätzlich noch für Anderson Stone, der nicht nur ein weltberühmter Rennfahrer war, sondern auch Alexanders Halbbruder. Lola sollte ihm helfen, sich an das plötzliche Interesse der Medien zu gewöhnen, die sich auf ihn gestürzt hatten, als die Wahrheit ans Licht kam. Weder Alexander noch Anders hatten voneinander gewusst, es gab eine Menge zu bewältigen, und Lola hatte ihn unter ihre Fittiche genommen.

»Wenn ich es nicht besser wüsste …« Clara ließ den Satz offen und funkelte mich mit verruchtem Blick an.

»Aber sie hasst ihn«, sagte ich lachend und wusste genau, was sie dachte. »Das hat sie mir selbst gesagt.«

»Es ist eine Erleichterung, sie bei ihm zu wissen«, sagte Clara. »Bei allem, was sonst so los ist. Aber darüber reden wir heute Abend nicht, denn es gibt Süßigkeiten und Geschenke, und ich hab heute Abend kinderfrei!«

»Ich kann nicht glauben, dass Alexander dich aus den Augen gelassen hat«, gab ich zu.

»Er hat Norris geschickt.« Sie deutete mit dem Kopf auf Alexanders langjährigen Freund, Leibwächter und Berater, der sich gerade mit meiner Tante Jane unterhielt und von ihr schamlos angeflirtet wurde, das war selbst von hier aus zu sehen.

»Das wäre ein interessantes Paar«, murmelte ich.

»Meinetwegen soll jeder sein eigenes Happy End kriegen«, sagte Clara nachdenklich, dann atmete sie tief ein. Wir wussten beide, dass Glück nicht Perfektion bedeutete, wenn es um die Liebe ging. Es bedeutete nur, dass es jemanden gab, für den sich all die Schwierigkeiten lohnten.

»Machen wir jetzt die Geschenke auf?« Meine Mutter erschien neben uns und sah Clara an, als wäre ich gar nicht da. »Ich habe morgen früh einen Termin.«

Ich zwang mich, mich vorzubeugen und sie auf die Wange zu küssen. Meine Mutter zu lieben war nicht leicht. Um ehrlich zu sein, war ich mir nicht sicher, ob ich sie überhaupt wirklich liebte, aber die Bedeutung familiärer Pflichten war mir von klein auf eingebläut worden.

»Belle«, sagte sie in abfälligem Ton und nahm den Kuss entgegen, ohne ihn zu erwidern, »du siehst müde aus. Warst du bei deiner Ärztin?«

»Morgen«, sagte ich. »Ich hoffe, dass sie die Kleine herausholt.«

Sie beäugte mich aufmerksam. »Wie viel hast du zugenommen?«

»Mary«, meldete sich Smith' strenge Stimme, bevor ihre Worte ihre volle Wucht entfalten konnten, »schön, dich zu sehen.«

Meine Mutter lächelte auf eine Art, die mehr Grimasse als Gruß war, und ging weg.

»Wenn ich denke, dass meine Mutter schlimm ist, erinnere ich mich immer an deine«, sagte Clara und legte einen Arm um mich. »Du hast nicht ein bisschen zugenommen. Du siehst nur aus, als hättest du eine Bowlingkugel verschluckt.«

Ich wusste, dass sie log, aber es war gut gemeint. Früher hatten die Bemerkungen meiner Mutter mich verletzt, aber das war vorbei. Ich hatte etwas zugenommen und eine Menge Kurven – was nicht nur normal, sondern auch gesund war –, und es war nicht so, dass sich mein Mann darüber beschwert hätte.

»Ich habe schon vor langer Zeit aufgehört, mich darum zu kümmern, was sie denkt«, sagte ich und wischte ihre Sorge beiseite, »aber sie hat einen wichtigen Punkt angesprochen. Geschenke?«

»Na dann los.« Clara klatschte in die Hände und bat alle, sich zu versammeln.

Es stellte sich heraus, dass ein Stuhl speziell für mich bestimmt war: ein neuer gepolsterter Schaukelstuhl, ein Geschenk von meiner Tante Jane. Die nächste Stunde verbrachte ich damit, winzige Babysachen auszupacken. Schühchen und Mützchen und kleine Kniestrümpfe. Es war fast unmöglich zu glauben, dass sie bald da sein würde und dass diese Dinge ihr gehören würden. Sie sahen aus wie für eine Puppe. Als ich fertig war, war ich umgeben von einem Berg Geschenkpapier und der Hälfte der Kinderabteilung von Harrods.

»Das wird ein gut gekleidetes Baby«, stellte Jane fest.

»Hier ist noch was.« Clara reichte mir lächelnd eine kleine Schachtel.

Ich schaute mir das hübsche Päckchen an und suchte nach einer Karte oder einem Anhänger. »Von wem ist es?«

Niemand meldete sich. Mein Blick sprang zu Smith. Hatte er es geschafft, ein Geschenk hereinzuschmuggeln, ohne dass ich es bemerkt hatte, aber er guckte genauso fragend wie ich. Ich löste die rosa Schleife und öffnete den Deckel der Schachtel. Darin fand ich ein kleines Schmuckkästchen aus Samt. Ich konnte mir ein Lächeln nicht verkneifen. Natürlich hatte Smith etwas vorbereitet, auch ohne zu wissen, dass es eine Party geben würde. Ich warf ihm einen verträumten Blick zu, aber er tat weiterhin so, als ob er von nichts wüsste. Als ich die Samtschachtel hochhob, trat er einen Schritt näher, und die Verwirrung in seinem Gesicht wich Sorge. Meine Finger hielten auf dem Deckel inne, als mir klar wurde, dass er wirklich nicht wusste, woher die Schachtel stammte.

»Vielleicht solltest du sie nicht …«, hob er an, als ich den Deckel bereits aufklappte. Darin lag eine einzelne Kupferkugel.

# 7

*Smith*

Georgia blieb noch, nachdem die anderen Gäste gegangen waren. Das letzte Geschenk des Abends hatte die Stimmung komplett ruiniert. Die arme Clara sah aus, als stünde sie kurz vor einem Nervenzusammenbruch. Ich konnte mir vorstellen, dass Alexander sie so schnell nicht wieder fortlassen würde. Das Problem war, dass es nicht irgendeine Kupferkugel war. Es war *die* Kupferkugel. Die, die ich für Hammond aufbewahrt, aber nie benutzt hatte. Und ich wusste genau, wo die Kugel sein sollte – ganz bestimmt nicht in einer Samtschachtel in Holland Park. Clara würde Alexander die Geschichte heute Abend erzählen. Ich würde ihn bald besuchen, damit er mir erklären konnte, wie eine Kugel aus einer Waffe, die ich ihm zur Aufbewahrung gegeben hatte, auf der Babyparty meiner Frau landen konnte.

Er würde keine Antwort für mich haben. Das spielte aber auch keine Rolle. Die Botschaft war klar: Ich hatte recht. In London waren wir nicht mehr sicher.

»Richte Alexander aus, dass ich ihn so schnell wie möglich sehen will«, sagte ich zu Georgia.

Sie hob eine Augenbraue. »Das klingt wie ein Befehl. Das wird ihm nicht gefallen.«

»Aber du wirst es ihm mit Vergnügen ausrichten«, sagte ich.

»Worum geht es hier?«, fragte sie. »Das sah aus wie die Kugel, die du für Hammond aufbewahrt hast.«

»Das war sie.« Ich überprüfte das Schloss der Hintertür, und sie folgte mir. Dann sah ich mir jedes Fenster an. »Wie lange war die Tür heute Nacht unverschlossen?«

»Ich habe alle selbst reingelassen. Niemand war ohne mein Wissen im Haus.« Sie klang fast entschuldigend. »Wenn ich das gewusst hätte ...«

Ich rief die App des Sicherheitssystems auf meinem Smartphone auf und begann, die Aufzeichnungen durchzusehen. In einer Liste war genau festgehalten, wann eine Tür oder ein Fenster geöffnet worden war. Mit Georgia neben mir ging ich alles schweigend durch, bis ich zu unserer eigenen Ankunft kam. »Du hast ein größeres Problem als diese Kugel. Von wem auch immer sie kommt, derjenige hat sie nicht selbst ins Haus gebracht. Es muss einer der Gäste gewesen sein.«

»Keiner von ihnen würde so etwas tun.«

Ich schloss die Augen, als ich spürte, dass ich Kopfschmerzen bekam. »Genau.«

»Ich rufe jemanden an, der heute Nacht auf das Haus aufpasst, damit du etwas Schlaf bekommst. Ich bin sicher, wir können einen Sicherheitsdienst arrangieren, solange ihr in der Stadt seid. Ich spreche mit ...«

»Nein«, unterbrach ich sie. »Ich traue Alexanders Männern nicht.«

»Es sind meine Männer«, gab sie zurück.

»Und du kennst sie alle? Du vertraust ihnen allen?«

»Ich traue niemandem«, erinnerte sie mich. »Außer …«

»Wem?« Dieser eine, dem sie vertraute, war der, den ich hier haben wollte, bis ich herausgefunden hatte, wie ich diese Situation allein bewältigen konnte. Ich würde mir die Waffe meines Vaters von Alexander wiederholen – wenn sie nicht auch fort war.

»Brexton«, sagte sie, »aber er hat gerade doppelt zu tun, weil er auf Anders aufpassen muss.«

»Schaff ihn her.« Wenn der MI-18, die geheimnisvolle Gesellschaft, die gegen die königliche Familie intrigierte, irgendein Interesse an Anders hätte, hätte sie ihn schon längst ausschalten können. Die Bedrohung für Belle jedoch war unmittelbar. Das spürte ich. »Warte, Brex wusste von der Kugel.«

Ich hatte sie ihm als Beweis gezeigt, dass ich nicht derjenige war, der Hammond getötet hatte, als er vor zwei Jahren an Weihnachten an meine Tür geklopft hatte. Ich hatte keinen Grund, Brexton Miles zu misstrauen, aber ich kannte ihn nicht gut genug, um das nicht zu erwähnen.

Georgia schüttelte den Kopf. »Auf keinen Fall. Brex ist ein offenes Buch.«

Es klang, als gäbe es da eine Geschichte, aber sie wollte sie nicht mit mir teilen. »Dann will ich ihn haben. Sag Alexander Bescheid.«

»Das wird ihm nicht gefallen.«

»Er ist mir etwas schuldig«, sagte ich knapp. »Daran werde ich ihn erinnern, wenn wir uns treffen.«

Georgia versuchte nicht, weiter mit mir zu diskutieren. Sie wusste es besser. »Du solltest dich ausruhen. Wenn das Baby erst da ist, wirst du nicht mehr viel zum Schlafen kommen.«

Trotz allem, was heute Abend passiert ist, musste ich unwillkürlich lächeln. Das Baby war das Licht in all dieser Dunkelheit. Bald würden wir den Beweis unserer Liebe kennenlernen. Wir würden eine Familie sein, und ich würde alles tun, um mein Kind und seine Mutter zu beschützen. »Dann wird es mir nichts ausmachen, müde zu sein.«

Georgia ging zur Haustür, und ich folgte ihr. Sie zog ihren Mantel von einem Bügel neben der Tür. »Wusste noch jemand von der Kugel, die du für Hammond aufbewahrt hast?«

»Keiner, der noch lebt.« Diese Frage hatte ich mir auch schon gestellt. Ich konnte es ihr nicht verübeln, dass sie sich wunderte.

»Vielleicht hat das nichts mit dem MI-18 zu tun.«

»Glaubst du das wirklich?« All unsere Probleme führten zu ihnen zurück. Es hatte Jahre gedauert, bis wir der gesichtslosen Organisation einen Namen geben konnten. »Niemand sonst weiß von der Kugel außer dir, Belle und Alexander. Glaubst du, einer von ihnen war es?«

»Sie wollen *ihn*«, sagte sie leise. »Ich will dein Ego nicht verletzen, Price, aber warum sollten sie jetzt an dir interessiert sein? Du bist raus.«

»Ich habe ihm geholfen. Ich habe meinen Kopf riskiert.« Und jetzt war er erneut in Gefahr.

Sie musterte mich einen Moment lang, ihre dunklen Augen verrieten nichts, dann wandte sie sich zur Tür. Als Georgia die erste Stufe betrat, gewann meine Neugier die Oberhand.

»Was denkst du?«, rief ich hinter ihr.

Sie blieb stehen, machte sich aber nicht die Mühe, sich noch einmal umzudrehen, dennoch hörte ich ihre Stimme klar in der kühlen Nacht. »Vermutlich können sich Menschen tatsächlich ändern.«

Ich dachte über ihre Worte nach, während ich die Haustür abschloss und sorgsam darauf achtete, die zusätzlichen Riegel vorzulegen, die nicht mit dem Sicherheitssystem verbunden waren. Die Überwachungsaufzeichnung hatte zwar nicht gezeigt, dass jemand im Gebäude gewesen war, aber sie hatte mich zuvor auch nicht darauf aufmerksam gemacht, dass mein System ausgefallen war. Das war eine harmlose Manipulation gewesen, Georgias Beitrag zur Babyparty, doch es erinnerte mich daran, dass auch ein Computersystem getäuscht werden konnte. Solange wir in Sussex waren, war es mir egal, ob jemand hier einbrach, das Haus verwüstete und mein Zeug stahl. Aber während mein wertvollster Besitz oben schlief, wollte ich wissen, dass sie in Sicherheit war.

Ich stieg die Treppe hinauf und erinnerte mich an früher, als ich so einen Abend damit verbracht hätte, Belle auf diesen Stufen zu vögeln, bevor ich zusah, wie sie tropfend von meinem Saft ins Schlafzimmer kroch. Jetzt war das anders. Ich stand kurz davor, alles zu haben, was ich wollte: sie, eine Familie, eine Zukunft. Plötzlich wirkte Thornham mit seinen albernen Geistergeschichten noch attraktiver. Die echten Geister waren in London. Das war der Ort, an dem ich meine Sünden begangen hatte. Hier waren meine Leichen begraben.

Ich hielt im Flur inne und bemerkte, wie leer sich das Haus jetzt anfühlte. Wir hatten uns nie die Mühe gemacht, viel daraus zu machen, hatten nie Kunst im ersten Stock aufgehängt. Jedes Mal wenn wir in die Nähe eines Bettes gekommen waren, waren wir darin gelandet, und jeder Gedanke an die Einrichtung war dahin. In Sussex war das anders gewesen. Dort hatten wir uns entspannt. Wir hatten geplant. Wir hatten einen ganzen Tag lang verdammte Gardinenstangen ausgesucht, und ich war noch nie so glücklich gewesen.

In unserem Schlafzimmer fand ich Belle vor, die gerade in einen Seidenkimono schlüpfte. Er war unter ihrer Brust geschlossen und fiel über dem Bauch auseinander. Bei ihrem Anblick stockte mir der Atem. Sie sah auf und grinste verlegen. »Er passt nicht mehr.«

Sie hatte die Ereignisse des Abends ganz gut überstanden, aber ich machte mir Sorgen, dass sie kurz vor einem Zusammenbruch stehen könnte. Erst die Skelette in Thornham und jetzt auch noch das kryptische Geschenk waren womöglich zu viel. Sie sollte sich auf die Geburt unserer Tochter konzentrieren, die letzten Tage mit mir genießen, bevor wir eine dreiköpfige Familie wurden.

»Du siehst nachdenklich aus«, sagte sie unglücklich.

Ich schüttelte den Kopf, entschlossen, unsere Probleme nicht mit ins Schlafzimmer zu schleppen. Wir sollten zumindest einen sicheren Ort haben.

»Gut.« Sie seufzte und drehte ihr Haar oben auf dem Kopf zu einem Knoten zusammen. »Ich wollte nicht vor allen darüber reden, aber *wir* sollten darüber sprechen.«

»Da gibt es nichts zu besprechen. Georgia kümmert sich darum.« Ich beschloss, nicht zu erwähnen, dass wir bald Personenschutz haben würden. Sie würde es früh genug herausfinden.

»Da gibt es nichts zu besprechen?« Sie drehte sich mit verschränkten Armen um. »Du musst nicht die ganze Last der Vergangenheit allein tragen.«

»Doch …«, ich hob eine Hand. »Solange du schwanger bist, schon. Du trägst gerade den wichtigsten Teil unserer Familie in dir. Lass mich den Rest machen.«

Ich wartete, aber mit meiner Bitte schien ich sie zum Schweigen gebracht zu haben.

»Meine Schöne.« Ich ging zu ihr und nahm sie in die Arme. »Nichts kann uns auseinanderbringen, weißt du noch? Du und ich? Das ist für die Ewigkeit.«

»Ich will nur eine Pause«, gab sie zu und kuschelte sich an mein Kinn. »Von den Bauarbeiten und dem Drama und den geschwollenen Knöcheln.«

»Dagegen kann ich etwas tun.« Ich führte sie zum Bett, und sie leckte sich erwartungsvoll über die Lippen, als ich vor ihr auf die Knie sank. Ich hob einen Fuß hoch und massierte ihren Knöchel.

Sie stöhnte. »Muss ich mir Sorgen machen, dass Fußmassagen zu unserem bevorzugten Vorspiel werden?«

»Das ist kein Vorspiel«, sagte ich und brachte sie zum Schweigen. »Ich kümmere mich nur um meine Frau.«

»Du willst also keinen Sex?«, neckte sie.

Mein Blick wanderte zu ihren leicht gespreizten Knien. »Ich habe gehört, das kann die Wehen einleiten.«

»Orgasmen können das«, korrigierte sie mich.

»In diesem Fall.« Ich ließ ihren Fuß los. Ich stand auf und reichte ihr die Hand. Sie war atemberaubend, als ich ihr auf die Beine half. Sicher, aber zaghaft. Verrucht, aber unschuldig. Nichts, was ich je erwartet hatte, alles, was ich je wollte.

Ich führte sie zu dem großen Kleiderschrank in der Ecke und öffnete die Tür. Sie wartete mit neugierigen Blicken, als ich aus meiner Jacke schlüpfte und nach einem Kleiderbügel griff.

»Du wirst mich betteln lassen, nicht wahr?«, murmelte sie mit einem wissenden Lächeln, aber ich schüttelte den Kopf.

»Nein, meine Schöne. Obwohl ich es liebe, wenn du bettelst.« Ich presste meinen Daumen auf ihre Unterlippe, drückte sie herunter und verschmierte ganz leicht ihren roten Lippenstift. Belle keuchte vor Lust und leckte mit ihrer Zunge darüber. »Gib mir deine Hände.«

Sie streckte sie mir hin und kreuzte sie an den Handgelenken, wie ich es ihr beigebracht hatte. Ich schmunzelte, als ich den Gürtel von ihrem Gewand abstreifte und mein perfektes Spielzeug bewunderte. Dann schob ich den Kimono von ihren Schultern und ließ ihn zu ihren Füßen hinunterflattern.

»Du bleibst jetzt ganz ruhig«, erklärte ich ihr und griff nach einem leeren Bügel, »und lässt dich von mir mehrfach zum Orgasmus bringen. Du wirst so oft kommen, wie ich will, du musst nicht um Erlaubnis bitten. Verstanden?«

»Ja, Sir«, hauchte sie.

Ich band den Gürtel um ihre Handgelenke, ließ eine kleine Schlaufe und verknotete ihn fest.

»Über den Kopf«, befahl ich.

Sie hob die Arme, ich drückte sie mit dem Rücken gegen dic Tür. Dann fädelte ich die Schlaufe des Gürtels über den Kleiderbügel, hängte ihn oben über die Tür und schob die Tür zu. Ich packte ihre Hüften und drängte sie dagegen, bis das Schloss einrastete und den Haken des Kleiderbügels – sowie meine Frau – einklemmte.

»Spreiz die Beine.«

Sie folgte meiner Anweisung, wobei ich schützend die Hände neben sie hielt, falls sie das Gleichgewicht verlieren sollte. Es war ein verdammt schöner Anblick. Meine schwangere Frau, die Beine gespreizt, ihr nackter, kurviger Körper gestreckt und zur Schau gestellt.

»Du bist das Schärfste, was ich je gesehen habe«, murmelte ich. Bald würde ich viel zu lange ohne sie auskommen müssen. Bei dem Gedanken, dass sie sich nach der Geburt des Babys für eine Weile schonen musste, wünschte ich mir fast, dass sie für immer schwanger blieb.

»Beweis es«, forderte sie.

Ich hatte gelernt, dass ich nie ganz sicher sein konnte, wie Belle im Schlafzimmer reagierte, wenn ich sie nicht dominierte. Manchmal fügte sie sich ohne Aufforderung – ein Zeichen, dass sie meine Dominanz brauchte. In anderen Fällen beantwortete sie jeden Biss und jede Markierung mit ihren Zähnen und Fingernägeln. Und dann gab es Zeiten wie heute Abend, wo ihre scharfe Zunge mich anspornte und mich an den Grund erinnerte, warum ich ihr nie hatte widerstehen können.

Der Grund, warum ich ihr niemals widerstehen könnte.

Das waren die Nächte, in denen sie am häufigsten kam.

Ich bewegte meine Hand zwischen ihre Beine und drückte meine Handfläche auf ihre warme Muschi. Sie stöhnte und versuchte, die Beine weiter zu öffnen. Ich lächelte über ihre Schamlosigkeit. Trotz ihrer Ungeduld belohnte ich sie, indem ich meine Hand weiter nach unten gleiten ließ und meinen Daumen durch ihre feuchte Spalte führte. Sie stöhnte auf, als ich die Klitoris umkreiste.

Ich fing langsam an und bearbeitete sie, bis sie die Augen nicht mehr offen halten konnte. Ich wollte sie sanft zum Orgasmus bringen, es gab keinen Grund für Eile. Sie war immer am schönsten, wenn sich ihr Körper zusammenzog – um was auch immer ich ihr gab – und ich wollte es genießen, sie zu beobachten, bis jeder Zentimeter von ihr unter Spannung stand und mir gehörte.

Stöhnend zog sie an dem Gürtel, und ich presste meinen Mund auf ihren und stahl diese süßen Laute von ihren Lippen. Ich erhöhte den Druck, tauchte einen Finger in sie ein und dann noch einen. Ich befriedigte sie langsam und entschieden mit meinen Fingern, bis ihr Körper sich anspannte.

Dann ließ ich sie kommen. Belle stieß einen erstickten Schrei aus, ihre Glieder verkrampften sich und zitterten dann zart.

Ich ließ ihr einen Moment Zeit, bevor ich ihr den nächsten Orgasmus entlockte. Als wir uns dem dritten näherten, keuchte sie und streckte sich.

»Stimmt etwas nicht, meine Schöne?«, fragte ich selbstgefällig.

»Ich will deinen Schwanz.« Die Bitte kam so wollüstig über ihre Lippen, dass ich sie ihr erfüllen musste.

Ich zog meine Hand zurück, ignorierte ihren Schmollmund und löste die Schlaufe vom Kleiderbügel.

Sex war in diesen Tagen schwieriger, aber nicht unmöglich – und ich liebte die Herausforderung. Mit ihren gefesselten Händen führte ich sie zum Bett und beugte sie darüber, die Arme über den Kopf gestreckt. Ihre Finger griffen nach der Bettdecke. Ich liebte es, wenn sie sich darauf vorbereitete, wie ich sie nehmen würde.

»Fick mich, Sir«, sagte sie, als ich mich zwischen ihre Beine schob.

»Das fühlt sich wie ein Befehl an.« Ich rieb mit der Spitze meines Schwanzes an ihrem geschwollenen Geschlecht entlang. Sie war bereits kurz vor dem Höhepunkt. Eine Berührung, und sie würde kommen. Ich zog mich zurück, und sie schrie auf.

»Spürst du, wie bereit du bist?«, fragte ich. »Ich könnte deine Klitoris anpusten, und du würdest kommen. Eine Berührung mit meinem Finger oder meiner Zunge? Ein Kuss? Wie willst du kommen?«

»Gib mir deinen Schwanz«, bettelte sie, »Sir.«

»Fuck, das könnte ich dir nie verwehren.«

Ich widerstand dem Drang, in sie hineinzustoßen. Ich war so bereit, zu fühlen, wie sie meinen Schwanz molk, dass es mehr als nur etwas Selbstbeherrschung erforderte. Ich wollte jeden Moment ihres Höhepunkts genießen. Ich stand hinter ihr und strich über meinen Schaft. Sie drehte den Kopf, um zu sehen, was ich tat.

»Ich will mit dir kommen«, sagte ich ihr und stellte mich seitlich von ihr hin, dass sie mir zusehen konnte, wie ich es mir selbst machte. Langsam, aber fest strich ich über meinen Schwanz, bis sich ein Tropfen bildete. Belle wimmerte, weil sie wusste, dass sie gleich bekommen würde, was sie wollte, und ich konnte nicht anders.

Ich wischte ihn mit dem Daumen ab, beugte mich vor und reichte ihn ihr. Sie nahm den Daumen zwischen die Lippen und lutschte ihn mit wilden Blicken ab. Wenn ich nicht kurz davor gewesen wäre zu kommen, wäre das alles gewesen, was ich gebraucht hätte. Ich nahm sie bei den Hüften und schob meinen pochenden Schwanz in sie. Ihr Höhepunkt begann, sobald ich in sie eindrang, und so ließ ich mir Zeit, verschaffte ihr Zentimeter für Zentimeter mehr Lust, bis sie endgültig kam, als ich ganz in ihr war und ebenfalls losließ.

So war es zwischen uns. Ich wollte sie, als wäre es das erste Mal – jedes Mal. Ich nahm sie, als wäre es das letzte Mal – jedes Mal.

Danach lag ich lange wach und sah ihr beim Schlafen zu. Es wurde zu einer schlechten Angewohnheit, aber ich konnte die Bedrohung nicht ignorieren, die ich jedes Mal spürte, wenn ich die Augen schloss – jedes Mal wenn ich meinen Blick von ihr abwandte.

# 8

*Belle*

Das Baby würde nie aus mir herauskommen. Ich würde die erste Frau in der Geschichte sein, die jahrelang schwanger war. Trotz Smith' ehrgeizigem Liebesspiel hatte ich noch keine einzige Wehe gespürt. Die Ärztin war keine Hilfe gewesen. Sie sagte mir nur, was auch im Internet stand: gehen, Sex haben, warten. Also fuhr ich durch die Tore von Buckingham Palace, parkte den Wagen so weit wie nur möglich von den Wohnräumen entfernt und hievte mich aus dem Sitz meines Mercedes. Smith war verärgert, dass ich nicht den Range Rover nehmen wollte, aber ich wollte die letzten kleinen Freiheiten des Lebens genießen, solange ich konnte. Der Anblick, wie ich mich schnaufend auf den Palast zubewegte, verblüffte einen Beefeater inmitten des zeremoniellen Wachwechsels derart, dass er kurz innehielt, bevor er sich an seine Pflicht erinnerte und sich wieder konzentrierte. Ich wusste nicht, ob ich beleidigt oder stolz sein sollte, dass es mir gelungen war, eine ausgebildete Wache abzulenken.

Am Eingang zum Palast traf ich Georgia, die mich anlächelte, was mir sofort verdächtig vorkam. Sie verstand sich zwar schon viel besser mit Clara, aber diese Freundlichkeit hatte nicht auf unsere Beziehung abgefärbt. Ich konnte mich des Gefühls nicht erwehren, dass sie es irgendwie missbilligte, dass Smith mich geheiratet hatte, auch wenn ich nicht wusste, warum. Ich war das Beste, was ihm je passiert war. Ich überlegte, ob ich ihr das sagen sollte, aber ich entschied mich für ein einfaches atemloses »Hallo«.

»Soll ich einen Rollstuhl besorgen oder so?«

»Urkomisch«, sagte ich in ausdruckslosem Ton. »Ich versuche, etwas Bewegung in die Sache zu bringen, damit diese Diva endlich aus mir herauskommt. Und das ist ziemlich unmöglich, da ich dank dir nirgendwo hingehen darf.«

»Dank mir?« Sie schnaubte und warf sich eine Haarsträhne über die Schulter, während sie mich zu Claras Privatwohnung führte. »Dafür ist allein dein Mann verantwortlich, Schätzchen.«

»Du ermöglichst es ihm«, sagte ich mürrisch. Ich hatte gedacht, Smith hätte die Situation auf der Babyparty besser aufgenommen als erwartet – bis zum nächsten Morgen, als ich entdeckte, dass Brexton Miles mein neuer Schatten war. Es könnte schlimmer sein. Er war lustig und süß und hatte eine Statur wie ein Panzer. Aber jede Hoffnung, die ich hatte, durch London zu spazieren und meine letzten Stunden ohne Kind zu genießen, war durch seine Anwesenheit zunichtegemacht worden. Ich fühlte mich, als hätte ich einen Babysitter.

»Du hast Glück gehabt. Du hast Brex bekommen. Deine beste Freundin sitzt bei mir fest«, sagte Georgia, als sie die Tür öffnete.

»Es ist schrecklich«, rief Clara aus ihrem Wohnzimmer. William lag auf ihrem Schoß und gluckste fröhlich. Sie hatte ihm eine kurze Hose angezogen, die zu seinen blauen Augen passte. Eine Strähne schwarzen Haares ragte oben auf seinem Kopf auf und ließ ihn jeden Tag mehr wie seinen Vater aussehen. »Und sie hasst Shoppen.«

»Du doch auch«, erinnerte ich Clara. Sie hatte sich wirklich verändert. Das fiel mir jedes Mal auf, wenn ich herkam, und seit unserer Rückkehr aus Sussex war ich fast jeden Tag hier gewesen. Nicht nur dass sie im Herzen Londons lebte, bei Veranstaltungen vom Balkon winkte und Gartenpartys veranstaltete, sie war Ehefrau und Mutter.

»Ich kaufe gern winzige Babysachen«, gab sie mit einem Augenzwinkern zu. »Ich kann nicht anders. Es macht mich glücklich.«

Und Glück schien hier in letzter Zeit Mangelware zu sein. Clara und Alexander liebten sich – das konnte jeder sehen. Aber ihre Liebe brachte Probleme mit sich. Ihn zu lieben, hatte sich für sie in mehr als einer Hinsicht als fast tödlich erwiesen. Der kleine William, der jetzt gesund auf ihrem Schoß saß, hatte in seinem kurzen Leben bereits eine Operation wegen eines Herzfehlers benötigt. Geld und Macht mochten ihnen Sicherheit verschafft haben, aber gegen Schicksalsschläge waren sie nicht gewappnet.

Clara stand mit William auf dem Arm auf und nickte in Richtung Kinderzimmer.

Georgia hielt eine Boulevardzeitung hoch. »Ich bleibe hier drin und informiere mich über das düsterste Geheimnis der königlichen Familie.«

»Sag mir später, was es ist«, sagte Clara zu ihr, und sie lachten. Etwas schnürte mir die Brust zu, und es dauerte einen Moment, bis ich erkannte, was es war: Eifersucht.

Sie hatten sich angefreundet. Natürlich hatten sie das, nach allem, was Clara durchgemacht hatte, und bei all der Zeit, die sie miteinander verbrachten. Es war nicht etwa so, dass ich Georgia näher sein wollte. Irgendwie war ich mir sicher, dass wir uns immer in die Haare kriegen würden. Aber ich vermisste die Tage, an denen ich mit Clara zusammengewohnt, bei zu viel Wein getratscht und gedacht hatte, die größte Entscheidung, die ich zu treffen hätte, sei, welche Blumen ich für meinen Brautstrauß wählen sollte. Das war vor Alexander und Smith gewesen und vor der verrückten Welt, in der wir jetzt lebten.

Sobald wir Williams Zimmer betraten, stürmte die kleine Elizabeth auf mich zu, ergriff meine Hand und zog mich in ihr eigenes Zimmer. »Ich habe ein neues Teeservice.«

Sie lispelte noch beim Sprechen, und mein Herz tat einen Sprung. Ich erinnerte sie nicht daran, dass ich ihr das Teeservice vor einem Monat zum Geburtstag geschenkt hatte. Es schien mir unwichtig. Elizabeth tat so, als würde sie uns beiden Tee einschenken, und ich nahm meine Tasse und nippte genüsslich. In ein paar Jahren würde sie mit meiner Tochter hier zusammen spielen. Ich konnte es kaum erwarten.

Das hieß, wenn Smith uns nicht in Sussex einsperrte.

Sie legte eine winzige warme Hand auf meinen Bauch, zog die Nase kraus und befahl: »Tritt!«

»Ich bin mir nicht sicher, ob sie das auf Kommando macht, Süße«, warnte ich sie.

Sie warf mir einen so typischen Alexanderblick zu, dass ich automatisch lachen musste, was schließlich in einem Tritt endete.

Nach ein paar Minuten gelang es mir schließlich, Elizabeth davon zu überzeugen, in Williams Zimmer zurückzukehren.

»Mein Zimmer ist interessanter«, informierte sie mich, wobei sie ungefähr die Hälfte der Silben verschluckte. »Wir sollten hierbleiben.«

»Ich möchte auch deinen Bruder sehen.« Vermutlich war sie ein bisschen eifersüchtig.

»Gut.« Sie zuckte mit den Schultern. »Aber er ist langweilig.«

Nach der Szene zu urteilen, die mich erwartete, als wir endlich in das Kinderzimmer zurückkehrten, hatte William aufgehört, langweilig zu sein, und endlich etwas Interessantes getan.

»Kluger Junge«, gurrte Clara und richtete die Kamera auf ihn, während er seine Zehen in den Mund steckte.

Wir traten ein, woraufhin er den Kopf bewegte – und dann drehte er sich um.

»Oh!« Ich applaudierte.

Elizabeth sah zu mir hoch, dann klatschte sie ebenfalls. Offenbar war sogar sie beeindruckt.

Clara richtete sich auf, ließ Wills auf dem Bauch liegen und lächelte, doch ich bemerkte, wie ihr Blick über mich wanderte, als erwarte sie, dass ich jeden Moment platzte. »Ich war mir nicht sicher, ob wir dich heute sehen würden.«

»Ich werde dem Baby eine Räumungsklage zustellen lassen.« Ich watschelte zu dem Sessel ihr gegenüber und ließ mich hineinsinken. »Ich bin ein Walross.«

»Du siehst umwerfend aus.« Ich merkte, dass sie es ernst meinte.

»Ich bin einfach bereit, die Kleine kennenzulernen.« Ich rieb über die Stelle, an der sie mich kurz zuvor noch getreten hatte.

Clara schaute auf ihr Telefon und betrachtete das Video. Ich hörte mich rufen und klatschen. Sie wischte über das Display und seufzte.

Es war klar, dass sie das Video ihrem Mann geschickt hatte, aber das war nicht derjenige, an den sie dachte. Das wusste ich, weil ich mir ebenfalls Sorgen um Edward machte. »Du solltest es ihm schicken.«

»Alexander hasst es, diese Sachen zu verpassen.«

»Du weißt, was ich meine.« Ich hatte letzte Woche den Schmerz in ihren Augen gesehen, als ihr klar wurde, dass er nicht zur Babyparty kommen würde. Fast hätte ich ihn am nächsten Tag angerufen, um ihm die Meinung zu geigen. Ich musste mich daran erinnern, dass er Raum brauchte, um zu heilen, auch wenn ich ihn bemuttern wollte, bis es ihm besser ging.

»Hast du mit ihm gesprochen?«, fragte sie mit einigem Zögern.

»Ein paar Minuten.« Ich hatte ihn nur einmal gesehen, seit wir wieder in London waren, ich wollte ihr auf keinen Fall etwas von dem erzählen, was er an jenem Tag gesagt hatte. Ich wusste, wenn ich ihr erzählte, dass wir zusammen Lunch gehabt hatten, würde sie nachfragen, und ich müsste noch mehr lügen. Edward hatte mich gebeten, ihr nicht zu sagen, wie sehr er mit seinen Gefühlen gegenüber seiner Familie kämpfte. Das musste ich respektieren. »Er hat angerufen, um mir zu sagen, dass er nach Italien fährt.«

Ihr mitzuteilen, dass er vorhatte, auch über Weihnachten weg zu sein, brachte ich nicht übers Herz.

»Er sagte, er will die ganze Zeit Nudeln essen und fett werden.« Genau das hatte er tatsächlich gesagt.

Aber Claras Stimme klang distanziert und voller Schuldgefühle, als sie antwortete: »Er wird mir nie verzeihen.«

»Dir muss er nicht verzeihen«, sagte ich sanft. »Er braucht Zeit, um zu verarbeiten, was David getan hat und was …«

Ich unterbrach mich, bevor ich Alexander erwähnte. Ehrlich gesagt, war ich mir sicher, dass er eine Wahl gehabt hatte. Ich wusste, was Smith in der gleichen Situation getan hätte. Er hätte ohne zu zögern jeden getötet, der seine Familie verletzt hätte – selbst wenn es jemand gewesen wäre, der ihm etwas bedeutete. Aber das machte es nicht leichter, Davids Tod oder wie es dazu gekommen war zu verkraften. Wir konnten nur hoffen, dass die Brüder eines Tages einen Weg finden würden, die Tragödie zu überwinden.

»Er wird zurückkommen«, sagte ich und wollte es so gern glauben. Jeder verdiente eine zweite Chance. Egal, was er getan hatte. »Schick ihm das Video.«

Sie dachte einen Moment darüber nach, bevor sie das Video aufrief und es abschickte. Dann legte sie das Telefon auf einen Beistelltisch und griff nach unten, um Wills hochzuheben. »Also werden die Wehen vorerst nicht eingeleitet?«

»Ich habe danach gefragt«, sagte ich und spürte, wie der Frust erneut in mir aufstieg. »Angeblich ist das nicht ratsam, wenn keine medizinische Notwendigkeit besteht. Dass ich allmählich durchdrehe, ist kein ausreichender Grund.«

»Glaub mir, du willst keinen Kaiserschnitt«, sagte Clara. »Vielleicht gibt es etwas, das du und Smith tun könnt …«

»Glaub mir, wir haben es versucht.«

»Das habe ich mir gedacht«, sagte sie mitfühlend.

»Natürlich behandelt er mich wie ein rohes Ei. Vielleicht funktioniert es deshalb nicht.«

Clara biss sich auf die Unterlippe und blickte zu Elizabeth hinüber, die damit beschäftigt war, Bücher aus Williams Regalen zu holen. »Ist dir etwas Dunkleres lieber?«

»Zumindest gröber.« Ich rollte mit den Augen. »Ich glaube, er ist besorgt, dass er es zu weit treibt.«

»Dafür gibt es Safewords.«

Ich verzog vor Überraschung das Gesicht. Clara und ich redeten nicht viel über unser Sexleben, aber wir wussten voneinander, dass wir es mit dominanten Männern zu tun hatten. Dennoch, angesichts der Tatsache, dass sie einmal bei der Erwähnung der Missionarsstellung errötet war, war ich unwillkürlich etwas schockiert, dass sie nun einen solchen Begriff benutzte.

»Guck nicht so erschrocken«, sagte sie. »Immerhin hab ich mal ein Halsband in deinem Schrank gefunden.«

Ich seufzte bei der Erinnerung daran, wie sehr sich die Dinge verändert hatten.

»Sag ihm, dass du es so willst«, riet sie mir, als sie die Enttäuschung auf meinem Gesicht sah. »Erinnere ihn daran, dass eine kleine perverse Sexsession dem Baby nicht schaden wird.«

»Vielleicht brauche ich auch einfach mal eine Auszeit«, sagte ich. »Mir folgt die ganze Zeit ein eins achtzig großer, beeindruckender schwarzer Mann.«

»Brex ist aber süß«, sagte sie, »und heiß.«

»Ich wusste, dass du ihn heiß findest«, mischte sich eine tiefe Stimme ein. Clara schloss die Augen, verlegen, von ihrem Mann ertappt worden zu sein. »Das zu hören wird ihn aber freuen.«

Sie drehte sich in ihrem Sessel zu ihm um. »Du wirst es ihm doch nicht sagen!«

»Werde ich nicht«, sagte er mit einem Grinsen. »Aber ich bin nicht derjenige, auf den er im Moment aufpasst.«

Nun wandte Clara sich mit flehendem Blick an mich. »Sag es ihm nicht.«

»Kann ich nicht versprechen«, erwiderte ich lachend.

»Was machst du überhaupt hier?«, schimpfte Clara. »Sich so anzuschleichen ist nicht nett. Solltest du nicht das Land regieren?«

»Offenbar muss ich mir Sorgen machen, dass meine Frau einen meiner besten Freunde scharf findet.« Aber ausnahmsweise wirkte er kein bisschen besorgt. Die Wahrheit war, dass Clara nur Augen für ihn hatte, und er nur für sie. Sie verehrten einander.

»Geh wieder regieren. Das ist Mädchenzeit.«

»Ich bin nur gekommen, um das zu tun.« Er beugte sich hinunter und küsste sie so ausgiebig auf den Mund, dass ich mich dabei ertappte, wie ich sie anstarrte. Als er sich von ihr löste, sah sie ihn sehnsüchtig an, während er sich hinunterbeugte, um Wills auf die Stirn zu küssen. »Und um meinem Sohn zu sagen, dass ich stolz auf ihn bin. Aber jetzt muss ich zurück. Ich bin ziemlich beschäftigt mit Regieren und so.«

»Natürlich«, sagte Clara trocken.

»Bis später«, sagte Alexander heiser, und ich hatte einen Kloß im Hals. Ich musste Smith wirklich dazu drängen, heute Abend ein wenig fordernder zu sein.

Als er schließlich ging, sah Clara noch ein paar Sekunden auf die Tür, dann räusperte sie sich. »Wo waren wir stehen geblieben?«

»Bei meinem heißen Bodyguard«, erinnerte ich sie, und sie verzog den Mund.

»Themenwechsel«, sagte sie. »Nicht dass es wichtig wäre, denn er ist total in Georgia verliebt.«

»Georgia?« Das hatte ich nicht gewusst.

Für Clara schien das nichts Neues zu sein. »Bis über beide Ohren. Ich glaube, sie liebt ihn auch, aber sie versagt es sich, mit ihm zusammen zu sein.«

Ich dachte an Smith und wie gebrochen er gewesen war, als wir uns kennenlernten. »Vielleicht braucht sie nur Zeit.«

Plötzlich hatte ich Mitleid mit Brex, der meine Launen ertragen musste und mir zum Frühstück einen Schokoladenkeks mitgebracht hatte. Und Clara hatte recht, er war scharf. »Worauf genau wartet sie denn noch? Ich glaube nicht, dass es einen Besseren gibt.«

»Ich glaube, bei der Liebe geht es vor allem darum, den richtigen Schlüssel zu finden«, sagte Clara, als hätte sie schon öfter darüber nachgedacht. »Nur der richtige Schlüssel kann das Herz öffnen.«

Ich seufzte, dann gestand ich ihr verlegen: »Jetzt kann ich an nichts anderes mehr denken als an Handschellen.«

# 9

*Smith*

Ich schlich mich in das Arbeitszimmer des Königs, wohl wissend, dass das wahrscheinlich genügte, um meine Sicherheitsfreigabe zu widerrufen. Ich nahm in einem gepolsterten Ohrensessel Platz und musste zugeben, dass ich Buckinghams Sinn für Tradition schätzte, wenn es um Komfort ging. Das Feuer, das im Kamin flackerte, verbreitete eine gemütliche Atmosphäre im Raum. Es ließ offizielle Treffen mit dem jungen König sicher weniger förmlich wirken. Ich war schon einige Male hier gewesen und kannte mich aus. Weil ich bis vor ein paar Wochen mit Alexander zusammengearbeitet hatte, wusste ich zum Beispiel, dass er in Kürze von seiner Audienz mit dem Premierminister zurückkehren würde. Es war nicht so, dass wir uns schlecht verstanden hätten. Unsere Beziehung war von Respekt geprägt gewesen. Ich war mit Informationen über den Tod seines Vaters zu ihm gekommen. Damals wollte ich nur, dass Hammond hinter Gitter kam, damit ich endlich ein unabhängiges Leben führen konnte. Aber die Situation erwies sich als komplizierter, als wir beide es vorausgesehen hatten.

Alexander hielt in der Tür inne und kniff gefährlich die Augen zusammen, als er mich neben seinem Feuer sitzen sah. Er schloss die Bürotür und ging wortlos zu seinem Schreibtisch.

»Ich habe um ein Treffen gebeten«, sagte ich zur Erklärung.

»Normalerweise wartet man darauf, dass besagtes Treffen angesetzt wird.« Er schob ein paar Papiere hin und her, dann gab er es auf, so zu tun, als sei er zu beschäftigt, um mich zu empfangen. Dennoch hatte er einen verkniffenen Zug um den Mund, als er zu einem Messingwagen hinüberging und sich einen Bourbon einschenkte. Mit fragendem Blick hielt er die Kristallkaraffe hoch.

Ich schüttelte den Kopf. »Ich bin in Bereitschaft.«

»Das Baby«, sagte er wissend. »Clara lässt ihr Telefon die ganze Zeit an.«

»Ich bin sicher, Belle weiß das zu schätzen.«

»Natürlich, Ihre Frau ist fast jeden Tag hier, zumindest war sie das in der letzten Woche. Ich könnte mir vorstellen, dass sie hier in die Wehen kommt.«

»Wäre das ein Problem?«, fragte ich.

»Nein.« Nachdenklich trank er einen Schluck, bevor er in dem Sessel mir gegenüber Platz nahm. »Aber wenn sie ohnehin hier ist, braucht sie vielleicht nicht auch noch meinen besten Mann als Kindermädchen.«

»Muss ich Sie daran erinnern, dass Sie in meiner Schuld stehen?«, entgegnete ich kühl. Alexander wollte mich nicht zum Feind haben, vielleicht musste ich ihn daran erinnern.

»Das weiß ich, aber ich schätze es nicht besonders, dass Sie Männer in meinem Namen umdisponieren.« Er schlug ein Bein über das andere, knöpfte sein marineblaues Sakko auf und ließ sich in den Sessel zurücksinken.

»Lassen wir den Blödsinn, okay?«, schlug ich vor. »Wo ist die Waffe meines Vaters?«

»In einem Tresor hier im Büro«, sagte er, ohne mich aus den Augen zu lassen. Ein unbedeutenderer Mann hätte vielleicht dorthin geschaut, wo sich dieser Safe befand, aber er verfügte über Größe.

»Sind Sie sicher?«

»Clara hat mir von dem Geschenk erzählt, das Sie erhalten haben. Ich habe die Waffe in der Nacht überprüft«, berichtete er. »Sie ist noch geladen, Smith.«

Ich holte tief Luft und hätte jetzt doch gerne einen Drink gehabt. In den letzten Jahren hatte ich dem Alkohol größtenteils abgeschworen, aber ich konnte nicht behaupten, abstinent zu sein. Trotzdem hatte ich es geschafft, meinen Alkoholkonsum größtenteils auf gesellschaftliche Anlässe zu beschränken und nicht als eine Form der Flucht zu nutzen. Jetzt war nicht die Zeit, diese Gewohnheit zu ändern.

»Ich glaube nicht, dass es ein Zufall ist«, sagte Alexander. Sein Blick wanderte zum Feuer. »Georgia hat erwähnt, dass Sie eine Verbindung zum MI-18 sehen.«

»Sie nicht?«, fragte ich.

»Es fällt mir schwer, heutzutage irgendetwas zu sehen, das nichts mit denen zu tun hat«, sagte er bitter. »Um ehrlich zu sein, war ich erleichtert, als ich hörte, dass Sie mit Ihrer Familie nach Sussex ziehen.«

Ich blinzelte. Alexander hatte bestenfalls kühl gewirkt, als ich ihm mitgeteilt hatte, dass ich an künftigen Ermittlungen nicht teilnehmen würde. Zuvor hatte ich ihm geholfen, weil Clara mit meiner Frau befreundet war und weil ich Mitgefühl mit ihm hatte. Doch jetzt hatten wir mehr zu verlieren als je zuvor – und ich war mehr als ein wenig überrascht zu hören, dass er das erkannte.

»Aber jetzt sind Sie wieder in der Stadt«, fuhr er fort.

»Wir werden nicht bleiben.«

»Weiß Ihre Frau das?«, fragte er leise und ungewöhnlich besorgt. »Sie scheint sich ziemlich fest an ihr Leben hier zu klammern.«

»Das wird sich ändern.«

Er neigte den Kopf. »In der Zwischenzeit wird Brex in ihrer Nähe bleiben. An ihm kommt niemand vorbei, aber wenn Sie sich entscheiden …«

»Sobald wir aus London weg sind, kann ich mich um alles kümmern«, unterbrach ich ihn. Alexander war mir etwas schuldig, und ich würde diesen Gefallen einfordern, aber zu einem Neuanfang gehörte auch, dass ich unsere Verbindung kappte.

»Es wird nicht leicht für sie«, warnte Alexander mich. »Und Clara sucht den Kontakt zu Ihrer Frau. Ich habe gesehen, was der Verlust von Edward mit ihr gemacht hat. Ich kann mir vorstellen, dass sie sich noch enger an Belle bindet, aber ich werde tun, was ich kann, um ihr die Umstellung zu erleichtern.« Alexander erhob sich aus seinem Sessel. »Möchten Sie die Waffe Ihres Vaters zurückhaben?«

Das war nicht nur das Angebot, mir die Waffe zurückzugeben, die ich in seiner Obhut gelassen hatte. Er wollte wissen, wie weit ich gehen würde, um Belle zu beschützen. An dem Tag, an dem ich ihm die Waffe gegeben hatte, hatte ich eine Entscheidung getroffen. Ich hatte geglaubt, wir hätten einen Weg aus der Dunkelheit gefunden, aber nun hatten sich erneut

Wolken vor die Sonne geschoben. Unsere Blicke trafen sich in stillschweigendem Einvernehmen. Wir beide mochten nicht immer einer Meinung sein, aber in einer Sache waren wir uns einig: Wenn es um unsere Frauen ging, würden wir alles opfern, um sie zu beschützen.

»Bitte.«

Alexander bewegte sich zu seinem Schreibtisch und ließ die Hand darunter verschwinden. Einen Moment später öffnete er hinter dem Porträt seines Vaters einen mit einem biometrischen Sensor verschlossenen Safe. Er griff hinein und nahm die Waffe heraus. Anstatt sie mir zu geben, drückte er die Kammer auf und nahm die Kupferkugel heraus. Er hielt sie zwischen Daumen und Zeigefinger hoch, damit ich sie sehen konnte.

»Ein Ratschlag: Es geht nicht um ihn. Was auch immer jetzt passiert, Sie dürfen sich nicht von irgendwelchen Geistern der Vergangenheit vom wahren Feind ablenken lassen.«

Ich sollte nicht denselben Fehler machen wie er selbst. Er brauchte es nicht zu sagen. Alexander hatte den falschen Leuten vertraut und fast alles verloren. Diesen Fehler wollte er nicht wiederholt sehen. Ich nickte, und Alexander ließ die Kugel in seine Tasche gleiten.

»Die brauchen Sie nicht«, sagte er und reichte mir die Waffe.

Das war kein Aufruf zum Pazifismus, sondern eine Erinnerung daran, mich auf die vor mir liegende Gefahr zu konzentrieren. Wer auch immer dahintersteckte, hatte mir bereits die Munition geschickt, um es zu Ende zu bringen.

»Wenn Sie noch etwas brauchen …«, bot Alexander an.

»Ich melde mich.« Aber wir wussten beide, dass das nicht stimmte. Wenn ich London das nächste Mal verließ, würde es für immer sein.

# 10

*Belle*

Clara hatte mich auf eine Idee gebracht. Den Nachmittag über hatte ich über das nachgedacht, was sie gesagt hatte. Smith war mein Schlüssel. Er passte in jeder Beziehung zu mir. Neben dem Stress mit der Renovierung, dem Geschäft und angesichts neuer Bedrohungen, denen wir und unsere Freunde ausgesetzt waren, schienen wir nie eine Pause zu haben. Es war nicht so, dass unser Sexleben verkümmert wäre, aber ich verstand endlich, was fehlte. Smith war ein Gentleman und bereitete sich auf die Vaterschaft vor.

Dafür liebte ich ihn. Trotz seiner eigenen tragischen Kindheit hatte er genauso sehr ein Baby gewollt wie ich. Vielleicht sogar mehr. Er vertraute darauf, dass wir gute Eltern sein würden, was mich ungemein beruhigte. Er hatte wirklich alles für mich getan, Fußmassagen, Unmengen von Süßigkeiten, gemeinsame Arztbesuche. Er war mit einer Leichtigkeit in seine Rolle geschlüpft, um die ich ihn fast beneidete.

Doch am besten passte er eben doch zu mir, wenn er grob war und unberechenbar. Natürlich wollte ich mit meinem Mann Liebe machen, aber manchmal wollte ich, dass er mich einfach nur fickte.

Als würde er mich besitzen.

Weil es so war.

Und ich sehnte mich danach.

Zu Beginn meiner Schwangerschaft, insbesondere nach dem Verlust unseres ersten Babys, wusste ich seine Rücksicht und seine Sorge zu schätzen. Aber es gab keinen Grund zur Sorge. Jeder Ultraschall hatte ein völlig gesundes Baby gezeigt. Ich hatte diese Schwangerschaft ohne Probleme durchgestanden, abgesehen von ein wenig morgendlicher Übelkeit zu Beginn. Ich hatte Claras Körper während eines Arzttermins gesehen, als sie mit William schwanger war. Alexander hatte sich nicht zurückgehalten. Er hatte sie als sein Eigentum markiert.

Ich hätte nie gedacht, dass ich Smith einmal bitten müsste, dasselbe mit mir zu tun. Aber ich sehnte mich mehr denn je nach seiner Dominanz. Ich brauchte es, dass er mich benutzte, mich in Besitz nahm.

Vielleicht hatte sich das über eine Weile aufgestaut. Vielleicht war es eine Hormonschwankung in letzter Minute. Und auch die Ungewissheit machte mir zu schaffen, was uns nach der Geburt erwartete. Würden wir jemals eine Minute alleine sein? Was, wenn er mich nicht mehr so begehrte wie jetzt? Was, wenn sich alles änderte? Zu gern wollte ich glauben, dass das nicht der Fall sein würde, aber ein letzter erotischer Schwanengesang schien mir sicherheitshalber angebracht.

Auf unserem Weg zurück zum Stadthaus wandte ich mich an Brex. »Können wir in Mayfair anhalten?«

Er schaute mich an und nickte. »Klar. Bei einer bestimmten Adresse?«

»Einfach die Grosvenor runter.« Ich machte mir nicht die Mühe, ihm zu sagen, was ich vorhatte. Brex war im Allgemeinen kein Spielverderber. Er machte keinen Aufstand, wenn ich darauf bestand, im Range Rover mit ihm vorne zu sitzen. Smith hatte sich geweigert, uns den Bugatti zu geben, aber in meinem Zustand kam ich eh kaum noch hinein und wieder heraus. Aber auch wenn ich nicht hinter das Lenkrad passte, behandelte ich Brex nicht wie meinen Fahrer. Es war schlimm genug, einen Bodyguard zu haben. Noch schlimmer war es, wenn dieser Bodyguard zum eigenen gesellschaftlichen Umfeld gehörte. Zumindest für mich fühlte es sich so an. Smith behandelte ihn wie einen Fremden.

Angesichts der Musik, die lief, zog ich eine Augenbraue nach oben. »Ich hätte nicht gedacht, dass Sie Country mögen.«

»Ist nicht ganz mein Geschmack«, sagte er und setzte ein verlegenes Lächeln auf, das im Widerspruch zu seiner einschüchternden Präsenz stand. »Aber der Sänger ist mein Cousin. Er hat gerade irgendeinen Preis gewonnen.«

Brexton Miles, mein Leibwächter und Vertrauter des Königs, ein Mann, der im Krieg gewesen war und den man in lebensgefährlichen Situationen hinzuzog, war insgeheim ein Riesenteddybär. Ich musste daran denken, dass Clara gesagt hatte, er sei in Georgia verliebt. Ich konnte mir nicht vorstellen, dass das gut gehen würde.

»Na, wenn das so ist.« Ich drehte den Song auf. »Ist nicht schlecht.«

»Ich sage ihm, dass er Ihre Zustimmung findet.« Er bog von der A4202 auf die Grosvenor ab und passierte auf seinem Weg eine Reihe von Geschäften. Früher hatten sich in Grosvenor Park zahlreiche Botschaften befunden. Viele von ihnen wurden jetzt in Luxuswohnungen umgewandelt. Wir kamen am Eaton Mayfair vorbei, in dem sich eines meiner Lieblingsrestaurants befand. Mein Magen knurrte. Dieser Tage schien ich ständig hungrig zu sein, aber ich war jetzt nicht auf Nahrungssuche. Ich hatte etwas anderes im Sinn.

»Hier!«, sagte ich, als ich die schwarz lackierte Ladenfront entdeckte. Sie hob sich von den Stein- und Backsteinbauten der Umgebung ab. Aber es war nicht nur die Wahl der Farbe, die einen Kontrast zu dem hochwertigen Uhrengeschäft auf der anderen Straßenseite oder der schicken Boutique nebenan bildete, es war das Schaufenster. Mein Lieblingsdessousladen tat wenig, um seinen Zweck zu verbergen. Die Schaufensterpuppen trugen sinnliche Spitze.

Brex warf einen Blick darauf und schluckte schwer. »Ich warte draußen.«

Er war eindeutig beweglicher als ich. Bevor ich es auch nur geschafft hatte, meinen Babybauch abzuschnallen, war er schon auf meiner Seite, um mir die Tür zu öffnen und mir mit einem geduldigen Lächeln herauszuhelfen.

»Es dauert nur einen Moment.« Ich schenkte ihm ein schüchternes Lächeln. Aber warum schämte ich mich eigentlich? Wenn Clara recht hatte und er in Georgia verliebt war, durfte er angesichts von Leder und Spitze nicht zimperlich sein.

Als ich den glamourösen und auf dunkle Art dekadenten Raum betrat, wusste ich sofort, dass ich die richtige Wahl getroffen hatte. Schwarzer Teppich mit einem unauffälligen Blumenmuster und goldene Regale sorgten für eine hedonistische Atmosphäre. In die meisten Sachen würde ich momentan vermutlich nicht hineinpassen. Unwillkürlich bewunderte ich einen Ganzkörperanzug aus sich kreuzenden Trägern, die einen sexy Käfig auf dem Torso einer Schaufensterpuppe bildeten. Eines Tages würde ich so etwas wieder für Smith tragen können. Im Moment beschränkte sich meine Auswahl eher auf die Accessoires des Ladens.

»Kann ich Ihnen helfen?« Eine Verkäuferin schlenderte heran, und ich spürte einen Anflug von Neid auf ihre schmale Taille. Sie konnte hier in alles hineinschlüpfen, und ich kriegte kaum den Sicherheitsgurt im Auto auf.

»Ich platze nicht«, versprach ich.

»Bitte entschuldigen Sie, falls ich gestarrt habe.« Sie errötete.

Ich unterdrückte ein Kichern und wunderte mich, dass mein schwangerer Bauch in einem Laden voller kristallbesetzter Peitschen, vergoldeter Handschellen und Dessous, die keinem anderen Zweck als der Verführung dienten, jemanden schockieren konnte.

»Kann ich das mal sehen?«, brachte ich gelassen hervor und deutete auf ein einfaches Halsband aus goldener und schwarzer Seide.

Sie öffnete die Vitrine und holte es heraus. »Ein schönes Stück.« Sie klang weniger verlegen als beeindruckt. »Das ist ein Schlupfknoten, wenn man ihn verschiebt, kann man das Band verstellen.«

Sie griff danach, um mir zu demonstrieren, wie sich das goldene Halsband in zwei Hälften teilte, wenn das Seidenseil gelockert wurde, sodass man es über den Kopf streifen konnte.

»Möchten Sie es probieren?« Sie hielt es mir hin.

»Ich weiß nicht, ob mein Mann begeistert wäre, wenn mir jemand anders als er selbst ein Halsband anlegt.«

Ihre Augen weiteten sich, ihr Blick sprang zu meinem Bauch und wieder nach oben. »Tut … m-m-mir … leid.«

Das arme Mädchen würde noch einen Herzinfarkt bekommen. Dass ich jemanden geschockt hatte, war schon lange her, und ich konnte nicht anders, als es ein wenig zu genießen.

»Ich nehme es.«

»Möchten Sie es als Geschenk verpackt haben?«, fragte sie mit einem Nicken.

»Das ist eine Idee«, sagte ich nachdenklich. Das Stück war sowieso schon eine deutliche Botschaft, aber ein Geschenk wie die totale Unterwerfung verdiente eine angemessene Hülle. Ich hatte nicht vor, mich in eines der aufreizenderen Stücke zu quetschen. Das brauchte ich auch nicht. Wahre Sinnlichkeit lag in der Andeutung dessen, was kam. Ich ging hinüber zu einer Auslage mit Seidenkimonos, wo ein blauer Morgenrock meine Aufmerksamkeit erregte. Der durchsichtige Seidenkrepp hing elegant auf einem Bügel, die lockere Silhouette war von zarter schwarzer Spitze gesäumt. »Und den nehme ich auch noch.«

»Natürlich.« Sie eilte los, um alles zu verpacken, und ich blickte mich mit sehnsüchtigem Blick im Laden um.

Kurz darauf trat ich mit zwei rosa Einkaufstüten in der Hand hinaus. Brex öffnete mir die Tür und nahm die Tüten, um sie hinten zu verstauen.

Als wir uns Holland Park näherten, räusperte er sich. »Brauchen Sie mich heute Abend noch?«

Vermutlich würde jemand heute Nacht ein Auge auf unser Haus haben, ganz gleich, was ich sagte. Ich hatte mir angewöhnt, Brex zum Abendessen einzuladen, nur um Smith dafür zu bestrafen, dass er ohne mich zu fragen einen externen Sicherheitsdienst eingeschaltet hatte.

»Nehmen Sie sich die Nacht frei«, sagte ich strahlend. Ich würde beschäftigt sein. »Wir bestellen uns was.«

»Wie Sie wünschen.« Als wir schließlich vor dem Haus anhielten, schien ein Lächeln um seine Mundwinkel zu zucken. Smith war noch nicht zu Hause, also begleitete Brex mich hinein. Er prüfte jeden Raum und testete die Sicherheitsvorkehrungen, während ich von den Kuchenresten meiner Babyparty naschte. Spontanes Kuchenessen stand ziemlich weit oben auf meiner Liste der Schwangerschaftsvorteile.

»Scheint alles sauber zu sein«, informierte er mich.

Ich hielt den Teller mit Petits Fours aus dem Kühlschrank hoch. »Möchten Sie eins?«

Er nahm eins und deutete mit dem Daumen in Richtung Tür. »Ich bleibe hier, bis Smith nach Hause kommt, aber vielleicht sollte ich …«

»Danke.« Zumindest besaß er Taktgefühl.

Nachdem Brex hinausgegangen war, aß ich den Kuchen auf und bestellte in einem Laden um die Ecke für den Abend ein Curry. Dann ging ich nach oben, um mich fertigzumachen. Ich nahm aus jeder Tüte eine Schachtel heraus, löste das schwarze Band, mit dem sie verschlossen waren, und hob die Deckel an. Als ich auf mein Smartphone schaute, entdeckte ich eine Nachricht von Smith. Er würde bald zu Hause sein, was mir gerade genug Zeit gab, mich frisch zu machen.

Ich legte den Bademantel und das Halsband auf der Bettdecke aus, dann entkleidete ich mich. Beim Blick in den Spiegel stellte ich fest, dass ich an meinem Haar und meinem Makeup nicht viel ändern musste. Ich trug roten Lippenstift auf und sprühte einen Hauch von Parfüm auf mein Handgelenk. Mehr brauchte ich nicht zu tun.

Ich hatte der Verkäuferin gesagt, dass mein Mann nicht begeistert wäre, wenn mir jemand anders als er selbst ein Halsband umlegte, aber heute Abend musste er eine Ausnahme machen. Ich konnte nicht abwarten, bis er es tat, denn ich wollte mich ihm als Geschenk darbieten und ihn daran erinnern, dass ich ganz und gar ihm gehörte.

Ich schob den Knoten nach unten und lockerte das Halsband, bis ich es über meinen Kopf streifen konnte. Dann zog ich es vorsichtig fest, sodass die zwei Enden des schwarzen Seils zwischen meinen Brüsten hingen. Ich spürte eine warme Welle der Erregung zwischen meinen Beinen, als ich daran dachte, wie er die Enden festhalten würde. Gerade zog ich mir den durchsichtigen Bademantel über die Schultern, als ich hörte, wie die Haustür aufging und Smith' Stimme durch das ansonsten leere Haus tönte.

»Meine Schöne?«

Ich biss mir auf die Lippe, band den Gürtel des Morgenmantels locker unter meinen Brüsten und ließ ihn so weit offen hängen, dass das Halsband gut zu sehen war. Ich war nicht nackt, aber kein Zentimeter von mir war bedeckt. Eilig huschte ich auf nackten Füßen in den Flur, als er wieder nach mir rief. Ich hörte seine Schuhe auf der untersten Stufe, als ich gerade den oberen Treppenabsatz erreichte.

»Ich habe …« Seine Worte erstarben auf seinen Lippen.

»Verzeihung, Sir.« Ich lächelte. »Ich hätte schneller kommen sollen.«

Er starrte mich weiter an, dann nahm er zwei Stufen auf einmal, blieb kurz unter mir stehen und ließ die Finger über die Seilenden aus Seide tanzen, die einladend zwischen meinen Brüsten hingen.

»Schneller kommen?«, wiederholte er. »Dafür ist es zu spät, meine Schöne. Ich denke, ich werde mir Zeit lassen.«

»Was das angeht«, schnurrte ich. »Lass dir Zeit, aber sei nicht zu sanft.«

»Belle!«, sagte er alarmiert, aber ich sah, wie sich seine Augen verdunkelten. Er sehnte sich genauso sehr danach wie ich.

Ehe er protestieren konnte, legte ich ihm meinen Zeigefinger auf die Lippen. »Wir haben uns jeden Tag sanft und zärtlich geliebt, seit wir erfahren haben, dass ich schwanger bin. Heute Nacht aber musst du mich ficken. Mich in Besitz nehmen. Zeig mir, dass ich dir gehöre.«

»Du hast mir immer gehört«, knurrte er.

»Beweise es«, sagte ich mit leiser Stimme.

Er legte den Kopf schief. »Bist du sicher …?«

»Willst du, dass ich auf die Knie gehe?«, fragte ich. »Willst du, dass ich bettele?«

Seine Zunge leckte über seine Unterlippe, und ich wusste, dass er es wollte. Aber er schüttelte den Kopf.

Ich unterdrückte einen Schrei der Verzweiflung. »Ich werde«, drohte ich, »mich auf diesen Boden knien und betteln, bis du mich fickst, Price.«

Er presste die Lippen zu einer schmalen Linie zusammen. Es dauerte einen Moment, bis ich erkannte, dass er nicht verärgert war. Er versuchte, nicht zu grinsen. »Ich dachte, du wolltest, dass *ich dich* dominiere und nicht umgekehrt.«

»Unglaublich!« Ich warf die Hände in die Luft, stapfte zurück in Richtung unseres Schlafzimmers und spürte heiße Tränen in meinen Augen brennen. Ich sank aufs Fußende des Bettes und vergrub das Gesicht in den Händen.

Er wollte mich nicht. Nicht so. Nicht so wie früher. Smith

konnte sich beherrschen. Er könnte mich stundenlang vögeln, wenn er wollte. Aber mir widerstehen? Das war vorher nicht möglich gewesen.

»Geh weg«, sagte ich kläglich, als er ins Zimmer kam, aber die Worte hatten kaum meine Lippen verlassen, als er mein Kinn anhob, dann beugte er sich vor, um meinen Mund zu erobern. Es war nichts Sanftes an seinem Kuss.

»Ich mag es nicht, wenn du mir vorschreibst, wie ich mit dir zu spielen habe«, sagte er, seine Stimme so rau wie seine Hände, als er mich mit einem Ruck auf die Beine stellte. »Ich werde so mit dir spielen, wie ich es will, meine Schöne, und du wirst dich nicht beschweren. Du wirst kommen, wenn ich es verlange. Du wirst mir deinen hübschen Arsch zur Bestrafung hinhalten. Und zwar verdammt noch mal sofort.«

Fast wäre ich auf der Stelle gekommen.

Smith ergriff die Seile und befahl mir, mich umzudrehen. »Beug dich vor. Stütz dich aufs Bett.«

Ich tat, was er forderte. Er schob das Halsband so herum, dass die Seile in meinem Nacken lagen. »Wenn du keine Luft bekommst, sagst du ›rot‹.«

Ich wollte protestieren.

»Widersprich mir nicht, sonst vögele ich dich, bis du kurz davor bist zu kommen, und dann höre ich auf und zwinge dich, es dir selbst zu machen, während ich zusehe. Verstanden?«

»Ja, Sir«, wimmerte ich. Ich wollte jede seiner Fantasien erfüllen, das war schon immer so gewesen. Aber heute Abend wollte ich in Besitz genommen und von ihm markiert werden.

Er schob den Morgenmantel über meine Hüften, tätschelte meinen Hintern und strich mit der Hand darüber. »Perfekt. Na ja, fast.«

Ich hörte seine Hand durch die Luft sausen und spürte dann, wie sie auf mein weiches Fleisch traf. Stechende Hitze durchfuhr mich, und ich schrie auf.

»Jetzt ist es perfekt«, sagte er anerkennend. Er rieb die Hitze an der Stelle aus, bevor er mir einen weiteren Schlag versetzte. Das ging so weiter, bis meine Haut ohne Unterlass sang. »Dein Hintern ist so schön, wenn er rot ist. Ich liebe es, die Spuren meiner Finger und Handflächen darauf zu sehen, wenn ich dich nehme. Willst du, dass ich das jetzt mache?«

Ich murmelte ein Ja. Mein Hals zuckte zurück, als er am Seil zog.

»Was war das, meine Schöne?«

»Bitte, Sir«, wiederholte ich deutlicher und spürte einen neuen Hitzeschub zwischen meinen Beinen.

Er ließ mich los und ging zum Kopfteil des Bettes, hob einen Stapel Kissen auf und schob sie unter mich. »Zum Abstützen. Keine Widerworte. Ihr beide seid für mich das Wertvollste auf der Welt.«

Ich schluckte und hielt die Kissen fest umklammert. Er kümmerte sich immer um mich. Er kümmerte sich um jedes Bedürfnis, sogar um die, von denen ich nicht wusste, dass ich sie hatte. Und jetzt war er dabei, mich erneut in Besitz zu nehmen. Ich unterdrückte ein Schluchzen, als er sich hinter mir bewegte und seinen Schwanz an meiner Pforte positionierte.

»So verdammt perfekt«, murmelte er, als er in mich eindrang.

Ich schloss die Augen. In mir breitete sich Leere aus, meine ganze Existenz konzentrierte sich nur noch auf den Schwanz in mir. Er war alles, was ich brauchte, alles, was ich jemals brauchen würde.

# 11

*Smith*

Ich rühmte mich, in Krisensituationen einen kühlen Kopf zu bewahren, aber niemand hatte mich gewarnt, dass Wehen keine Krise, sondern eine gottverdammte Zirkusnummer waren. Obwohl ich mich monatelang vorbereitet hatte, lief nichts, wie es sollte. Belles Tasche war nicht am vorgesehenen Platz, mein Handy musste aufgeladen werden, und ich konnte Edward nicht ans Telefon bekommen.

»Warte«, befahl Belle und blieb plötzlich auf der Treppe stehen. Sie krallte sich am Geländer fest, beugte sich vor und atmete so heftig ein, dass ich dachte, sie würde zusammenbrechen.

Ich drückte eine Hand auf ihren Rücken und versuchte, mich daran zu erinnern, was sie uns in dem Kurs, den wir letzten Monat besucht hatten, beigebracht hatten. Damals hatte ich die Informationen abgespeichert und mich gefragt, ob sie nützlich sein würden. Und jetzt? Mir wurde klar, dass die Vorschläge allein der Ablenkung dienten, damit ich nicht sah, was für ein völlig untauglicher Mistkerl ich war. Ich hatte sie in diesen Schlamassel hineingebracht, und ich konnte nichts tun, außer ihr zum Wagen zu helfen – was unfassbar viel Zeit in Anspruch nahm.

Als sie sich endlich aufrichtete, schenkte sie mir ein müdes Lächeln. »Die war heftig.«

»Bringen wir dich in den Wagen, bevor noch eine kommt, meine Schöne.« Langsam machte ich mir Sorgen, dass wir es nicht bis zum Krankenhaus schafften, wenn die Wehen weiterhin in diesen Abständen kamen.

Man musste Belle zugutehalten, dass sie sich schneller bewegte, als ich es in ihrem Zustand tun würde. Vielleicht machte sie sich dieselben Sorgen. »Weißt du noch, dass ich keine Medikamente wollte?« Sie wimmerte, als wir die Tür erreichten. »Ich habe meine Meinung geändert.«

»Bald«, versprach ich. Ich hielt sie fest, während ich die Tür entriegelte und sie mit dem Fuß aufstieß. Brex kam und schnappte sich die Tasche. Er trug einen schwarzen Regenschirm, um sich gegen den nebligen Nieselregen zu schützen, der irgendwann nach Einbruch der Dunkelheit eingesetzt hatte.

»Brauchen Sie noch Hilfe?«, fragte er ausgerechnet, als eine weitere Wehe einsetzte.

»Fass. Mich. Nicht. An«, sagte Belle derart scharf, dass Brex einen Schritt zurückwich.

Brex und ich tauschten einen Blick. Wir hatten in den Lauf von Waffen gestarrt. Er war im Krieg gewesen. Ich hatte Männer zu Tode gewürgt. Aber keiner von uns war je mit etwas so Schrecklichem konfrontiert gewesen wie mit einer Frau in den Wehen.

Dank seiner Voraussicht war das Auto angenehm warm, und als Belle endlich wieder eine kurze Gnadenfrist hatte, brachte ich sie hinein, sprach ein Gebet für die Polsterung und begab mich auf die Fahrerseite. Brex sagte nichts, als ich hinter das Lenkrad des Range Rovers glitt.

»Ich folge Ihnen.«

Ich schätzte seine Begleitung. Er hatte Belle in den letzten Tagen in der Stadt herumgefahren, aber ich würde sie jetzt niemand anderem anvertrauen. Ich fuhr auf die Straße, dankbar, dass sie in der Nacht Wehen bekommen hatte, als der Verkehr nicht ganz so dicht war. Trotzdem verhielt sich der Rover anders als mein Auto, und ich ertappte mich dabei, wie ich mit dem Fuß auf das Pedal drückte, um ihn zum Beschleunigen zu bringen. Auf dem nassen Asphalt konnte so eine Aktion gefährlich sein.

»Wir hätten den Bugatti nehmen sollen«, grummelte ich.

»Ich hätte die Sitze ruiniert.« Zwischen den Wehen bewahrte sich meine Frau noch ihren Sinn für Humor. Ich entschied, dass das ein gutes Zeichen war.

»Scheiß auf die Sitze«, knurrte ich und vermisste den wendigen Sportwagen.

»Ich hätte nie gedacht, dass ich das mal hören würde«, sagte sie. Ihre Hand tastete nach meiner, doch bevor ich meine Finger mit ihren verschränken konnte, rang sie nach Luft und beugte sich vor.

»Mist!« Ich fuhr über eine rote Ampel. Ein Londoner Taxi trat auf die Bremse. Der Fahrer, ein großväterlich aussehender Herr mit einer Schiebermütze, zeigte mir den Finger. Ich ersparte mir eine Erwiderung. Belle würde das Baby im Auto bekommen, wenn wir nicht bald das Krankenhaus erreichten.

Ich konnte Krankenhäuser nicht ausstehen. Bis jetzt hatte mein Aufenthalt dort immer dazu geführt, dass ich um Tote getrauert oder einen Mord geplant hatte. Das letzte Mal hatte Clara ein Kind auf die Welt gebracht. Das damals war ein ziemlicher Zirkus gewesen, aber heute war das St. Mary's zumindest von außen betrachtet ruhig. Ich war noch nie so froh gewesen, den Seiteneingang zu sehen.

»Hast du Clara angerufen?«, fragte Belle atemlos, als ich vor der Steintreppe anhielt.

»Mach ich noch, meine Schöne.« Als ich an ihre Seite des Wagens trat, um ihr herauszuhelfen, waren ihre Augen zu Schlitzen verengt. »Es steht auf der Liste! Edward und Clara, und dann musst du Lola Bescheid sagen, damit sie bei *Bless* für mich einspringt und …« Ihre Worte gingen in einem Stöhnen unter, das in mir sämtliche Alarmglocken schrillen ließ.

»Wird alles erledigt.« Ich rieb ihr die Schultern und wartete darauf, dass die Wehe vorüberging, damit wir ins Haus gehen konnten. Aber als die Krämpfe nachließen, blieb ihr Ärger zurück.

»Ich schaffe das«, schnappte sie und schlug meine Hand weg, während wir die Treppe hinauf und ins Haus gingen. Sofort tauchte eine Krankenschwester mit einem Rollstuhl auf, und Belle sank dankbar hinein, während ich unsere Personalien herunterrasselte.

»Mr. Miles hat uns angerufen«, sagte sie und schenkte mir ein mitfühlendes Lächeln.

»Wenigstens einer, der mitdenkt«, sagte Belle mürrisch und rieb sich den Bauch.

Ich hatte keine Ahnung, was mich erwartete, wenn es richtig losging. Zwar war ich auf Vorwürfe und Beschimpfungen vorbereitet, aber ich hatte nicht damit gerechnet, dass sie gleich am Anfang sauer auf mich sein würde.

»Die Hebamme wird Sie untersuchen«, sagte die Krankenschwester zu ihr. »Wer soll noch bei der Geburt dabei sein?«

»Und?« Belle sah mich mordlüstern an.

Sie selbst hatte es für das Beste gehalten, mit der Entscheidung zu warten, bis es so weit war. Aber ich war doch nicht verrückt, sie jetzt darauf hinzuweisen. »Ich rufe Clara an.«

»Wir kommen schon klar, Daddy. Machen Sie sich keine Sorgen.« Die Schwester senkte die Stimme. »Das ist alles ganz normal.«

Meine Frau hasste mich normalerweise nicht, also war ich davon nicht überzeugt.

Ich entfernte mich, um zu telefonieren. Als ich an der Tür eines anderen offenen Zimmers vorbeiging, sah ich einen Mann an der Seite seiner Frau, der sie während einer Wehe tröstete. Sie sahen so friedlich aus, dass ich sie anstarrte, bis eine vorbeieilende Krankenschwester mich dabei fast umrannte. Ich ging weiter in die Lobby, die in diesem exklusiven Flügel der Klinik menschenleer war.

Ich hatte nicht daran gedacht, Belles Telefon mitzunehmen, sodass ich nur Alexanders Nummer hatte. Er ging nach dem zweiten Klingeln ran, was irgendwie ebenso für die Art unserer Beziehung sprach wie für den Mann selbst. Es war fast Mitternacht, sein Tonfall war gedämpft.

»Ja?«

»Belle liegt in den Wehen. Sie will Clara dabeihaben.«

Alexander drängte nicht auf weitere Informationen. Er antwortete knapp: »Wir sind auf dem Weg.«

Dann legte er auf.

Ich hatte das Einzige getan, worum sie mich gebeten hatte, und noch dazu das Einzige, was sie von mir zu wollen schien.

Ich dachte an das Paar in dem anderen Zimmer, das liebevoll die Geburt durchlebte. Ich hatte keine Ahnung, warum meine Frau beschlossen hatte, dass sie mich nicht mehr hierhaben wollte, aber ich wollte auf keinen Fall zulassen, dass sie mich jetzt wegstieß.

Ich ging zurück in den Raum, der draußen bereits mit unseren Namen beschriftet war. Belle hatte eine Plastikmaske über dem Gesicht, und ihre Augen weiteten sich, als sie mich entdeckte.

Ich eilte zu ihr und löcherte die Hebamme mit Fragen, während eine Krankenschwester weiterhin Belles Vitalwerte aufnahm.

»Es ist nur Lachgas«, unterbrach sie mich. »Das hilft ihr, die Schmerzen etwas besser zu ertragen. Ihre Frau ist ziemlich weit in den Wehen.«

»Ist das eine gute Nachricht?« Ich neigte in Krisensituationen nicht zur Unsicherheit, aber das hier war Neuland für mich.

»Ja, aber das bedeutet, dass es jetzt am heftigsten für sie ist.«

»Wie lange noch?«, fragte ich grimmig.

»Minuten? Stunden?« Sie zuckte mit den Schultern und schob die Hände in die Taschen ihres burgunderroten Kittels. »Tage?«

»Tage?«, meldete sich Belle vom Bett aus, und als ich zu ihr blickte, sah ich, wie sie mich hinter der Maske verträumt anstarrte. »Das ist das Gas«, warnte die Hebamme. »Wenn sie die Maske abnimmt, lässt die Wirkung sofort nach.«

Ich nutzte die Gelegenheit, dass die kratzbürstige Belle durch eine schläfrige, ruhige ersetzt worden war. Als ich sie erreichte, fielen ihr die Augen zu und ihre Hand suchte nach meiner. Es tat mir weh, sie leiden zu sehen, aber ich war dankbar, dass sie meine Anwesenheit nicht nur zu tolerieren, sondern sogar zu wollen schien. Mein Blick sprang zu dem Sekundenzeiger meiner Uhr, um zu sehen, wie lange die Wehe diesmal dauerte. Die Hebamme hatte recht. Die Dinge nahmen eindeutig an Fahrt auf. Als der Schmerz nachließ, sackte Belle zurück, ihre Hand umklammerte ihre Maske, als wäre sie lebensrettend. Ihre Lider flatterten.

»Sie sollten sich zwischen den Wehen ausruhen«, riet ihr die Schwester. »Bald werden Sie dazu nicht mehr in der Lage sein.«

Belle sah mich mit trüben Augen an.

»Ich bin da, meine Schöne«, versprach ich.

»Clara?«, fragte sie mit belegter Stimme.

Sie mochte mich nicht mehr hassen, aber ich war trotzdem nicht die Person, die sie bei sich haben wollte. Ich zwang mich zu einem Lächeln und nickte. Natürlich würde ich alles tun, um ihr hier durchzuhelfen – ich würde sogar gehen, wenn sie das wollte. »Sie ist auf dem Weg. Es sollte nicht lange dauern.«

Belle zog ihre Hand aus meiner zurück und schien plötzlich eine Million Meilen entfernt zu sein.

»Ich suche nach ihr«, sagte ich und beugte mich vor, um sie auf die Stirn zu küssen. »Ruh dich aus.«

Sie war in guten Händen. Darauf musste ich vertrauen. Aber ich konnte die Angst nicht abschütteln, dass sich alles ändern würde – für immer.

# 12

*Belle*

Claras Gesicht tauchte in der Tür auf. Ihr dunkles Haar war zu einem nachlässigen Knoten gebunden, und ihre Wangen waren gerötet. »Darf ich reinkommen?«

Wenn ich bereit gewesen wäre, das Lachgas loszulassen, hätte ich mich vor Erleichterung auf sie gestürzt. Stattdessen musste ich mich damit begnügen, sie verzweifelt an meine Seite zu winken. Ich war mir durchaus bewusst, dass ich ohne Schmerzmittel zu einer Oberzicke geworden war, und ich konnte den Gedanken nicht ertragen, dass ich auch noch auf sie losging. Die Erinnerung an Smith' Gesicht, als ich ihn angeschnauzt hatte, kam mir in den Sinn, und es dauerte eine Sekunde, bis ich merkte, dass ich Tränen zurückblinzelte.

»Oh, Süße, was ist los?« Clara rannte zu mir und griff nach meiner Hand. So vieles hatte sich in den letzten Jahren verändert, aber sie war hier, in Jeans und T-Shirt, und sah überhaupt nicht aus wie die Königin. Sie war einfach meine beste Freundin und die Person, die ich mehr als jede andere auf der Welt hier wissen musste.

»Ich kann das nicht.« Durch die Maske klang mein Geständnis gedämpft, aber Claras Blick schmolz vor Mitleid.

»Doch, das schaffst du. Das weiß ich. Sie sagen einem zwar, dass es wehtut, aber in Wirklichkeit ist es viel schrecklicher, stimmt's?« Sie lächelte und drückte meine Hand. »Doch am Ende bekommst du die wunderbarste Belohnung.«

»Ist es das wert?« Zum ersten Mal begann ich mich wirklich zu fragen, ob ich den Verstand verloren hatte, mich schwängern zu lassen.

Claras Lachen klang glockenhell. »Ich habe schließlich noch ein zweites bekommen, oder?«

Aber mir machte nicht nur der Schmerz Angst. Der war furchtbar, aber er kam und ging. Wie Clara sagte, wenn das alles vorbei war, würde ich eine Belohnung bekommen.

Ich würde ein Baby haben.

»Ich bin nicht bereit«, krächzte ich.

»Belle«, sagte Clara ohne den leisesten Vorwurf und schüttelte den Kopf. »Das ist nicht wahr.«

»Doch«, sagte ich und fühlte trotz des Lachgases Panik in mir aufsteigen. Ich zog die Maske ab, damit ich sprechen konnte, und wurde mit einer Wehe belohnt, die mir den Atem raubte.

Clara beugte sich über mich und hielt meine Hand. »Du schaffst das schon. Es dauert nur noch eine Minute. Okay, dreißig Sekunden. Fast vorbei. So.«

Ihr Countdown hatte die bemerkenswerte Wirkung, dass sich die Wehe weniger schlimm anfühlte als die vorherigen.

»Danke«, sagte ich, wirklich dankbar, dass sie da war.

»Siehst du? Du kannst das.«

»Vielleicht diesen Teil!« Meine Panik kehrte zurück. »Ich habe keine Ahnung, was man mit einem Baby macht!«

»Das stimmt doch gar nicht.« Clara schüttelte den Kopf.

»Ich bin nicht verantwortungsbewusst genug, um ein Kind zu haben.«

»Auch das stimmt nicht.«

»Ich werde eine furchtbare, selbstsüchtige Mutter sein«, gestand ich ihr meine größte Angst. Monatelang hatte ich es geschafft, sie aus meinem Bewusstsein zu verbannen. Doch letztlich hatte sie die ganze Zeit über in mir getobt, und jetzt, in den Wehen, hatte ich nicht mehr die Kraft, sie weiter zu unterdrücken.

»Nein«, sagte Clara entschieden, alle Sanftmut war aus ihrer Stimme verschwunden. Sie sah mich mit funkelnden Augen an. »Du wirst keine furchtbare Mutter sein.«

»Woher willst du das wissen?« Ich schluchzte und wollte ihr so gern glauben, aber es war unmöglich. Es gab nur einen Grund, warum mich diese Angst so lange geplagt hatte.

Es stimmte. Ich würde das nicht gut machen.

Manche Frauen waren dafür geschaffen, Mutter zu sein. Clara war eine von ihnen. Aber die Wahrheit war, dass ich jedes Mal wenn ich ihre Kinder – meine Patenkinder – besuchte, mehr als glücklich war, sie am Ende des Tages bei ihren Eltern zurückzulassen. Ich hatte sie nie vermisst oder mir gewünscht, ich könnte sie mit nach Hause nehmen. Das konnte ich mit einem eigenen Baby nicht tun. Das war einer der Gründe, warum ich gern ein Kindermädchen einstellen wollte. Ich sollte die ganze Zeit Mutter sein wollen. Nicht nur während der arbeitsfreien Zeit. Aber ich konnte mir das einfach nicht vorstellen. »Woher willst du das wissen?«, wiederholte ich weinerlich. »Ich will nicht aufs Land ziehen oder große Autos fahren oder meine Firma aufgeben.«

»Sowohl eine Karriere als auch ein Baby haben zu wollen, bedeutet nicht, dass man eine schlechte Mutter ist.«

»Vielleicht bin ich nicht dazu bestimmt, Mutter zu sein. Vielleicht …«

»Du bist nicht wie sie«, unterbrach mich Clara. »Du bist nicht wie deine Mutter.«

Ich brauchte eine Sekunde, um zu verarbeiten, was sie gesagt hatte. Als ich es endlich begriff, zog ich die Maske wieder über mein Gesicht. Ich durfte nicht zulassen, dass meine Angst die Kontrolle übernahm. Ich musste mich beruhigen. Plötzlich wurde mir klar, dass ich mich von der Panik hatte überwältigen lassen.

»Du machst dir schon seit Monaten Gedanken darüber, stimmt's?«, vermutete sie. »Belle, du bist nicht wie deine Mutter. Ich habe sie neulich Abend erlebt. Ich kann mir vorstellen, dass das alles nur noch schlimmer gemacht hat, aber die gute Nachricht ist, dass wir nicht wirklich dazu verdammt sind, wie unsere Eltern zu sein. Sieh mich an. Und Alexander.«

Und Smith, dachte ich. Ich hatte ihm nicht von meinen Ängsten erzählt, weil ich befürchtete, dass ich ihn so erst auf die Idee brachte, uns zu vergleichen. Endlich verstand ich, warum ich das wütende Tier, das auf dem Weg ins Krankenhaus aufgetaucht war, nicht hatte an die Leine legen können.

»Meinst du, er will immer noch, dass ich sein Baby bekomme?«, fragte ich ausdruckslos.

Clara grinste. »Er sah aus wie ein Geist. Er kann es nicht ertragen, von dir getrennt zu sein.«

»Ja?« Vielleicht war es das Lachgas, aber ich begann, mich

nicht nur ruhiger, sondern auch viel besser vorbereitet zu fühlen.

»Willst du, dass ich ihn hole?«, fragte sie.

Ich öffnete den Mund, um zu antworten, drehte mich um und packte den festen Ball, zu dem mein Bauch geworden war. Die Wehe dauerte ewig, obwohl Clara mich geduldig daran erinnerte, dass sie gleich enden würde. Als ich endlich wieder zu Atem kam, zwinkerte sie mir zu. »Ich glaube, ich hole ihn lieber gleich.«

Ich nickte. Vielleicht würde es noch Minuten, Stunden oder Tage dauern, aber eines wusste ich ganz sicher: Ich wollte Smith an meiner Seite haben.

# 13

*Smith*

Ich hätte nie gedacht, dass ich jemanden so schön finden könnte wie Belle.

Und dann lernte ich meine Tochter kennen.

Ihr Haar war so fein, dass es wie Silbersträhnen aussah, die sich an ihren winzigen Ohren kräuselten. Sie war noch rosig, nachdem die Krankenschwester sie so kräftig abgerubbelt hatte. Das hatte ihr nicht besonders gefallen, und sie hatte gleich mal vorgeführt, dass sie meine Lungenkapazität besaß. Doch sobald man sie Belle gegeben hatte, beruhigte sie sich und sah mit großen suchenden Augen zu ihr hoch.

Nachdem Clara und Alexander gegangen waren, hatte ich sie genommen, damit Belle sich ausruhen konnte. Ich hatte immer gewusst, dass meine Frau stark war, aber zu sehen, wie sie ein Leben auf die Welt gebracht hatte, machte mich fertig. Immer wieder sah ich nun zu ihr hinüber, während sie schlief, erstaunt, dass sie mich auserwählt hatte, dieses Geschenk zu erhalten.

Sie brauchte den Schlaf, und ich war mehr als froh, dass ich Zeit und Ruhe hatte, jeden winzigen Finger meiner Tochter zu betrachten. Sie legte sie um meinen Zeigefinger, während sie auf meiner Brust schlief. Wie um alles in der Welt konnte etwas so perfekt sein? Ich fühlte mich, als würde ich sie schon mein ganzes Leben lang kennen, und konnte es kaum erwarten, sie aufwachsen zu sehen. Ich war bis über beide Ohren in sie verliebt.

Ich hatte sie schon eine Stunde lang angestarrt, als Belle meine Träumerei unterbrach: »Was denkst du, Daddy?«

Ich trug das rosa Bündel zu ihr hinüber und übergab es ihr vorsichtig. Sie erwachte quäkend und schmiegte ihr Gesicht sofort an Belles Haut, um nach Milch zu suchen. Belle hatte noch nie so perfekt ausgesehen wie jetzt, mit unserer Tochter im Arm.

»Hast du dich entschieden?«, fragte ich Belle leise, um sie nicht zu erschrecken.

Belle blickte auf, in ihren blauen Augen lag Verwirrung, dann lächelte sie. »Ich bin wohl immer noch müde. Was habe ich entschieden?«

»Wie sie heißen soll, meine Schöne.« Ich wusste, dass sie erschöpft war, und ich konnte es ihr nicht verdenken, nach dem, was sie durchgemacht hatte. »Wir können noch ein wenig warten. Ich weiß, wir hatten noch nichts beschlossen.«

Es gab keine Eile. Alles war perfekt. Wir waren genau da, wo wir sein sollten, und zum ersten Mal, seit ich denken konnte, fühlte ich mich vollkommen friedlich. Vor einer Woche hatten wir noch über die Namensfrage debattiert. Jetzt schien sie kaum mehr wichtig zu sein. Unsere Tochter war hier bei uns.

Belle betrachtete sie schweigend und ging zweifellos Namen in ihrem Kopf durch. »Wenn ich sie ansehe, habe ich das Gefühl, dass alles gut werden wird«, gestand sie.

»Da hat sie aber Glück.« Ich konnte mir ein Lächeln nicht verkneifen. Ich hatte das Gefühl, dass wir beide bei demselben Namen gelandet waren. »Penny.«

»Penny«, stimmte sie mit leiser Stimme zu. »Also, Penelope. Sophia als zweiter Vorname.«

»Penelope Sophia Price«, wiederholte ich. Das Baby gähnte, und sein Mund verzog sich zu einem verschlafenen Lächeln. »Ich glaube, sie ist einverstanden.«

»Apropos, ich hoffe, das hier gefällt dir.« Ich holte eine Samtschachtel aus meiner Tasche, die ich schon seit Stunden mit mir herumtrug.

Belle blickte auf die Satinschleife. »Was ist das, Price?«

»Ich wollte dir etwas Besonderes schenken, als Erinnerung an den Tag, an dem unsere Familie vollständig geworden ist.« Ich senkte den Blick und fragte mich, ob sie gehört hatte, dass meine Stimme brach. Ich hätte nie gedacht, dass ich irgendwann mal die Liebe meines Lebens finden würde, von einem gemeinsamen Kind ganz zu schweigen. Ein solches Setting hatte ich nicht auf dem Schirm gehabt. Gott sei Dank war Belle in mein Leben getreten. Gott sei Dank hatte ich ihrer großen Klappe nicht widerstehen können.

»Ich habe keine Hand frei«, flüsterte Belle. »Könntest du …?«

Ich nickte, streifte die Schleife ab und öffnete die Schachtel, um ihr die Halskette zu zeigen, die ich Anfang der Woche bei Harrods gefunden hatte.

»Sie ist wunderschön«, flüsterte sie. Belle sah mich mit tränenfeuchten Augen an. »Es ist ein Opal – Pennys Geburtsstein.«

»Ich bin froh, dass sie sich entschlossen hat, endlich zu kommen. Ich hatte schon Angst, dass ich die Kette umtauschen müsste«, scherzte ich. Ich wusste nicht, ob ich das tatsächlich getan hätte. Der Opal in der Mitte des Anhängers war von Diamanten umgeben und funkelte in schimmernden Farben, die mich irgendwie an die Sterne erinnerten, die ich Belle versprochen hatte. Und an die Schönheit, die wir nach allem, was wir verloren hatten, endlich gefunden hatten. Die Diamanten, die den Stein umgaben, verjüngten sich oben, um eine einzelne Perle zu umschließen.

»Die Perle …« Ich zögerte.

»Sie steht für das Baby, das wir verloren haben«, beendete Belle mit einem bittersüßen Lächeln. Natürlich sah sie es auch. Sie hatte lange nicht über die Fehlgeburt gesprochen, aber ich wusste, dass sie immer noch genauso viel an das Baby dachte wie ich.

»Sie sind beide bei dir«, sagte ich mit belegter Stimme.

Belle beugte sich vor, und ich strich ein paar Locken zur Seite, die sich aus ihrem Haarband gelöst hatten, dann legte ich ihr die Kette um.

»Was die andere Entscheidung angeht …«, setzte Belle an.

»Welche andere Entscheidung?« Ich war mir nicht sicher, wie sie an etwas anderes denken konnte als an diesen Moment. »Was auch immer es ist, es kann warten.«

»Nein, kann es nicht.« In ihren Worten lag eine gewisse Schärfe, die mich an die Löwin erinnerte, die sie während der Geburt gewesen war. »Ich bin bereit. Sobald sie mir die Erlaubnis geben, will ich nach Hause.«

»Das Essen hier ist doch gar nicht so schlecht.« Tatsächlich wurde der Tee, den sie ausschenkten, dem Preisniveau der zehntausend Pfund teuren Geburtssuite durchaus gerecht.

Schließlich hob sie den Blick und schaute mir in die Augen. »Ich will wissen, dass sie in Sicherheit ist.«

»Die Security hier …«, begann ich.

»Ich spreche nicht von hier. Oder London. Wenn es Zeit ist zu gehen, will ich nach Thornham«, sagte sie entschieden. »Ich bin bereit, nach Hause zu gehen.«

# 14

*Smith*

Das Weinen begann, als Penny drei Wochen alt war. Wir waren von unseren Ärzten und von den Büchern, die Belle gelesen hatte, vorgewarnt, allerdings war ich nicht darauf vorbereitet, was es mit mir machen würde. Sobald Belle aus dem Krankenhaus entlassen worden war, waren wir nach Thornham zurückgekehrt. Ich hatte Georgia gebeten, unsere restlichen Sachen zusammenpacken und zum Anwesen schicken zu lassen. Es hatte tränenreiche Abschiede von Clara und Tante Jane gegeben. Edward war nicht aus Italien zurückgekehrt, was bei mir einen bitteren Nachgeschmack hinterließ. Drei weitere Wochen waren vergangen, und das Weinen hatte nicht aufgehört. Penny schlief eher selten, sondern zog es vor, tagsüber in unseren Armen zu schlummern. Die Idee des Kinderzimmers hatten wir ganz aufgegeben und den Stubenwagen schon nach wenigen Tagen auf Belles Seite des Bettes gestellt. Das hatte eine Zeit lang funktioniert. Ich nahm es auf mich, morgens mit ihr aufzustehen, damit meine Frau ausschlafen konnte. Es war hart, aber wenn ich in Pennys graublaue Augen schaute, wusste ich, dass es das wert war. Belle schlief besser, wenn ich mit dem Baby in ein anderes Zimmer ging. Doch in letzter Zeit war sie auch dann kaum wachzukriegen, wenn Penny gestillt werden musste.

Ich sagte mir, dass ich es ihr nicht verübeln konnte.

Im Laufe der Wochen wurde ich sensibler für Pennys Schreien und wachte immer öfter auf, um beim nächtlichen Wickeln und Stillen zu helfen. Belle stillte sie, reichte sie mir zurück und drehte sich weg, um weiterzuschlafen. Nicht dass es mir etwas ausmachte. Nein. Ich war mir nur nicht sicher, ob wir einfach eine Überlebensroutine entwickelt hatten, damit wir alle bekamen, was wir brauchten, oder ob wir nur so taten.

»Wir müssen morgen Fotos von uns machen«, murmelte Belle, »für die Weihnachtskarten«. Sie glitt unter die Decke und rollte sich auf die Seite des Bettes, wo Penny endlich eingeschlafen war.

Ich drehte mich zu ihr um, strich über ihren Oberschenkel und küsste ihre Schulter. »Die Fotos können warten.«

»Wir sind spät dran«, sagte sie mürrisch. »Wir haben ein neues Haus und ein neues Baby. Die Leute erwarten Fotos.«

»Wen interessiert schon, was die Leute erwarten?« entgegnete ich sanft, und sie erstarrte neben mir.

»Ich werde es doch wohl schaffen, mich um so etwas Simples wie Weihnachtskarten zu kümmern«, blaffte sie. Penny rührte sich in ihrem Bettchen, und wir erstarrten. Als Penny weiterschlief, schob Belle meine Hand von ihrer Taille. »Gute Nacht.«

Ich zögerte. Ein Teil von mir wollte die Sache aufklären. Ich hatte sie nicht aufregen wollen. Ich wollte sie nur daran erinnern, dass wir uns keine Gedanken über alberne Dinge wie

Weihnachtskarten machen mussten, wenn wir sowieso schon gestresst waren. Stattdessen begnügte ich mich damit, sie an die zarte Stelle hinterm Ohr zu küssen. »Ich liebe dich, meine Schöne.«

Sie reagierte nicht, und ich redete mir ein, sie sei schon eingeschlafen. Sie hatte einen harten Tag gehabt. Doch das hatte ich mir in letzter Zeit ziemlich oft gesagt, und es fiel mir allmählich schwer, es zu glauben. Ich legte mich neben sie und starrte an die Decke, bis mich der Schlaf umfing.

Ein wimmerndes Schreien durchbrach die Dunkelheit, und ich rollte mich auf die Seite und rieb mir die müden Augen. Meine Hand griff nach Belles Seite des Bettes, die kalt und leer war. »Brauchst du Hilfe?«

Die einzige Antwort war Pennys Schreien. Sofort war ich hellwach, setzte mich auf und knipste meine Nachttischlampe an. Belle saß auf der Bettkante, den Kopf zum Stubenwagen geneigt, eine Hand auf dem Rand. Im ersten Moment dachte ich, sie würde ihn schaukeln, aber weder sie noch der Stubenwagen bewegten sich. Sie musste bei dem Versuch, das Baby zu beruhigen, eingeschlafen sein. Pennys Weinen wurde dringlicher, und ich sprang auf, ging um das Bett herum und zu der Korbwiege. Doch als ich sie erreichte, sah ich, dass Belle das Baby anstarrte und ihre Augen vom Weinen gerötet waren.

»Meine Schöne«, sagte ich sanft und beugte mich vor, um Penny hochzuheben.

Belle zuckte zusammen und hob schließlich das Gesicht. Als sich unsere Blicke trafen, wich ich einen Schritt zurück. Es war offensichtlich, dass sie geweint hatte, aber das war es nicht, was mich erschreckte. Ich hatte ihr schon tausendmal in die Augen geschaut und genau gewusst, was in ihr vorging: Angst, Aufregung, Freude. Jetzt war da nichts. Ihre Augen waren kalt und leer.

Ich schluckte, und Angst nagte an mir. »Ruh dich aus. Ich bringe sie rüber ins Kinderzimmer.«

Belle sagte nichts, sondern legte sich hin, drehte sich von mir weg und zog die Knie an die Brust. Ich überlegte, ob ich noch etwas sagen sollte, aber Penny begann zu schreien, und ich sah, wie Belles Schultern zitterten, als sie erneut zu weinen begann. Ich strich Penny über den Rücken und wiegte sie sanft, ging auf Zehenspitzen aus dem Zimmer und schloss die Tür hinter mir.

Penny wimmerte weiter, als ich sie ins Kinderzimmer trug, aber ein paar Minuten später sank sie an meiner Schulter in den Schlaf, während ich sie schaukelte. Wenn ich doch nur ihre Mutter so leicht beruhigen könnte. Das Einzige, was Belle zu helfen schien, war, wenn wir uns von ihr fernhielten.

Ich schaute auf Penny hinunter und bewunderte, wie sich ihre Augenlider im Schlaf bewegten und ein müdes Lächeln über ihr Gesicht tanzte. Ich liebte jeden Moment, den sie in meinen Armen lag – und ich wollte, dass Belle dasselbe empfand. Ich fragte mich, wie lange sie schon so starr auf der Bettkante gesessen hatte, bevor ich aufgewacht war. Ganz gleich wie oft ich ihr sagte, sie sollte mich wecken, oder sie daran erinnerte, dass ich gern mit Penny aufstand, sie bat mich nie darum. Sie hatte aufgehört, mich um irgendetwas zu bitten. Ich liebte sie mehr denn je, und doch hatte ich mich noch nie so abgeschnitten von ihr gefühlt. Ich wollte das in Ordnung bringen, aber wie machte man jemanden glücklich, wenn man derjenige war, der ihn aufregte?

»Okay, könnten Sie das Baby etwas höher halten?«, drängte die Fotografin, während ich nervös im Wohnzimmer auf und ab lief. Belle tat ihr den Gefallen und fasste Penny unter den Armen, die daraufhin gluckste. Penny trug ein cremefarbenes Oberteil mit aufgestelltem Kragen und eine marineblaue kurze Hose. Belle hatte das Haar zu einem Knoten hochgesteckt und sah aus, als wäre sie einem Magazin entstiegen. »So ist es gut. Jetzt lächeln.«

Belle verzog die Lippen zu einem Lächeln, das ich noch nie bei ihr gesehen hatte. Es gehörte nicht zu ihr. Es war, als würde ich eine Fremde ansehen. Sie hatte sich entschieden, die Fotos vor unserem Weihnachtsbaum zu machen. Humphrey hatte ihn vor ein paar Tagen auf meinen Wunsch hin aufgestellt und geschmückt. Eines Tages würden wir drei unseren Baum gemeinsam schmücken und unsere eigenen Traditionen haben. Dieses Jahr wollte ich uns nicht noch mehr aufhalsen. Die Renovierungsarbeiten waren erst letzte Woche abgeschlossen worden, obwohl rund um die Uhr gearbeitet worden war – ein weiterer heikler Punkt, der wahrscheinlich zu ihrem Stress beitrug. Ich war mir sicher, dass Belle sich in unserem neuen Zuhause endlich wohlfühlen würde, wenn sich die Dinge beruhigten.

Doch die Frau, die vor dem Weihnachtsbaum saß, war mir so fremd, dass mein Beschützerinstinkt erwachte und ich gegen den Wunsch ankämpfen musste, ihr Penny abzunehmen. Dabei liebte Belle unsere Tochter. Das war klar. So oft ich sie auch beim Weinen ertappte, genauso häufig sah ich, wie sie Penny voller Liebe in den Schlaf schaukelte.

»Sie werden schrecklich aussehen«, beschwerte sich Belle, nachdem die Fotografin eingepackt hatte und gegangen war. Sie wippte auf den Füßen vor und zurück und wiegte sich mit Penny, die eingeschlafen war.

»Ein Bild von euch beiden kann gar nicht schrecklich aussehen.« Ich weigerte mich, diesen Gedanken auch nur zu erwägen. Belle war das vollkommenste Geschöpf, das ich je gesehen hatte, und unsere Tochter sah bereits jetzt wie eine Miniaturausgabe von ihr aus.

Sie öffnete den Mund, um zu protestieren, aber ihr Handy klingelte. Ich streckte die Arme aus, und sie reichte mir Penny. Ich wanderte durch den Raum, während Belle den Anruf entgegennahm.

Bei der Renovierung hatten wir uns entschieden, viele der klassischen Elemente beizubehalten, die die Geschichte Thornhams widerspiegelten. Es hatte ein kleines Vermögen gekostet, den ursprünglichen Deckenstuck mit seinen Schnörkeln und Ornamenten wiederherzustellen. Am Ende ließen wir die Räume in einem warmen Beige streichen, wodurch sie offen und luftig wirkten – in einem Haus dieses Alters eine Leistung. Damit es nicht zu modern wirkte, hatten wir für das Wohnzimmer opulente, mit dunkelblauem Samt bezogene Sitzmöbel und Tische in dunklen Holztönen ausgewählt. Der Perserteppich verband die einzelnen Elemente im Raum und machte ihn elegant und einladend. Das meiste davon hatten wir vor Pennys Geburt entschieden, worüber ich froh war, denn ich konnte mir nicht vorstellen, mir jetzt über derart trivialen Kram Gedanken zu machen. Einen Esszimmertisch hatten wir immer noch nicht. Der würde erst nach Silvester kommen, und mein Arbeitszimmer bestand aus einem Schreibtisch, leeren Regalen und Dutzenden von Kartons, die darauf warteten, ausgepackt zu werden. Wenn ich einen Raum zum Arbeiten brauchte, konnte ich in mein Büro in der Stadt fahren, aber ich wollte keine Mandanten annehmen, bevor Penny etwas älter war.

Denn trotz unserer Absichten weigerte sich Belle strikt, eines der Kindermädchen einzustellen, die sich vorgestellt hatten. Immerhin hatte ich sie überreden können, mit einer von ihnen, Nora, zu besprechen, dass sie in näherer Zukunft kommen würde.

»Ich kann es nicht glauben.«

Ich drehte mich um und sah Belle an, die auf ihr Telefon starrte. Sie hob den Kopf und grinste wie ein Honigkuchenpferd. »Wir haben den Deal mit *Society*. Sie werden monatlich die von uns kuratierten Looks veröffentlichen.«

Sie schwebte mit ausgebreiteten Armen auf mich zu, und ich drehte mich zu ihr um. Sie legte das Kinn auf meine Schulter und küsste mich auf die Wange.

»Das ist ja toll, meine Schöne.« Das meinte ich ernst. Mit ihrer Firma *Bless* hatte sie aus einer vagen Idee eine feste Größe in der Modeindustrie gemacht. Doch das war nicht das Entscheidende. Ich hatte sie seit Wochen nicht mehr so aufgeregt gesehen.

»Lola stellt alle Verträge zusammen und schickt sie mir, damit ich sie abnicke. Bis ich aus dem Mutterschaftsurlaub zurück bin, müssen wir das irgendwie gemeinsam hinkriegen.« Begeistert ratterte sie die Details herunter, während Penny in meinen Armen weiterschlief.

»Deine Mum ist berühmt«, flüsterte ich Penny zu, und Belle lächelte verlegen und verdrehte die Augen.

»Das ist doch nichts Besonderes.« Sie zuckte mit den Schultern, und ich spürte, wie ihre Freude bereits nachließ. Ich wünschte, ich könnte die Stelle finden, an der sie heraussickerte, und sie abdichten.

»Ganz im Gegenteil, das ist etwas sehr Besonderes«, sagte ich schnell. »Und du musst nicht in Mutterschaftsurlaub gehen, meine Schöne.«

Ihr Blick verdunkelte sich, und rasch fuhr ich fort: »Ich habe ja noch keine Mandanten und habe Zeit. Außerdem können wir jederzeit Nora anrufen, damit sie ein paar Tage in der Woche kommt und wir etwas zusätzliche Hilfe haben.«

Belle biss sich auf die Unterlippe, und auf ihrem blassen Gesicht zeichneten sich widerstreitende Gefühle ab. »Penny ist zu klein für ein Kindermädchen.«

»Kein Kindermädchen. Nur etwas Hilfe«, korrigierte ich sie. Ich hatte schon eine Weile überlegt, wie ich das Thema ansprechen sollte. »Penny könnte bei dir sein, während du arbeitest, und Nora könnte ebenfalls dabei sein. Vielleicht könnte sie dir sogar bei *Bless* zur Hand gehen.«

»Sie ist ein bisschen zu jung für unsere Zielgruppe, aber sie schien an *Bless* interessiert zu sein«, stimmte Belle nachdenklich zu. »Vielleicht nur ein paar Nachmittage pro Woche.«

»Einen Versuch ist es wert«, sagte ich beiläufig.

Belle holte tief Luft und richtete den Blick auf den Boden, dann sah sie auf und flüsterte: »Bin ich eine schlechte Mutter, wenn ich die Arbeit vermisse?«

Ich schüttelte seufzend den Kopf und hatte das Gefühl, dass ein fehlendes Teil eines unvollendeten Puzzles aufgetaucht war.

»Wie kannst du dir da so sicher sein?«

»Was würdest du sagen, wenn ich im Ort einen Mandanten treffen müsste?«, fragte ich.

»Vermutlich würde ich fragen, wann und wie lange du weg sein wirst.« Sie zog die Augenbrauen zusammen. »Aber du nimmst doch keine Mandanten an.«

»Das ist nicht der Punkt. Wenn ich fragen würde, wäre es

nicht seltsam, also solltest du dich auch nicht schuldig fühlen, weil du arbeitest«, führte ich aus.

»Wir brauchen das Geld nicht. Ich sollte diejenige sein, die mit Penny zu Hause ist«, fuhr sie fort.

»Und das wirst du auch.« Ich drehte mich um und küsste sie auf die Stirn. »Wenn jemand eine brillante Geschäftsfrau *und* eine Supermutter sein kann, dann du.«

»Bist du sicher?« Ihre Mundwinkel zuckten, als würde sie tatsächlich gleich lächeln.

»Ich werde immer an dich glauben«, versprach ich und meinte es von ganzem Herzen.

# 15

*Belle*

»Ich denke, das ist alles«, verkündete ich Nora und wünschte, ich wäre mir so sicher, wie ich mich anhörte. Lola hatte darauf bestanden, die zwei Stunden von Silverstone nach Sussex zu fahren, um den letzten großen Meilenstein für *Bless* zu feiern. Ich hatte versucht, es ihr auszureden, allerdings nur halbherzig. In Wahrheit erfüllte mich die Aussicht, eine Freundin zu sehen, mit so viel Freude, wie ich sie nicht mehr empfunden hatte, seit wir mit Penny das Krankenhaus verlassen hatten. Natürlich fiel Lolas Besuch auf den Tag, an dem der neue Gärtner anfing, und konfrontierte Smith und mich zum ersten Mal damit, ein Kleinkind und die Außenwelt unter einen Hut zu bringen.

Nora beugte den Kopf über die Wickeltasche. »Möchten Sie, dass ich sie noch mal überprüfe?«

Ich schüttelte den Kopf. Ich wollte nicht zugeben, dass ich gestern Abend eine Checkliste geschrieben und auswendig gelernt hatte. Nora war erst den zweiten Tag bei uns, und ich wollte nicht komplett hilflos rüberkommen. Sie war nur hier, um mir das Leben leichter zu machen, nicht um mich zu ersetzen. »Ich glaube, wir sind so weit.«

Sie nahm die Tasche und schwang sie über ihre Schulter. »Soll ich sie schon mal runtertragen?«

Ich nickte und reichte ihr Penny. »Ich hole nur schnell meine Handtasche.«

Wir brachen sehr rechtzeitig auf. Smith hatte den Range Rover vorgefahren und warm laufen lassen. Ich musste nur noch meinen Lippenstift überprüfen und in die Stadt fahren. Ich konnte nicht leugnen, dass ich mich trotz der Freude, die ich empfand, auch ein wenig vor dem heutigen Tag fürchtete. Es war das erste Mal, dass ich mich mit dem Baby unter Leute wagte. Ja, ich würde Nora dabeihaben, aber ich wollte, dass alles reibungslos ablief. Wenn ich noch einen weiteren Tag in Thornham festsitzen und wie eine Gefangene durch die Flure wandern müsste, würde ich vermutlich durchdrehen.

Ich war schon fast auf dem Weg zur Haustür, als Mrs. Winters mich einholte. »Werden Sie um die übliche Zeit zu Abend essen?«

Vermutlich war Mrs. Winters von Smith' und meinem Mangel an Anstand entsetzt. Da wir kein offizielles Esszimmer hatten, nahmen wir das Abendessen oft in der Küche ein, zusammen mit dem Personal, das am Abend gerade da war. An manchen Abenden ließen wir das Abendessen ganz ausfallen. Mehr als einmal hatte Mrs. Winters eine komplette Mahlzeit gekocht, nur um festzustellen, dass wir keinen Hunger hatten. Wir hatten schnell gelernt, dass von uns erwartet wurde, dass wir ein Dinner einnahmen, ob wir das nun wollten oder nicht.

Es fühlte sich nicht an, als hätten wir eine Haushälterin, sie war eher etwas wie eine herrische Gouvernante.

»Vielleicht fragen Sie das besser Mr. Price. Ich weiß nicht, wie lange er bei Rowan sein wird.«

Sie kniff die Lippen zu einer grimmigen Linie zusammen, und in ihrem Gesicht erschien eine ganze Landkarte aus Falten. »Üblicherweise trifft die Dame des Hauses diese Entscheidungen.«

Ich biss mir auf die Zunge, bevor ich ihr sagen konnte, dass ich so weit davon entfernt war, eine Dame zu sein, wie sie es sich nur vorstellen konnte.

»Sie müssen sich wohl mit dem Herrn des Hauses begnügen.« Ich hoffte, sie benutzte diese Terminologie bei Smith. Schließlich war er – wenn auch nicht, seit Penny auf der Welt war – hin und wieder gern mein Herr.

»Und wird Miss Welter mit Ihnen essen?«

An der Art, wie sie fragte, erkannte ich, dass die Vorstellung, dass das Kindermädchen mit der Familie zu Abend aß, noch skandalöser war als mein Desinteresse, den Haushalt wie in einem Roman aus dem neunzehnten Jahrhundert zu führen.

»Herrgott, das weiß ich nicht«, explodierte ich.

Mrs. Winters verzog das Gesicht, bewahrte aber die Fassung. Vermutlich wusste sie genau, wie wenig ich eine Dame war.

»Bitte entschuldigen Sie. Ich will nicht zu spät kommen, und das Baby ist im Auto.«

»Natürlich, es würde mir nicht im Traum einfallen, Sie von Ihrem Kind fernzuhalten«, sagte sie kalt.

Deutlich weniger beschwingt trat ich aus der Haustür und streifte mir meinen Trenchcoat von Burberry über. Ein anerkennender Pfiff hallte durch die Luft, gefolgt von Smith' Stimme. »Ich bin mir nicht sicher, ob das Dorf auf dich vorbereitet ist.«

Mein Mann kam in Jagdstiefeln aus kastanienbraunem Leder über den knirschenden Kies auf mich zu, ein Grinsen auf dem attraktiven Gesicht. Smith hatte sich mit beneidenswerter Leichtigkeit auf dem Land eingelebt. In seiner Barbour-Jacke sah er aus, als wäre er für diesen Lebensstil geboren. Den braunen Cordkragen hatte er gegen den Wind hochgeschlagen, der sein Haar auf anziehende Weise zerzaust hatte. Die Rasur hatte er sich heute gespart, sodass ein deutlicher Bartschatten auf seinem markanten Kinn lag. Bei seinem Anblick zog sich mein Innerstes zusammen, was in letzter Zeit immer öfter vorkam. Ich wusste nicht, warum das passierte, ich wusste nur, dass es nicht gut war.

»Bis heute Abend«, sagte ich und stieg die Treppe hinunter. »Wo ist Rowan?«

»Offensichtlich weiß er, wie man ein Anwesen führt, und braucht meine Meinung nicht«, sagte Smith bedrückt.

Ich sah ihn erstaunt an. »Ach ja?«

»Fairerweise muss man sagen, dass er recht hat. Ich glaube nicht, dass der Monat, den wir mit deiner Mutter verbracht haben, wirklich als Erfahrung zählt.« Er beugte sich vor, um einen Kuss auf meine Lippen zu hauchen, und als er sich wieder aufrichtete, wirkte er aufgewühlt. »Ich weiß nicht, ob ich wirklich will, dass du gehst.«

Ich leckte mir über die Unterlippe und suchte nach Zeichen, dass er das ernst meinte. Ich hatte es geschafft, mich in eine schwarze Lederhose aus der Zeit vor meiner Schwangerschaft zu zwängen und in eine weiße Seidenbluse, die zu tief ausgeschnitten war, um für ein Mittagessen auf dem Lande als angemessen zu gelten. Smith griff die Aufschläge meines Trenchcoats und zog mich zu sich her.

»Ich glaube nicht, dass Mrs. Winters gefällt, dass ich so ausgehe«, murmelte ich ihm zu. »Eigentlich glaube ich, dass ich ihr ganz allgemein nicht gefalle.«

»Wen kümmert's, meine Schöne?«, murmelte er. »Obwohl es mir lieber wäre, wenn du zu Hause bliebst und hier arbeitest, wenn du so etwas anhast. Dein Outfit erinnert mich daran, wie ich verstohlene Blicke auf deine Brüste geworfen habe, als du noch meine Angestellte warst.«

»Sir«, sagte ich mit gespieltem Entsetzen. »Wenn ich gewusst hätte, dass Sie mich ansehen …«

»Oh, das wusstest du«, knurrte er. »Vielleicht kannst du mir, wenn du zurückkommst, noch einen Blick darauf gewähren …«

»Tut mir leid, dass ich störe«, rief Nora aus dem Wagen, und wir rückten voneinander ab. »Aber sie mag ihren Autositz nicht.«

»Bin schon unterwegs!« Ich duckte mich unter Smith' Arm hindurch und warf ihm über meine Schulter einen Kuss zu. Es war das erste Mal seit Wochen, dass ich das Gefühl hatte, dass wir wieder zueinanderfanden. Er hatte nicht jedes Wort sorgfältig gewählt, hatte es nicht vermieden, mich zu berühren. Ich hatte mir schon Sorgen gemacht, dass er mich nach Pennys Geburt nicht mehr mit denselben Augen sah wie vorher. Ich konnte ihm seine Zurückhaltung nicht verübeln. Um ehrlich zu sein, dachte ich in letzter Zeit nur noch selten an Sex. Warum hatte ich so lange damit gewartet, auf Nora zurückzugreifen? Ich fühlte mich schon wieder viel mehr wie mein altes Ich.

Dieses Gefühl verschwand, als ich auf den Fahrersitz kletterte und feststellte, dass Penny nicht mehr leise meckerte, sondern stinksauer war und schrie.

»Entschuldige, Süße«, rief ich.

»Ich glaube, ich bleibe besser hier hinten«, sagte Nora. »Sie wird sich beruhigen, sobald wir losfahren.«

Ich zögerte einen Moment lang. Aber dann schnallte ich mich an. Sie würde sich beruhigen, wie Nora gesagt hatte, und ich würde zum ersten Mal seit Wochen einen ganz normalen Tag erleben, beschloss ich, legte den Gang ein und fuhr in Richtung des Ortes. Es war an der Zeit, in die reale Welt zurückzukehren.

# 16

*Smith*

»Detective Longborn hat angerufen«, informierte mich Humphrey, als ich in den Vorraum trat und mich bückte, um die Stiefel auszuziehen. Als ich das erste Mal Matsch in die Halle geschleppt hatte, hatte ich auf die harte Tour gelernt, dass das Haus Mrs. Winters gehörte – ich wohnte nur rein zufällig hier.

»Was wollte er?« Ich zog Stiefel und Jacke aus und fuhr mit einer Hand in den Kragen meines kratzigen Wollpullovers.

»Anscheinend gibt es Neuigkeiten bezüglich des Fundes im Weinkeller«, sagte er bedeutungsvoll.

»Die Knochen?«, fragte ich. Ich hatte seit Wochen kaum an sie gedacht, war zu abgelenkt von meiner neuen Familie, um mich um die Tragödie eines anderen zu kümmern.

»Er würde sich gern mit Ihnen treffen.«

Ich stieß einen Seufzer aus. Das Problem mit dem Leben auf dem Land war, dass die Leute aus purer Langeweile ständig Dramen erfanden. Kein Wunder, dass die Hälfte des Fernsehprogramms aus Krimis über kleine ältere Damen bestand, die in idyllischen Orten auf dem Land Morde aufklärten. »Ich rufe ihn an.«

Ich hatte erst ein paar Schritte in die Küche getan, als Mrs. Winters mit einem langen Holzlöffel in den Händen drohend auf mich zutrat. Wenn Belle dachte, dass die alte Haushälterin – die auf ihren eigenen Wunsch hin auch unsere Köchin war – sie nicht mochte, mich hasste sie und tat wenig, um das zu verbergen. Zuerst dachte ich, es könnte damit zu tun haben, dass ich Schotte war, aber Rowan gegenüber war sie herzlich, und der war auf besorgniserregende Weise stolz auf seine schottische Herkunft. Ich vermutete, dass es ihr einfach nicht gefiel, in einem nicht ganz so traditionellen Haushalt zu arbeiten.

»Mrs. Winters, wie geht es Ihnen?«, fragte ich und gab mein Bestes, höflich zu sein, obwohl meine Nerven etwas angespannt waren. Ich hatte letzte Nacht sehr wenig Schlaf bekommen. Belle hatte sich angewöhnt, Pennys Weinen zu überhören, bis ich sie wachrüttelte. Aber ich wollte nicht jammern, immerhin war sie wenigstens tagsüber wieder mehr sie selbst.

»Nun, das kommt darauf an, Mr. Price«, sagte sie streng, und ich wappnete mich, »ob meine Dienste in diesem Haus tatsächlich benötigt werden.«

Ich runzelte die Stirn. Es gab keine Möglichkeit, den Überblick über den ganzen Laden zu behalten, insbesondere nicht mit einem Neugeborenen, das den größten Teil unserer Aufmerksamkeit beanspruchte. »Natürlich. Sie sind unverzichtbar.«

»Schmeckt Ihnen vielleicht mein Essen nicht?«, fragte sie.

Ich blinzelte. »Ihr Essen ist gut.«

»Um wie viel Uhr möchten Sie dann das Dinner serviert bekommen?«, fragte sie mit zusammengebissenen Zähnen.

Belle und ich würden wahrscheinlich nicht so bald ein traditionelles Landleben führen, nicht wenn ihr Geschäft so schnell wuchs oder ich meine eigene Kanzlei eröffnete, aber wenn wir nicht ein paar Änderungen vornahmen, käme es zu einer Meuterei. Rowan wollte in Ruhe seine Arbeit erledigen. Humphrey schien angesichts unseres Besuchermangels nie etwas zu tun zu haben. Irgendwie kam es mir so vor, als existierte er nur in den Zeitfenstern, in denen wir ihn brauchten. Ich sah ihn nie, außer wenn er erschien, um uns eine Nachricht zu überbringen. Und Mrs. Winters fasste unseren lockeren Zeitplan als persönliche Beleidigung auf.

»Um sieben«, antwortete ich ihr. »Ich werde dafür sorgen, dass Belle Bescheid weiß, und wenn wir bei der Arbeit aufgehalten werden, können Sie uns Teller zurechtmachen.«

»Teller zurechtmachen?«, echote sie.

Ich nutzte meine beste Anwaltsstimme, die dem Umgang mit besonders schwierigen Mandanten vorbehalten war. »Ich fürchte, wir werden einige Zeit brauchen, um uns nach unserem Leben in London an Thornham zu gewöhnen.«

Ihre strengen Gesichtszüge wurden etwas weicher.

»Und an das Baby«, fügte ich hinzu, sicher, dass dies der Dreh- und Angelpunkt meiner Argumentation war. Sie konnte unmöglich etwas gegen die Kämpfe junger Eltern sagen.

»Wenn die Hausherrin sich mehr auf ihr Baby konzentrieren würde, müsste sie vielleicht nicht auf der Suche nach dem Glück in der Weltgeschichte herumrennen.«

»Belle bevorzugt es, Mrs. Price genannt zu werden«, informierte ich sie und ließ jeden Anschein von Förmlichkeit fallen. »Belle ist eine wunderbare Mutter.«

»Natürlich ist sie das, Mr. Price«, sagte die Haushälterin mit einem Lächeln, das mich bis auf die Knochen frösteln ließ. »Aber ich sage Ihnen, eine Frau kann eine wunderbare Mutter und doch unglücklich sein.«

Ihre Worte klangen in mir nach, als ich in mein Arbeitszimmer ging, um Detective Longborn anzurufen. Abgesehen von ein paar wichtigen Dokumenten bezüglich des Immobilienkaufs war ich nicht dazu gekommen auszupacken, und war entsprechend überrascht, dass nur noch halb so viele Kartons wie beim letzten Mal hier standen. Auf meinem Schreibtisch war in Belles eleganter Schrift etwas auf einen Notizblock geschrieben.

*Ich habe mir Zeit genommen, solange Nora hier war, um ein wenig auszupacken. Ich hoffe, es macht dir nichts aus.*

Ich lächelte und fühlte mich bestätigt. Es war richtig gewesen, darauf zu drängen, dass das Kindermädchen endlich anfing. Belle gegenüber hätte ich das auf keinen Fall zugegeben, aber ich selbst war genauso unruhig wie sie. Einerseits konnte ich mich stundenlang darin verlieren, Penny beim Schlafen zuzusehen. Den Rest der Zeit … langweilte ich mich. Beim Kauf des Hauses hatte man mich gewarnt, dass ich zumindest ein paar Angestellte bräuchte, um sicherzustellen, dass alles reibungslos ablief. Ich hatte den Rat befolgt, weil ich mich nicht um die Führung eines Hauses und um ein Neugeborenes kümmern wollte. Das Problem war, dass ich jetzt völlig überflüssig war. Belle musste sich um Penny kümmern … und um *Bless*. Penny hatte jetzt Belle und Nora. Rowan kümmerte sich um das Anwesen. Mrs. Winters führte den Haushalt. Und Humphrey kümmerte sich um alles andere. Ich grübelte noch darüber nach, was eigentlich meine Aufgabe war, als Longborn ranging.

»Detective? Smith Price«, meldete ich mich.

»Ah, Price. Danke, dass Sie zurückrufen.«

»Ich nehme an, es geht um den Fund in Thornham.« Er hatte gesagt, er werde anrufen, wenn es Neuigkeiten gebe, aber ich hatte nicht erwartet, dass das passieren würde.

»Vielleicht könnte ich vorbeikommen?«, schlug er vor.

»Wenn Sie möchten«, sagte ich zögernd. Es war nie ein gutes Zeichen, wenn die Polizei plaudern wollte. Ich beschwichtigte mich damit, dass diese unerwartete Geselligkeit nur ein Merkmal des Landlebens war.

»Ich komme in ein paar Tagen vorbei.« Ich hörte, wie er auf seinem Schreibtisch mit Papier raschelte.

»Muss ich mir Sorgen machen?«, fragte ich. Ich hatte endlich aufgehört, von den Knochen zu träumen, die man in meinem Keller gefunden hatte. Vermutlich würden die Träume heute Nacht zurückkehren.

Longhorn antwortete nicht gleich. »Wahrscheinlich ist es nichts, aber ich würde lieber sichergehen«, sagte er dann.

»Natürlich.« Kaum hatte ich aufgelegt, war ich auch schon auf dem Weg zum Aufzug. Ich fuhr in den Keller hinunter. Im Hintergrund brummte die Pumpe des Schwimmbads. Wenn ich mich in jene Richtung drehte, würde ich mich in seiner feuchtwarmen Umgebung wiederfinden. Stattdessen ging ich in die entgegengesetzte Richtung zum Weinkeller. Als ich mit dem Finger über die Steinmauern fuhr, fragte ich mich, welche Geheimnisse diese Mauern enthielten – und ob wir sie aufdecken würden.

# 17

*Belle*

Lola quietschte und sprang vom Tisch auf, sobald ich mit Penny im Arm das Briar Rose Inn betrat. Das Baby hatte erst aufgehört zu weinen, als Nora sie vom Sitz losgeschnallt und sie mir mit einem mitfühlenden Lächeln überreicht hatte. Jetzt war ich froh, dass sie meine Geschäftspartnerin nicht mit Geschrei begrüßte. Lola legte mir einen Arm um die Schulter und schaute auf Penny.

»Sie ist hinreißend, genau wie ihre Mama«, murmelte Lola und reichte Penny einen Finger.

»Sie ist eine Diva«, warnte ich sie.

»Na, dann ist sie ja wirklich genau wie du«, sagte Lola lachend. »Komm und sieh dir deine Tante Lola an.« Sie hob das Baby hoch und drehte es, um es genauer zu betrachten, woraufhin Penny ihr den Blazer vollspuckte. Lola erschrak, zwang sich aber zu einem strahlenden Lächeln. »Darum habe ich keine Kinder.«

»Es tut mir so leid.« Als ich mich umdrehte, kramte Nora bereits in der Babytasche. Schließlich fand sie ein Spucktuch und reichte es an Lola weiter.

Lola gab ihr das Baby zurück und tupfte kopfschüttelnd über die Stelle. »Er ist schwarz, also sieht man es noch nicht einmal.«

»Wahrscheinlich ist ihr Bäuchlein von der Fahrt ein bisschen durcheinander«, sagte Nora. »Sie fährt nicht so gern Auto.«

»Ach, ich hätte zu dir kommen sollen!« Lola sah mich mit großen Augen an.

Klar hätte sie auch zu mir kommen können, aber das hatte ich nicht gewollt, hatte ich doch verzweifelt nach einem Anlass gesucht, um aus Thornham fortzukommen. Das Problem war, dass man im Dorf nicht viel machen konnte, und angesichts des winterlichen Wetters war es nicht zu rechtfertigen, ein Kleinkind zu einer Erkundungstour hinauszuschleppen. Lolas Besuch war der perfekte Anlass, in den Ort zu fahren.

»Kein Problem«, sagte ich. »Es hat uns überhaupt nichts ausgemacht.« Ich warf Nora einen Blick zu, der sie warnte, mir ja nicht zu widersprechen.

»Ich habe uns einen Tisch besorgt, musste mich regelrecht darum prügeln.« Lola grinste verschmitzt, als wir uns zu ihr an den Ecktisch setzten. Das Briar Rose war völlig leer, was angesichts der Tageszeit und der Tatsache, dass es sich – zumindest im Umkreis des Dorfes Briarshead – um das nobelste Restaurant handelte, nicht gerade eine Überraschung war. Das Bistro war eine Mischung aus Pub und elegantem Restaurant. Es war zu kultiviert, um sich als Ersteres zu qualifizieren, aber nicht nobel genug, um Letzteres zu sein. In der Ecke brannte ein Feuer in einem Kamin, und an den Wänden hing abstrakte Kunst. Die Tische und Stühle waren eine bunte Mischung aus verschiedenen Stilen, die allerdings auf Sachverstand und Geschmack schließen ließ. Auf einer Tafel standen mit Kreide die Tagesgerichte – eine Kombination aus traditioneller englischer Küche und französischen Gerichten.

»In London hätten wir wahrscheinlich mehr Möglichkeiten gehabt«, sagte ich und sah mich um.

»Ich wollte sehen, wo du wohnst, und so brauchst du Penny nicht den ganzen Weg in die Stadt zu schleppen.«

Ich zwang mich zu einem Lächeln. Das war rücksichtsvoll von ihr. Wir hatten uns gerade erst in Thornham eingelebt. Natürlich brauchten wir nicht nach London zu fahren, warum also schmerzte mein Herz bei dem Gedanken?

»Ich glaube, die Kleine muss gewickelt werden«, verkündete Nora. »Hoffentlich gibt es in der Toilette einen Wickeltisch.«

»Oh, ich habe nicht…« Ich starrte sie an. Es war mir gar nicht in den Sinn gekommen, dass das ein Problem sein könnte.

»Ich habe schon viele Babys auf dem Boden gewickelt.« Nora drückte Penny an sich. »Ich mach das schon. Entspannen Sie sich.«

»Du solltest den Rat deines Kindermädchens befolgen«, sagte Lola, als Nora mit dem Baby im Flur verschwand. »Obwohl, jetzt, wo sie weg ist, kann ich dir sagen, dass du eine mutige Frau bist.«

»Hm?« Doch bevor sie erklären konnte, was sie meinte, kam ein Kellner mit zwei Gläsern Champagner.

»Oh! Gut! Trink! Wir haben was zu feiern.« Lola stieß mit ihrem Glas gegen meins. »Auf *Bless* und wahr gewordene Träume.«

Ich wiederholte ihre Worte, nahm einen Schluck und wartete einen Moment, um den Toast richtig zu würdigen. »Was hast du gemeint? Dass ich mutig bin?«

»Dein Kindermädchen ist verdammt scharf«, sagte sie ernst. »Ich glaube, die meisten Frauen würden so jemanden nicht um sich haben wollen.«

Ich öffnete den Mund und suchte nach einer Antwort, doch mir fiel keine ein. Ich hatte darüber nachgedacht, bevor Penny kam, ich hatte sogar mit Smith darüber gescherzt. Ich hatte mir eingeredet, dass es nicht wichtig sei, aber jetzt wies Lola mich darauf hin.

»Ich bin eine Zicke, oder?«, fragte Lola stirnrunzelnd und senkte ihre Champagnerflöte. »Anders ist nicht hier, um mich zurechtzuweisen. Es tut mir leid. Das war unüberlegt von mir. Sie ist nicht hübscher als du, und schließlich würde Smith eine andere Frau noch nicht einmal bemerken.«

Ich kippte den Rest meines Champagners in einem einzigen Schluck hinunter und wurde von weiteren ungelenken Entschuldigungen erlöst, als der Kellner zurückkehrte. Er zog einen kleinen Notizblock aus der Tasche seiner Leinenschürze und blies sich eine braune Haarsträhne aus den Augen.

»Was empfehlen Sie?«, fragte Lola und ließ den Blick über die Gerichte auf der schwarzen Tafel gleiten.

»Die meisten Leute nehmen Fish & Chips«, sagte er.

»Was ist das Beste auf der Speisekarte?«, fragte ich. »Wir haben was zu feiern.«

»Das Perlhuhn«, antwortete er ohne zu zögern.

»Sind Sie sicher?«

»Ich habe es selbst gekocht.« Er zeigte ein schiefes Grinsen. »An den meisten Wochentagen schiebe ich Dreifachschichten.«

»Sie sind der Koch?« Lola schien erfreut über diese Neuigkeit zu sein.

»Und der Besitzer, was glamouröser klingt, als es ist«, sagte er.

Ich war überrascht. Er konnte nicht viel älter sein als wir. Vermutlich war er nicht ohne Grund hier mit einem Restaurant gelandet, aber ich wollte nicht neugierig sein.

»Was feiern Sie?« Er ließ sich auf Noras Stuhl fallen.

»Was feiern wir nicht?«, gab Lola zurück. »Ihr neues Baby und dass unser gemeinsames Business eine Kolumne in Großbritanniens führendem High-Fashion-Magazin bekommt... Ach, und außerdem noch ihr neues Haus.«

»Und dafür sind Sie ausgerechnet hier raus nach Sussex gekommen?«, fragte er lachend.

»Ihr neues Haus befindet sich hier«, erklärte Lola.

»Wirklich? Willkommen. Wo sind Sie hingezogen?«

»Thornham Park«, sagte ich.

Er verzog das Gesicht. Dem fragenden Blick nach zu urteilen, mit dem Lola ihn musterte, hatte sie es auch gesehen.

»Tut mir leid«, sagte er schnell. »Wenn man genug Zeit in dieser Gegend verbringt, hört man viel über Thornham.«

»Nur Gutes, hoffe ich«, bemerkte ich trocken. In Anbetracht der Tatsache, dass wir während unseres Umbaus Leichen gefunden hatten, wusste ich es besser. Ich konnte nur erahnen, was in einem kleinen Ort wie Briarshead so alles getuschelt wurde. Aberglaube und Klatsch standen hoch im Kurs. Trotzdem beschäftigte es mich, wie er auf die Information reagiert hatte, dass ich dort lebte. Mein Magen krampfte sich zusammen, und mein Hunger war wie weggeblasen.

»Was hört man denn so?«, hakte Lola auf die gleichgültige Art von jemandem nach, der nicht dorthin zurückkehren und in dem Haus schlafen musste. Eigentlich wollte ich nicht, dass das Haus Thema zwischen uns war, aber nun war ich doch neugierig.

»Die üblichen Geistergeschichten.« Er zuckte mit den Schultern. »Das Haus ist Jahrhunderte alt. Das ist alles Unsinn.« Er sah mich mit einem sanften Lächeln an. »Der Champagner geht auf mich.«

»Oh, ich könnte nicht ...«

»Betrachten Sie es als Einweihungsgeschenk ...«

»Belle«, sagte ich und hielt ihm die Hand hin.

Zu meiner Überraschung schüttelte er sie nicht, sondern küsste sie. Ich errötete, als er zu mir herunter lächelte. Ich konnte mich nicht erinnern, wann sich ein Mann mir gegenüber das letzte Mal so charmant verhalten hatte. Andererseits war ich monatelang schwanger gewesen, und normalerweise hatte ich ein beschützendes Alphatier an meiner Seite.

»Enchanté, Belle. Ich bin Tomas«, sagte er.

Bevor es peinlich werden konnte, drehte er sich um und nahm nun Lolas Hand. Sie kicherte, als sie ihren Namen sagte. Als nun Nora mit dem schreienden Baby im Arm auftauchte, stand ich so schnell auf, dass mein Stuhl klappernd umfiel. Schuldgefühle überkamen mich. Was für eine Mutter war ich? Ließ mir von einem fremden Franzosen die Hand küssen, während meine winzige Tochter bei ihrem Kindermädchen war!

»Was ist los?« Sofort schaltete ich in den Mama-Modus.

»Tut mir so leid, aber in der Tasche sind keine Windeln.«

»Was? Ich habe doch welche eingepackt!« Ich entriss ihr die Tasche und durchwühlte sie besorgt, wobei ich mit jeder Sekunde deutlicher spürte, dass Lola und Tomas mich beobachteten, während Penny unablässig schrie.

Es waren keine Windeln da. Aus Angst, etwas zu vergessen, hatte ich eine Liste gemacht. Ich hatte wach gelegen vor Sorge –

und nun hatte ich es doch tatsächlich vermasselt. Wie konnte ich etwas so Grundlegendes wie Windeln vergessen?

»An der Ecke gibt es einen Laden«, sagte Tomas freundlich.

»Ich besorge welche«, sagte Nora. Sie reichte mir Penny, und ich nahm sie und schuckelte sie in dem verzweifelten Versuch, sie zu beruhigen. Aber meine Tochter regte sich nur noch mehr auf. Ihr Kreischen kostete mich meine letzte Selbstbeherrschung, und als Nora verschwand, um die Windeln zu besorgen, brach ich in Tränen aus.

»Tut mir leid«, krächzte ich und versuchte vergeblich, Penny zu beruhigen.

»Vergiss die Perlhühner«, sagte Tomas. »Ich bin gleich wieder da.« Sobald er weg war, drehte ich mich um, und für einen Moment sah Lola ihrer Schwester so ähnlich, dass ich mit einem Geständnis herausplatzte: »Sie mag mich nicht.«

»Ach, Belle.« Lola stand auf, rückte näher zu mir und streichelte meinen Arm. »Das ist nicht wahr. Sie fühlt sich nur unwohl.«

»Meinetwegen«, schluchzte ich. »Ich kann nicht mal eine Wickeltasche richtig packen.«

»Lass mich mal«, sagte Lola und nahm mir Penny sanft aus den Armen. Sie war knallrot vom Schreien, und die Übergabe an Lola führte nur dazu, dass sich ihre Haut violett färbte und sie noch lauter kreischte. »Siehst du? Mich hasst sie auch!«

Ich zwang mich zu einem Lächeln. Ich konnte nicht glauben, dass ich vor meiner Geschäftspartnerin so die Fassung verloren hatte. Soweit ich wusste, hatte Lola keinerlei Interesse an Kindern. Und dank mir kümmerte sie sich jetzt um ein wütendes Neugeborenes, anstatt Champagner zu schlürfen.

»Hier. Das hilft«, verkündete Tomas und stellte einen Teller mit einem großen Stück Schokoladenkuchen auf den Tisch. Er winkte mich zu einem Stuhl und reichte mir eine Stoffserviette. »Setz dich. Schokolade heilt allen Kummer.«

Ich ließ mich auf den Stuhl fallen und tupfte mit der Serviette meine Augen ab. Unter den Blicken der beiden nahm ich mit der Gabel einen kleinen Bissen und brachte ein sprödes Lächeln zustande. Ich sollte hier die Betreuerin sein. Ich war die Mutter, aber alle waren damit beschäftigt, sich um mich zu kümmern, während mein Baby weinte.

Weil ich es nicht beruhigen konnte.

Weil ich nicht dazu bestimmt war, Mutter zu sein.

Deshalb hatte ich die Fehlgeburt gehabt. Deshalb hatte ich ein Jahr gebraucht, um wieder schwanger zu werden. Deshalb hatte sich Smith so sehr im Hintergrund gehalten, als ich Penny bekam. Er spürte es. Und ich spürte, wie sich seine Gefühle mir gegenüber seit der Geburt veränderten. Er konnte mich durchschauen, bis hinein zu meinem faulen Kern.

»Hab welche!«, rief Nora fröhlich, als sie ins Restaurant zurückkam. Zwei weitere Gäste traten hinter ihr ein und schauten verblüfft auf die Szene, in die sie gestolpert waren.

Ich stand auf, schnappte mir Penny und streckte meine Hand nach der Einkaufstüte aus. »Ich mach das.«

»Brauchen Sie Hilfe?«, fragte Nora.

»Nein, kannst du meine Karte herausholen und bezahlen? Ich will nicht alle anderen beim Essen stören.« Ich schaffte es, einigermaßen ruhig zu sprechen, obwohl mein Herz so schnell schlug, dass ich dachte, es würde herausspringen.

Als ich Penny in Richtung der Waschräume trug, stellte ich fest, dass Nora vorhin recht gehabt hatte. Man konnte das Baby nirgendwo anders wickeln als auf dem Boden. Ungelenk hockte ich mich hin und erkannte, dass die Tage der Lederhosen für mich lange vorbei waren. Dann breitete ich die Wickelunterlage aus und begann, Pennys Windel zu wechseln, die so voll war, dass ich erneut in ihr Weinen einstimmte. Ich hatte ihr das angetan. Sobald ich sie sauber gemacht hatte, beruhigte sie sich und gähnte, erschöpft von allem, was ich ihr zugemutet hatte. Ich drückte sie an meine Schulter, während ich die Tasche wieder einpackte.

Als ich stand, erblickte ich mich in dem Spiegel über dem Waschbecken und erkannte die Frau, die mich anstarrte, nicht wieder. Ich brauchte einen Haarschnitt. Obwohl ich mich geschminkt hatte, lagen bläuliche Schatten unter meinen Augen – die derart gerötet waren, dass die Farbe fast mit der von meinem Lippenstift übereinstimmte. Das verschlafene Bündel an meiner Schulter schmiegte sich an mich, und die Fremde im Spiegel zuckte zusammen.

Nur war es keine Fremde. Das war ich, und zum ersten Mal sah ich die Wahrheit, während ich mein kleines Mädchen im Arm hielt: Ich war nicht dazu bestimmt, Mutter zu sein, war weder glücklich noch bereit für ein Kind.

Und in diesem Moment wünschte ich, Penny wäre nie geboren worden.

# 18

*Smith*

Den Nachmittag verbrachte ich mit nicht besonders anspruchsvollen Tätigkeiten. Belle hatte Bücherkartons ausgepackt und begonnen, die Fächer meines Schreibtisches zu füllen, aber es gab noch viel zu tun. Die einfachen Aufgaben beschäftigten zwar meine Hände, hielten mich aber nicht davon ab, über Longborns Anruf nachzudenken. Als wir die grausige Entdeckung im Weinkeller machten, hatte ich mir gesagt, dass dies für ein Haus dieses Alters normal sei. Longborn selbst hatte das gesagt. Nun schien aber doch mehr hinter der Geschichte zu stecken. Ich lief im Zimmer umher und ordnete geistesabwesend eine Reihe juristischer Fachzeitschriften nach dem Alphabet.

Im Grunde war das Ganze ziemlich sinnlos. Ich musste keine neuen Mandanten annehmen. Wegen der Londoner Immobilien, die ich nach der Heirat veräußert hatte, darunter meine Beteiligung an dem Privatclub Velvet und das Haus meiner Familie, brauchten weder ich noch meine Frau wieder zu arbeiten. Aber natürlich hatte ich nicht vor, Belle zu sagen, dass sie ihre Firma aufgeben sollte. Aber wenn ich ehrlich war, ging es mir bei der Eröffnung einer Kanzlei in Briarshead mehr darum, nach außen hin einen guten Eindruck zu vermitteln, als darum, tatsächlich als Anwalt zu arbeiten. Ich hatte erwartet, dass Alexander stärker protestieren würde, als ich ihm sagte, dass wir London verließen. Aber da hatte ich mich geirrt. Die Entscheidung, meine Frau und mein Kind zu schützen, unterstützte er. Schon weil dies die einzige Motivation war, die ihn selbst antrieb. Natürlich verstand er meine Lage. Aber seinen Segen zu haben bedeutete, dass ich keine professionelle Tarnung mehr brauchte. Damit befand ich mich in einer Sackgasse.

Ich nahm hinter meinem Schreibtisch Platz und starrte auf die Tischplatte. Ich hatte Jura studiert, weil Hammond wollte, dass ich Jura studierte, weil mein Vater Jurist gewesen war. Ich war eine weitere Waffe in Hammonds Arsenal gewesen, um die Spuren seiner kriminellen Machenschaften zu verwischen. Ich hegte nicht gerade eine Leidenschaft für das Gesetz, aber ich war sehr, sehr gut in dem, was ich tat.

Deshalb war Hammond trotz seiner Verbrechen jahrelang frei herumgelaufen. Ich hatte mir noch nicht verziehen, was für Verbrechen ich in seinem Namen und als sein persönlicher Rechtsbeistand begangen hatte. Vielleicht konnte ich aber etwas von meiner Schuld wiedergutmachen. Ich könnte den Leuten im Ort, die sich keinen Rechtsbeistand leisten konnten, kostenlos meine Dienste anbieten. Ich könnte sie vor dem Stadtrat vertreten oder ihnen bei Sorgerechtsstreitigkeiten, Scheidungen oder anderen kleineren Problemen helfen. Ich könnte die schäbigen Fähigkeiten, die ich in der Vergangenheit erworben hatte, zu etwas Sinnvollem nutzen.

Oder ich könnte zu Hause bleiben und meine Frau vögeln.

Ich hatte so eine Ahnung, dass mein ideales Leben irgendwo dazwischen lag.

Nicht dass Belle seit Pennys Geburt Interesse an mir gezeigt hätte. Wir hatten vom Arzt die strikte Anweisung erhalten, mindestens sechs Wochen zu warten, bevor wir wieder sexuell aktiv wurden. Man musste annehmen, dass der Arzt langweiligen Blümchensex gemeint hatte und nicht die Intimität, nach der wir uns sehnten. Oder nach der wir uns früher gesehnt hatten.

Ich begehrte sie immer noch, aber vielleicht hatte sie das vergessen. Erst vor ein paar Tagen war Penny sechs Wochen alt geworden. Belle stand jede Nacht mit ihr auf und war tagsüber müde. Gerade erst hatten wir Nora zu Hilfe geholt. Und Belle hatte in letzter Zeit grausame Dinge über sich gesagt. Vielleicht wartete sie nur darauf, dass ich den Anfang machte und ihr bewies, dass ich sie noch begehrte.

Meine Eier taten weh, als ich überlegte, wie ich es ihr beweisen konnte, und ich richtete sie in meiner Hose.

So sehr ich meine Frau in jeder Hinsicht wollte, so sehr ich mich jeden Tag danach gesehnt hatte, sie zu nehmen, so war dies doch Neuland für mich. Als ich Belle kennenlernte, hatte sie groß davon geredet, nicht mit mir schlafen zu wollen. Ich spielte mit und übernahm die Rolle ihres Chefs. Damals lag ständig eine Spannung in der Luft wie vor einem Gewitter. Später dann hatte sie es andauernd treiben wollen. Und ich hatte es ihr gegeben, wann immer das möglich war. Wir waren uns einig gewesen. Und jetzt? Da war nichts. Kein Zeichen, das auf Interesse von ihrer Seite hinwies. Ich redete mir ein, dass sie müde war und sich immer noch an die Mutterschaft gewöhnte, aber ich fragte mich, was passieren würde, wenn ich am Abend in unser Schlafzimmer ging, sie hochhob und an der Wand vögelte, bis sie sich daran erinnerte, wem sie gehörte.

Ich wollte es jedes Mal tun, wenn ich sie sah. Morgens, wenn ich einen flüchtigen Blick auf sie erhaschte, wenn sie unter die Dusche trat. Nachts, wenn sie ihren Morgenrock auszog und unter die Decke schlüpfte. In dieser Hinsicht hatte sich nichts geändert. Außer vielleicht, dass ich sie noch mehr begehrte als früher schon. Ich ertappte mich sogar dabei, dass ich über ein weiteres Baby nachdachte. Ich war mehr als bereit, sie noch einmal mit einem runden Bauch zu sehen, in dem ein neues Leben heranwuchs, das ich ihr geschenkt hatte.

Aber wie mein Verlangen nach Intimität behielt ich diese Gedanken instinktiv für mich. Ich wusste irgendwie, dass die Erwähnung eines weiteren Babys oder künftiger Kinder Belle zum Weinen bringen würde. Ich wagte es nicht einmal, darüber nachzudenken, ob das Thema Sex dasselbe bewirken würde.

Die Wahrheit war, dass ich meine Frau mehr liebte als je zuvor. Aber zum ersten Mal, seit wir uns kennengelernt hatten, war ich mir nicht sicher, ob sie dasselbe über mich sagen würde.

Mein Telefon vibrierte, der Klingelton wurde von der ledernen Schreibtischunterlage gedämpft. Ich griff danach, dankbar für die Ablenkung von den deprimierenden Gedanken, die meinen Nachmittag trübten, und runzelte die Stirn, als ich Georgias Nummer auf dem Display aufleuchten sah. Sie rief nie an, es sei denn, etwas war nicht in Ordnung. Nachdem ich sie bei unserer letzten Begegnung gebeten hatte, sich mit der Geschichte von Thornham zu befassen, machte ich mich auf einiges gefasst, als ich abnahm. »Hallo?«

»Ja, ich würde gern mit Lord Price sprechen. Ist er gerade abkömmlich, oder ist er auf der Jagd oder plant die Scharade-Runde für den heutigen Abend im Salon?«, antwortete sie trocken.

»Warst du schon mal auf dem Land?«, fragte ich, ließ mich in meinem Schreibtischstuhl zurücksinken und lächelte. »Oder hast du nur Historiendramen im Fernsehen gesehen?«

Am anderen Ende ertönte ein undamenhaftes Schnauben. »Ich habe keine Zeit, aufs Land zu fahren, aber ja, ich war schon mal da.«

Es fiel mir schwer, mir Georgia im Kreis der vornehmen Landbevölkerung vorzustellen, wie sie nach dem Essen höflich mit den Damen plauderte und am Wochenende zur morgendlichen Jagd ausritt. Das war nicht ihr Stil. Meiner auch nicht. »Kann ich etwas für dich tun?«

»Ich rufe an, um dich auf den neuesten Stand zu bringen, aber wenn du zu sehr mit dem beschäftigt bist, was auch immer du da draußen treibst, kannst du mich später zurückrufen.«

»Erzähl ruhig«, sagte ich und versuchte, nicht allzu begierig zu klingen. Neuigkeiten von Georgia würden mich zumindest ablenken, bis Belle und das Baby wieder zu Hause waren.

»Gut. Bei der örtlichen Polizei liegt eine gesperrte Akte über dein Haus.«

»Eine gesperrte Akte?«, wiederholte ich. »Was steht drin?«

»Woher soll ich das wissen? Sie ist gesperrt«, sagte sie langsam, damit ich ihr folgen konnte.

Das war das Problem mit Georgia – sie half einem, aber sie ließ einen dafür arbeiten. »Sorry. Ich hatte den Eindruck, du würdest für den König von England arbeiten.«

»Was auch immer in dieser Akte steht, wurde nicht digitalisiert«, sagte sie. »Ich müsste rauskommen und sie persönlich anfordern, zumindest hat mir das der Detective gesagt, mit dem ich gesprochen habe.«

»Longborn?«

»So ähnlich.«

Jetzt fügte sich alles. Georgia hatte wahrscheinlich eine Art kleinstädtischer Paranoia ausgelöst, die Art, die Geistergeschichten am Leben erhielt. Jetzt bekam ich Besuch von einem Beamten, weil der sich persönlich davon überzeugen wollte, dass alles in Ordnung war.

»Er hat mich heute Morgen angerufen.« Ich kniff mir gegen die aufkommenden Kopfschmerzen in die Nasenwurzel. »Ich habe gedacht, ich müsste mir Sorgen machen, aber wahrscheinlich will er nur wissen, wer die aufdringliche Schreckschraube ist, die nach den alten Akten fragt.«

»Erinnere mich daran, dir keine Gefallen mehr zu tun«, sagte Georgia ausdruckslos.

»Ich werde die Akte anfordern.« Ich wollte mir nicht ausmalen, was ich ihr schuldig wäre, wenn sie tatsächlich herkäme, um den Bericht persönlich zu besorgen. Möglicherweise mein zweites Kind.

»Das wird ihm nicht gefallen«, sagte Georgia nachdenklich.

»Warum sollte er eine alte Akte unter Verschluss halten wollen?«, fragte ich.

»Das weiß ich nicht. Aber ich habe mich ihm gegenüber nicht wie eine ›aufdringliche Schreckschraube‹ verhalten«, sagte sie. Ich sah geradezu vor mir, wie sie Anführungszeichen in die Luft malte, als sie mich zitierte. »Im Gegenteil habe ich alles versucht, um ihn dazu zu bringen, mir die Akte zu schicken. Ich war zuckersüß, Price, aber er hat kein Stück nachgegeben.«

»Du weißt ja, wie das auf dem Land ist«, sagte ich zu ihr. »Sie müssen sich an ihre Bürokratie halten, sonst haben sie nichts zu tun.«

»Halt mich auf dem Laufenden«, sagte Georgia. »Ich will wissen, was sich in deinem Keller verbirgt.«

»In meinem Keller verbirgt sich nichts«, blaffte ich. Im selben Moment schlug die Tür am Ende des Flurs zu und ließ mich zusammenzucken. Ich blickte auf meine Omega und runzelte die Stirn. Entweder war Mrs. Winters wegen irgendetwas verärgert und knallte mit den Türen, oder Belles Lunch-Date war recht kurz ausgefallen. Ausnahmsweise würde ich mich lieber mit einer gereizten Haushälterin herumschlagen, als zu entdecken, dass bei dem ersten Ausflug meiner Frau nach der Schwangerschaft etwas schiefgelaufen war. »Ich muss Schluss machen. Hört sich sowieso nach einer Sackgasse an.«

»Ich forsche weiter.«

Ich öffnete den Mund, um ihr zu sagen, sie solle sich nicht bemühen, aber sie hatte bereits aufgelegt. Georgia würde ihre Zeit verschwenden, wenn sie der Sache weiter nachging, insbesondere, wenn es so einfach war, die Akte von Longborn zu besorgen. Ich wollte mehr über die Skelette wissen, die man auf meinem Grundstück gefunden hatte, aber wahrscheinlich lief alles auf eine harmlose Erklärung hinaus, und wir waren bei den Ausgrabungen für die Fässer einfach auf ein altes Grab gestoßen. Manchmal fragte ich mich, ob ich durch meine Zeit in London ein verzerrtes Bild der Wirklichkeit hatte. Hatte ich begonnen, Unheil zu sehen, wo nur der Zufall am Werk war? Ich musste mich auf das Hier und Jetzt konzentrieren und zuallererst nach meiner Frau sehen. Im Flur war es so unheimlich still, dass ich schon dachte, ich hätte mir das Türknallen nur eingebildet. Ich steckte den Kopf in die Gästezimmer, dann ins Kinderzimmer, doch beide waren leer. Als ich auf mein Zimmer zuging, ging die Tür auf, und Nora kam heraus auf den Flur geschlichen. Sie machte zwei Schritte in meine Richtung, erst dann sah sie auf, und als sie mich erblickte, erstarrte sie und stieß einen kleinen Schrei aus.

»Tut mir leid, ich wollte dich nicht erschrecken«, sagte ich. Ich schaute über ihre Schulter auf die Schlafzimmertür, die sie hinter sich geschlossen hatte. »Ich dachte, ich hätte jemanden kommen hören.«

»Das Lunch war etwas schneller vorbei als erwartet«, sagte Nora und wählte ihre Worte mit Bedacht. Ich erkannte den Trick eines Anwalts, wenn ich ihn hörte. Sie sagte die Wahrheit, ließ aber wichtige Teile aus. Beim Sprechen wich sie meinem Blick aus, und ich fragte mich, warum sie so nervös war. Bevor ich sie fragen konnte, ging die Schlafzimmertür erneut auf, und es erschien eine genervte Belle, die müde das Baby schaukelte. Als sie mich sah, seufzte sie.

Das war neu. Ich redete mir ein, dass es nichts zu bedeuten hatte, aber allein, dass ich vor unserer Schlafzimmertür stand, schien sie schon zu nerven.

»Kann einer von euch sie nehmen? Ich muss mich hinlegen.«

Ich trat mit offenen Armen vor und nahm Penny in Empfang. »Ist alles okay?«

Ehe ich zu Ende gesprochen hatte, schloss sie die Schlafzimmertür hinter sich. Ich wandte mich an Nora in der Hoffnung, von ihr eine Antwort zu erhalten, aber sie lächelte nur. »Ich kann sie ins Kinderzimmer bringen, wenn Sie möchten. Ich habe hier noch ein paar Stunden eingeplant.«

»Warum meldest du dich nicht bei Mrs. Winters?«, schlug

ich vor. »Sie macht normalerweise morgens Pennys Wäsche. Es wäre schön, wenn Belle aufwacht und alles schon erledigt wäre.«

»Das kann ich machen.« Sie nickte eifrig, und ich meinte, Erleichterung in ihrem Gesicht zu erkennen, als sie auf die Wendeltreppe zuging, die nach unten führte.

Woran lag das? War das Baby so anstrengend gewesen? Aus irgendeinem Grund waren sie früher nach Hause gekommen. Jetzt hatte sich Belle in unserem Schlafzimmer verbarrikadiert, und das neue Kindermädchen mied den Blickkontakt mit mir. Beunruhigt trug ich Penny zurück in mein Arbeitszimmer. Was auch immer vorhin auf ihrem Ausflug nicht gestimmt hatte, jetzt schlief sie zufrieden in meinen Armen. Mit der freien Hand ordnete ich halbherzig die Papiere auf meinem Schreibtisch und genoss es hauptsächlich, wie meine Tochter sich an meine Brust schmiegte. Ich sortierte einen Stapel, um ihn wegzuräumen, und streckte die Hand aus, um eine Schreibtischschublade zu öffnen. In der obersten Schublade bewahrte ich die Waffe meines Vaters auf, also entschied ich mich für die untere. Als ich sie öffnete, erstarrte ich beim Anblick eines vertrauten gerahmten Fotos.

Nach meinem Entschluss, das Londoner Büro zu schließen, hatte ich die meisten Möbel und Akten eingelagert. In unserem Haus in Holland Park gab es keinen Platz dafür, und so saß ich das erste Mal seit fast sechs Monaten an diesem Schreibtisch. Aber auch vor sechs Monaten hatte das gerahmte Foto meiner verstorbenen Frau in einer verstaubten Schachtel in irgendeiner Ecke gelegen. Seit mir klar geworden war, dass ich in Belle verliebt war, hatte ich kein Bild von Margot mehr angeschaut. Aber sie war immer noch irgendwo in meinem Hinterkopf und drängte sich zu den unpassendsten Zeiten in meine Gedanken.

Ich hatte sie enttäuscht. Oder sie hatte mich enttäuscht. Unsere Ehe war eine Katastrophe gewesen. Mehr als das, sie war ein weiterer von Hammonds hinterhältigen Versuchen gewesen, mich zu kontrollieren. Er hatte angedeutet, dass er hinter dem Autounfall steckte, der sie das Leben gekostet hatte, doch er hatte nicht die Chance gehabt, mir zu sagen, warum. Jemand hatte ihn ermordet, bevor er reinen Tisch machen konnte. Ich hätte ihn fragen können, als ich ihn das letzte Mal lebend gesehen hatte – als er zugab, mich manipuliert zu haben, damit ich sie heiratete. Doch damals war ich zu wütend über diese Enthüllung gewesen, um Antworten zu fordern.

Mit Belle hatte er mich auch manipulieren wollen, aber das war nach hinten losgegangen. Sie hatte mir gezeigt, was Liebe wirklich war, und mich dazu gebracht, um unsere zu kämpfen.

Und so schien es, als wäre Belle beim Auspacken meiner Sachen auf dieses Foto von Margot gestoßen und hätte es hierher gelegt. Ich wusste nicht, warum. Vielleicht dachte sie, ich wollte es hier haben. Oder sie war eifersüchtig und wollte mich damit konfrontieren.

Ich beugte mich hinunter und drückte Penny vorsichtig an mich, damit ich sie nicht aufweckte, als ich das Foto aus der Schublade nahm. Ich legte es auf den Schreibtisch, schaute mich um und stellte fest, dass es keinen Papierkorb gab.

Es klopfte leise, und ich rief: »Herein«.

»Tut mir leid, dass ich Sie störe.« Nora kam ins Zimmer. Mrs. Winters hatte wohl noch nicht gewaschen. »Ich würde gern etwas mit Ihnen besprechen.«

Ich stand auf und ging um den Schreibtisch herum. »Nimm du sie, damit ich dir einen Stuhl besorgen kann.«

Geschickt nahm Nora mir Penny ab. Wie sie das Baby hielt,

wirkte ganz natürlich. Belle hatte richtig gewählt, trotz ihrer Bedenken wegen Noras Alter.

Ich holte unter einem Bücherkarton einen Stuhl hervor und schob ihn vor meinen Schreibtisch. »Setz dich.«

Ich zögerte und fragte mich, ob ich das Baby zurücknehmen sollte, aber Nora hielt es weiter, sank auf den Stuhl und kaute auf ihrer Unterlippe. Ich kehrte zu meinem Stuhl zurück und hatte ein mulmiges Gefühl in der Magengegend. Was konnte sie bei ihrer Arbeit für uns jetzt schon beunruhigen?

Noras Blick war auf meinem Schreibtisch gerichtet, und zu spät erkannte ich, dass sie auf das Foto von Margot starrte.

»Sie ist hübsch«, sagte Nora. »Ihre Schwester?«

Margot war wunderschön gewesen. Hammond hatte immer dafür gesorgt, dass die Frauen, die er an meinem Käfig vorbeischickte, verlockend genug waren, um mich anzuziehen. Aber alles an Margot war falsch gewesen. Unter ihrer Schönheit hatte sich eine Leere verborgen, die sie mit Champagner und Drogen gefüllt hatte, und mit jedem Mann, der ihr gefiel. Ich war jung und dumm gewesen. Sie war schön und wild und alles, was ein dummer Draufgänger sich wünschen konnte.

»Nicht ganz«, sagte ich und ließ es dabei bewenden. Es fiel mir schwer genug, mir selbst zu erklären, warum ein Bild meiner toten Frau in meinem Zimmer lag. Ich hatte keine Lust, mich mit dem Kindermädchen darüber zu unterhalten. »Worüber wolltest du mit mir reden?«

»Ich möchte Ihnen sagen, dass ich gern hier mit Penny bin«, begann sie. Ich erkannte eine Vorrede, wenn ich eine hörte. Ich hatte genug Auseinandersetzungen vor Gericht ausgefochten, um zu wissen, wann jemand im Begriff war, eine sorgfältig ausgearbeitete Rede zu halten. Was auch immer Nora bedrückte, sie hatte einige Zeit darüber nachgedacht. Aber sie war erst seit ein paar Tagen hier. Was hatte sie gesehen, was ich nicht gesehen hatte? Sie holte tief Luft, dann fuhr sie fort: »Ich mache mir Sorgen um Ihre Frau.«

»Um Belle?«, fragte ich.

»Es sei denn, Sie haben noch eine andere«, sagte sie mit einem unsicheren Lachen.

Ich fragte mich, ob sie erraten hatte, wer die Frau auf dem Foto wirklich war, und wenn ja, was sie von mir dachte: ein verheirateter Mann mit einem kleinen Baby, der sich Bilder seiner toten Frau ansah. Langsam fühlte ich mich nicht mehr wohl in meiner Haut.

Als ich nicht antwortete, räusperte sie sich, bevor sie weitersprach: »Ihnen ist sicher aufgefallen, dass Belle in letzter Zeit traurig war.«

Sie wählte das Wort sorgfältig. Ich erkannte es daran, wie sie es betonte.

»Der Arzt hat gesagt, dass wir damit rechnen müssen«, sagte ich, um ihre Sorge zu zerstreuen. »Die Hormonumstellung und so weiter.«

»Ja, das ist gut möglich.« Sie sah Penny an, die immer noch in ihren Armen schlief. »Aber ich weiß nicht, ob es nur das ist.«

»Ist heute etwas passiert?«, fragte ich und dachte daran, wie früh sie nach Hause gekommen waren und dass Belle sich gleich hingelegt hatte.

»Ich will nicht tratschen«, sagte sie zögernd.

»Meine Frau und ich haben keine Geheimnisse. Wenn sie mir nicht gesagt hat, was passiert ist, dann nur, weil sie sich ausruht. Du solltest nie besorgt sein, mir etwas zu erzählen, insbesondere wenn es unsere Tochter betrifft. Ich möchte so weit wie möglich involviert sein.«

»Also gut«, sagte sie mit einem Seufzer. »Es war wirklich nichts Besonderes. Sie hatte vergessen, Windeln mitzunehmen. Ich habe den Stapel vorhin im Kinderzimmer gefunden. Keine große Sache.«

»Könnte allerdings ein Problem sein, wenn man gerade eine braucht«, sagte ich und ahnte, wohin die Geschichte führte.

Nora nickte und veränderte leicht ihre Haltung, als Penny sich bewegte. »Belle hatte jedes Recht, verzweifelt zu sein, aber …«

»Ist noch etwas passiert?«, fragte ich und machte mir langsam Sorgen.

»Sie konnte nicht aufhören zu weinen. Wir haben Windeln besorgt, und sie ging, um Penny zu wickeln. Sie wollte sich nicht helfen lassen. Als sie zurückkam, sagte sie, wir müssten gehen. Den ganzen Heimweg über hat sie kein Wort gesagt.«

Ich schwieg und dachte über ihre Worte nach. Ich war nicht überrascht zu hören, dass meine Frau geweint hatte. Das hatte ich selbst in letzter Zeit oft genug erlebt. »Ich werde mit ihr darüber sprechen.«

»Ich will nicht, dass sie böse auf mich ist«, sagte Nora.

»Ich werde ihr nicht sagen, dass ich es von dir weiß«, sagte ich mit einem beruhigenden Lächeln. »Ich lasse es mir von ihr selbst erzählen.«

»Es geht mich ja nichts an, doch vielleicht sollte sie mit einem Arzt sprechen«, sagte sie. «Aber ich will mich nicht einmischen.«

»Du willst das Beste für meine Frau«, sagte ich schroff. »Ehrlichkeit ist mir immer willkommen.«

Das schien sie zu beruhigen, und ihre starren Schultern entspannten sich ein wenig. Ich hatte ihr die Last abgenommen und sie auf meine eigenen Schultern geladen – wo sie hingehörte.

»Ich bringe die Kleine ins Kinderzimmer«, sagte Nora, »dann haben Sie etwas Ruhe.«

Mir entging die Aufforderung in ihrer Stimme nicht. Ich sollte nach Belle sehen. Ich war dankbar, dass Nora hier war, damit ich einen Moment allein mit meiner Frau sein konnte. So sehr wir beide Penny auch liebten, wir hatten seit ihrer Geburt kaum einen Moment zusammen gehabt. Umso wichtiger war es, Nora in der Nähe zu haben. Und ich schätzte es, dass sie sich an mich gewandt hatte, wenn auch mit unangenehmen Neuigkeiten.

Es war ein Weckruf. Bis jetzt war ich davon ausgegangen, dass alles von selbst besser werden würde. Aber stimmte das? Ich stand auf, hob Margots Foto auf und legte es in einen leeren Karton neben meinem Schreibtisch. Ich würde es später entsorgen. Jetzt musste ich nach meiner Frau sehen. Ich verließ das Büro und ging den Flur entlang zu ihrem Schlafzimmer. Vorsichtig öffnete ich die Tür einen Spalt breit und spähte hinein. Die Seidenvorhänge waren offen, und das Nachmittagslicht fiel durch das Fenster und ließ ihren Körper erstrahlen. Ich trat zu ihr, besorgt, dass ich sie stören würde. So sehr ich auch einen Moment mit ihr allein sein wollte, sie hatte nicht gut geschlafen. Vielleicht brauchte sie wirklich nur etwas Schlaf. Leise stieg ich hinter ihr ins Bett und kuschelte mich an sie. Ich atmete den leichten Orangenblütenduft des Parfums an ihrem Hals ein. Sie hatte mir einmal gesagt, dass sie besser schlief, wenn ich in ihrer Nähe war. Vielleicht hatten wir schon eine Weile keinen Sex mehr gehabt, aber sie zu halten, fühlte sich verdammt gut an.

Ein leises Beben stieg in ihrer Brust auf, und ich erstarrte. Es dauerte einen Moment, bis ich verstand, was ich da hörte. Ich dachte, Belles Atmung sei ein leises Schnarchen, aber jetzt, wo sie in meinen Armen lag, stellte ich mit Schrecken fest, dass sie wieder weinte.

»Meine Schöne«, sagte ich sanft.

Wieder schluchzte sie. Behutsam drehte ich sie zu mir um, und als sie mich ansah, waren ihre Augen von den schwarzen Resten ihrer Schminke verschmiert. Das musste ein Ende haben. Ich durfte nicht zulassen, dass sie so litt.

»Du gehst zum Arzt«, entschied ich und nahm ihr die Entscheidung ab.

»Aber …«

»Keine Diskussion, meine Schöne«, unterbrach ich sie und zog sie näher an mich. Sie protestierte nicht noch einmal. Ich hatte keine Ahnung, ob ich das Richtige tat, aber ich würde bei ihr bleiben, bis sie ihren Weg aus der Dunkelheit fand.

# 19

*Belle*

Die Klinik im Ort war ganz anders als die, die ich während meiner Schwangerschaft aufgesucht hatte. Ich hatte Smith' Bitte zugestimmt, einen Arzt aufzusuchen, aber eine Fahrt nach London hätte entweder bedeutet, Penny einzupacken und auf das Beste zu hoffen oder mich noch mehr zu stressen, weil ich sie für den größten Teil des Tages zurücklassen musste. Schließlich hatte ich mich entschieden, den Arzt vor Ort aufzusuchen. Ich hatte mich darauf eingelassen, nach Briarshead zu ziehen. Wollte ich nun jedes Mal nach London fahren, wenn ich eine Erkältung hatte?

Trotzdem fühlte es sich seltsam an, jetzt hier zu sein. Die Klinik war auf eine Weise sauber, die eher an Besessenheit als an Keimbekämpfung denken ließ. Nora folgte mir mit Penny auf dem Arm, und wir warteten, dass sich die einzige andere Patientin vom Anmeldeschalter entfernte. Es handelte sich um eine ältere Frau, und am Lachen der Krankenschwester meinte ich zu erkennen, dass sie wahrscheinlich mehr wegen des sozialen Kontakts hier war. Ungeduldig tippte ich mit dem Fuß auf den Boden. Dies war der letzte Ort, an dem ich sein wollte, und nun musste ich auch noch warten.

Smith hatte mich hergeschickt, sonst wäre ich nicht gekommen. Was konnte ein Arzt schon tun? Mein Gehirn in Ordnung bringen und mich zu einer kompetenten Mutter machen? Nein. Und ein Arzt konnte auch nicht dafür sorgen, dass ich daran dachte, Windeln mitzunehmen. Dafür hatte ich jetzt Nora.

Um ehrlich zu sein, war es ein bisschen, als wäre sie mein Schatten. Sie war sofort, nachdem wir sie gefragt hatten, zu uns nach Thornham gezogen unter der Voraussetzung, dass es vorübergehend sein würde. Sie hatte immer noch vor, im Frühjahr auf die Uni zu gehen. Aber ich hatte den Eindruck, dass sie sich nach dem, was ich als den Schokoladenkuchen-Vorfall bezeichnete, verpflichtet fühlte, mir zu helfen. Ich hatte Smith immer noch nicht erzählt, was passiert war. Was würde er denken, wenn er erfuhr, dass ich vor meiner Geschäftspartnerin und einem völlig Fremden in ein Dessert geschluchzt hatte, und das aus dem lächerlichen Grund, dass ich vergessen hatte, die Windeln einzupacken? Es war ja nichts Schlimmes passiert. Nora hatte einen Laden mit Windeln gefunden. Lola hatte *Bless* nicht aufgegeben, und soweit ich wusste, würde Tomas mich jederzeit wieder in seinem Restaurant willkommen heißen. Nur ich selbst hatte aus unerfindlichen Gründen ein Problem und konnte mir nicht verzeihen.

Ich musste einfach eine bessere Mutter werden, Schluss, aus.

»Entschuldigen Sie«, unterbrach ich, als die Patientin und die Rezeptionistin erneut lachten. »Ich habe einen Termin.«

»Verzeihung, tut mir leid!« Die kleine Frau vor mir winkte

entschuldigend ab und drehte sich zu mir um. »Ich habe Sie gar nicht reinkommen hören. Ich komme später noch mal vorbei, Marjorie.«

»Name?«, fragte die Frau an der Rezeption – offenbar Marjorie – ohne einen Funken Schuldbewusstsein. Ich bezweifelte, dass heute viele Termine anstanden und sie mich aus einer langen Liste raussuchen musste, aber ich antwortete ihr trotzdem.

»Belle Stuart. Ich meine, Price«, sagte ich, peinlich berührt, dass ich meinen Mädchennamen anstelle meines jetzigen Namens angegeben hatte.

»Da habe ich Sie, Mrs. Price«, sagte sie und reichte mir ein Klemmbrett. »Sie müssen nur noch ein paar Dokumente ausfüllen.«

Ich nahm das Klemmbrett und ging zu dem Stuhl neben Nora. Penny hatte während der gesamten Fahrt in den Ort geschlafen, was diesen Ausflug bereits erfolgreicher machte als unseren letzten. Vermutlich hatte das mit der Anwesenheit ihres Kindermädchens zu tun. Bei Nora schien Penny immer ruhig zu sein. Und dafür war ich dankbar.

Und auch ein bisschen neidisch.

Ich unterschrieb den Papierkram und fragte mich, warum das bei Nora alles so einfach aussah. Vielleicht lag es daran, dass sie nicht für sämtliche Belange ihres Schützlings verantwortlich war. So war es für sie leichter, sich zu entspannen und sich einfach um die Kleine zu kümmern, sobald ich darum bat.

In letzter Zeit ertappte ich mich dabei, dass ich, sobald sie still war, zwanghaft nach Penny schaute, um sicherzugehen, dass sie noch atmete. Vermutlich hatte ich mich so sehr an ihr Schreien gewöhnt, dass ich unruhig wurde, wenn sie nicht weinte.

Als ich fertig war, reichte ich Marjorie die Formulare zurück.

Sie ging die Zeilen genau durch, bis sie die letzte Seite erreichte. »Scheint alles in Ordnung zu sein. Soll der Arzt auch das Baby untersuchen?«

»Ich weiß nicht«, sagte ich wahrheitsgemäß. »Sie ist sechs Wochen alt.«

»Und war sie schon zur Sechs-Wochen-Kontrolle?«

Ich schüttelte den Kopf und erinnerte mich erst jetzt, dass ich einen Termin hatte machen wollen.

»Ich bin sicher, dass der Arzt sie dann sehen will. Sie braucht die Untersuchung«, sagte Marjorie.

Meine Augen brannten, und ich blinzelte hartnäckig gegen die Tränen an. »Ich habe es vergessen. Tut mir leid.«

»Das ist viel, wenn man zum ersten Mal Mama wird«, sagte Marjorie und sah mich mitleidig an. »Sie hätte Ihnen schon zu verstehen gegeben, wenn irgendetwas nicht in Ordnung wäre, Liebes.«

Nicht dass ich in der Lage gewesen wäre, ihre Signale zu deuten, dachte ich niedergeschlagen.

»Warum sprechen Sie nicht erst mit Dr. Stanton allein?«, schlug Marjorie vor. »Das Baby kann anschließend dazukommen.«

»Danke«, sagte ich scheu.

Wahrscheinlich hielt Marjorie mich für eine Idiotin, und das konnte ich ihr nicht verübeln. Ich nahm in dem kleinen Untersuchungszimmer Platz und wartete auf den Arzt. Währenddessen las ich ein Plakat, auf dem die wichtigen Meilensteine in Pennys Entwicklung aufgeführt waren, auf die ich achten musste. Über solche Dinge hatte ich überhaupt nicht nachgedacht. Bauchzeit? Hätte ich das tun sollen? Ich hatte gesehen, wie Clara es mit Elizabeth und Wills gemacht hatte, aber mir war nie in den Sinn gekommen, dass das eine Pflichtübung sein könnte. Offenbar gab es eine Menge Dinge, von denen ich nicht wusste, dass ich sie tun sollte. Als sich die Tür zum Untersuchungsraum öffnete, war ich bereits in Tränen aufgelöst.

Dr. Stanton blinzelte kurz, aber das war auch das Einzige, was darauf hinwies, dass er überrascht war, mich in diesem Zustand vorzufinden. »Nun, wie ich sehe, haben Sie gerade ein Baby bekommen«, sagte er im Plauderton, während er meine Akte las, aber ich vermutete, dass die Bemerkung mehr damit zu tun hatte, dass er mich schluchzend in seinem Untersuchungszimmer vorgefunden hatte. »Und wie es aussieht, haben Sie eine postpartale Depression.«

»Ich weiß, das ist normal.« Ich wischte mir über die Augen und kramte all die Informationen hervor, die mir mein Entbindungsarzt in London nach Pennys Geburt gegeben hatte. »Es sind ja erst sechs Wochen vergangen. Ich weiß, alles wird sich finden.«

Dr. Stanton ließ meine Akte sinken und musterte mich einen Moment lang, die braunen Augen unter den buschigen weißen Augenbrauen wirkten besorgt. »Klingt, als hätten Sie alles im Griff.«

Ich nickte.

»Das hier ist kein Test«, sagte er sanft. »Sie können ehrlich zu mir sein, Mrs.Price.«

»Es ist einfach mehr, als ich erwartet habe«, sagte ich mit dünner Stimme. »Die Umstellung, meine ich. Der Schlaf. Das Weinen.«

»Weinen Sie, oder weint das Baby?«, fragte er.

»Beide«, sagte ich.

»Sie haben absolut recht, dass die meisten Mütter eine Umstellungsphase durchmachen. Jede Frau reagiert anders auf die hormonellen Veränderungen. Der Schweregrad Ihrer Depression sagt nichts über Ihre Fähigkeiten als Mutter aus.«

»Ich habe keinen Grund, depressiv zu sein«, beharrte ich. Diese Diskussion hatte ich heute Morgen vor dem Spiegel mit mir geführt. »Ich bin sicher, wenn ich mir Zeit lasse …«

»Ich will es ganz deutlich sagen«, unterbrach er mich. »Es ist nichts falsch daran, eine postpartale Depression zu haben. Frauen haben oft das Gefühl, dass es sie zu einer schlechten Mutter macht, wenn sie es zugeben. In den letzten vierzig Jahren haben mir Frauen alles Mögliche erzählt, was sie nach der Geburt ihres Babys gedacht haben. Einige sagten, dass sie glaubten, verrückt zu werden. Einige wollten keine Mutter mehr sein. Einige hatten das Gefühl, ihr Leben gerate außer Kontrolle. Das ist bei jeder Frau anders. Aber es gibt eine Menge Dinge, die wir tun können, damit Sie sich besser fühlen.«

Ich öffnete den Mund, um zu protestieren, aber ich merkte, dass mir die Argumente ausgingen. Schließlich war ich hier, wenn auch nur deshalb, weil Smith es so wollte. Warum genügte das nicht? Als ich endlich meine Sprache wiederfand, war ich selbst über meine Worte überrascht. »Warum will ich nicht mehr glücklich sein?«

»Doch, das wollen Sie. Es fühlt sich einfach unmöglich an, darum versuchen Sie, nicht daran zu denken«, sagte er mit leiser Stimme. »Und wenn man versucht, nicht daran zu denken, kann man nicht die Energie aufbringen, etwas gegen die düstere Stimmung zu tun. Und dann gewöhnt man sich einfach daran. Kommt Ihnen irgendetwas von dem, was ich sage, bekannt vor?«

Ich nickte. Er beschrieb nicht genau, wie ich mich fühlte, aber es war verdammt nah dran. »Ich dachte, so fühlt es sich halt an, Mutter zu sein.«

»Ich möchte Sie nicht beunruhigen, aber das ist keine natürliche Reaktion«, sagte er. »Wir können ein paar Dinge tun, um Ihnen dabei zu helfen, das durchzustehen. Zunächst einmal möchte ich, dass Sie sich jeden Tag ein wenig Zeit für sich selbst nehmen. Gehen Sie durch das Dorf.«

»Wir leben auf dem Land. Wir haben gerade Thornham gekauft.«

Er neigte kaum merklich den Kopf, und ich dachte daran, wie Tomas auf diese Information reagiert hatte. Vielleicht kannte jeder in der Stadt Thornham. Vielleicht tratschten sie über die reichen Londoner, die dort lebten. Ich konnte nur ahnen, was die Leute über uns sagten. Und wie viel schlimmer es sein würde, wenn sie herausfanden, dass ich praktisch in der Klapsmühle war.

»Thornham hat ein schönes Gelände«, fuhr er so locker fort, dass ich mich fragte, ob ich mir sein Stocken bei der Erwähnung des Landsitzes nur eingebildet hatte. »Machen Sie einen Spaziergang runter zum Teich.«

»Ich wusste nicht einmal, dass es einen Teich gibt. Sie müssen Thornham besser kennen als ich«, sagte ich und gab mein Bestes, ein normales Gespräch zu führen. Er dachte, ich könnte meine Probleme mit einem Spaziergang lösen. Offenbar hatte er mehr Vertrauen als ich.

»Ich kenne es aus der Zeit, als die Thorns noch auf dem Grundstück wohnten, aber das ist Jahrzehnte her«, sagt er. »Es muss eine Menge Arbeit gewesen sein, das Haus in Schuss zu bringen.«

»Wir waren gerade erst fertig, als das Baby kam«, gab ich zu.

»Klingt, als hätten Sie ein anstrengendes Jahr hinter sich«, sagte er. »Ein Neugeborenes, ein neues Haus – das würde jedem

Sorgen machen. Deshalb würde ich Ihnen auch gern Antidepressiva verschreiben.«

Ich unterdrückte den Impuls, Nein zu sagen. Stattdessen entschied ich mich, eine berechtigte Sorge zu äußern. »Ist es nicht gefährlich, so etwas zu nehmen? Ich stille noch.«

»Ich denke, Sie sollten besser fragen, ob es nicht gefährlich für das Baby ist, wenn Sie sie *nicht* nehmen.«

Dem konnte ich nicht widersprechen. Stattdessen schluckte ich wieder in der Hoffnung, nicht ein zweites Mal vor dem Arzt in Tränen auszubrechen.

»Wie schlafen Sie?«

»Dreimal dürfen Sie raten«, entgegnete ich trocken. Ich war vielleicht nicht auf alle Veränderungen in meinem Leben vorbereitet gewesen, als ich Penny bekam, aber dass ich weniger Schlaf bekommen würde, war mir schon klar gewesen.

»Sie scheinen Hilfe zu haben, aber es ist immer schwierig, sich auszuruhen, wenn ein Säugling im Haus ist«, sagte er. »Und ist Ihr Mann …«

»Er hilft, wo er kann«, sagte ich hastig. In Wahrheit verdiente Smith mehr Anerkennung als ich. Er gab sich sicherlich mehr Mühe.

»Ich würde Ihnen auch gern ein Schlafmittel verschreiben«, sagte er. »Sie sollten es nur dann nehmen, wenn Sie das Gefühl haben, dass Sie sich unbedingt ausruhen oder Schlaf nachholen müssen. Vielleicht in Zeiten, in denen das Baby bei seinem Kindermädchen oder bei seinem Vater ist.«

Ich wehrte mich nicht. Ein Schlafmittel klang zwar noch schlimmer als Antidepressiva, aber der Gedanke, tatsächlich Ruhe zu bekommen, war zu verlockend.

»So, lerne ich die Kleine jetzt kennen?«, fragte er.

Ich straffte die Schultern, dann nickte ich. Ich hatte Zeit mit ihm allein gehabt. Der Arzt würde mir etwas geben, damit ich wieder zu mir kam. Und dennoch hatte ich, als Dr. Stanton den Kopf aus der Tür steckte und nach Marjorie rief, damit sie Nora mit meiner Tochter hereinschickte, den seltsamen Drang, davonzulaufen. Aber als Nora mit Penny auftauchte, verflüchtigte sich alle Angst, und Wärme breitete sich in meiner Brust aus. Als der Arzt mit der Untersuchung begann und Penny vor Empörung losbrüllte, war es leider schon vorbei mit der Leichtigkeit.

Ich fühlte mich schrecklich, musste jedoch unwillkürlich kichern, als ich sah, wie sehr sie sich beim Wiegen aufregte. Er runzelte die Stirn. »Ihr Gewicht ist ein wenig geringer, als wir es in diesem Stadium gern sehen würden. Ich empfehle Ihnen ein paar Kräuter, die die Milchproduktion anregen, und ich möchte, dass Sie in zwei Wochen wieder mit ihr zur Gewichtskontrolle kommen.«

Trotz Dr. Stantons fortwährender Beteuerungen, dass es keinen Grund zur Sorge gäbe, verließ ich die Klinik mit diversen Rezepten für die Apotheke und neuen Schuldgefühlen, weil Penny zu wenig wog. Wäre ich aufmerksamer gewesen, hätte ich es bemerkt. Ich versuchte, mir einzureden, dass Smith es auch nicht bemerkt hatte, genauso wenig wie Nora. Wir hatten keinen Grund zu vermuten, dass etwas nicht stimmte, bis der Arzt es uns gesagt hatte, aber ich musste immer wieder an Marjories Worte denken. Wenn etwas nicht in Ordnung gewesen wäre, hätte sie es uns wissen lassen. Hatte sie es versucht? War das Schreien und Weinen und das nächtliche Aufwachen ein solcher Versuch gewesen? War ich zu sehr damit beschäftigt gewesen, mich selbst zu bemitleiden, um zu merken, dass mein Baby Hunger hatte?

Wir packten Penny vor der Klinik in ihren Kinderwagen und entschieden uns, die paar Straßen zur Apotheke zu Fuß zu gehen.

Als wir eintraten, wandten sich alle im Laden zu uns um. Ich konnte nicht anders, als zu denken, dass die anderen Kunden über uns tuschelten. Eine so kleine Stadt wie Briarshead war dankbar für jeden Klatsch und Tratsch. Dann fragte ich mich mit Schrecken, ob Tomas allen von meinem katastrophalen Mittagessen in seinem Restaurant erzählt hatte. Aber aus irgendeinem Grund war ich mir sicher, dass er es nicht getan hatte. Er schien nicht der Typ zu sein, der sich auf Klatsch einließ. Ich reichte der Apothekerin Dr. Stantons Rezepte. Sie überprüfte sie und nickte. »Einen Moment bitte.«

»Haben Sie eine Toilette?«, fragte ich.

Sie deutete mit dem Kopf auf eine Tür im hinteren Bereich. Vermutlich war das einer der Vorteile, wenn man in einem kleinen Ort lebte. Da einen jeder kannte, durfte man überall die Toilette benutzen.

Ich ging zu Nora hinüber und spähte in den Kinderwagen. »Ich gehe auf die Toilette. Ist alles okay?«

»Ja. Sie schläft wie ein Engel.« Sie schenkte mir ein strahlendes Lächeln, und wieder spürte ich einen Stich der Eifersucht.

Auf dem Weg nach hinten ertappte ich mich bei der Hoffnung, dass Dr. Stanton recht hatte. Ich würde spazieren gehen und Medikamente einnehmen und alles tun, was nötig war, damit ich Penny ansehen konnte, ohne dabei mein eigenes Versagen zu sehen. Ich nahm mir Zeit und genoss die wenigen Minuten der Ruhe. Die Apotheke war so klein, dass ich sicher war, Penny zu hören, wenn sie aufwachte. Als ich schließlich zurückkam, rief die Apothekerin. »Ich habe hier alles für Sie.«

Ich bezahlte die Medikamente und eine Dose Tee mit den Kräutern, die er empfohlen hatte. Dann entdeckte ich, dass Nora sich die einfache Auswahl an Taschenbuchromanen ansah, die der Laden am Tresen bereithielt. Sie stellte *Die Verführung des Sultans* zurück ins Regal und grinste verlegen. »Haben Sie alles?«

Ich umklammerte die Tüte, dann nickte ich. Es musste funktionieren. *Unbedingt.*

Auf der Heimfahrt plapperte Nora fröhlich. Als sie sagte, dass sie über Weihnachten ihre Familie außerhalb Londons besuchen wolle, umklammerte ich das Lenkrad fester. Wir hatten nie über die Feiertage gesprochen. Ich hatte nicht so weit vorausgedacht, und jetzt waren sie nur noch ein paar Wochen entfernt. Ich schüttelte den Kopf, versuchte, die Tage zu ordnen, und stellte mit Entsetzen fest, dass ich irgendwie eine ganze Woche verloren hatte. Jetzt waren es nur noch zehn Tage bis Weihnachten, und ich hatte noch kein einziges Geschenk gekauft, keine Karten verschickt und nicht einmal darüber nachgedacht, ob wir hierbleiben oder nach London zurückkehren sollten. Dass wir überhaupt einen Baum aufgestellt hatten, war Smith' Aufmerksamkeit zu verdanken.

»Bleibst du lange weg?«, fragte ich Nora. Ich gewöhnte mich gerade erst daran, sie um mich zu haben. Und jetzt wollte sie verreisen. Eine betäubende Kälte breitete sich bei dem Gedanken an den diesjährigen Weihnachtsmorgen in mir aus.

»Ein oder zwei Tage«, sagte sie und fügte schnell hinzu: »Es sei denn, Sie brauchen mich hier. Ich muss nicht fahren.«

Ich wollte nicht die Oberzicke sein, die von ihrem Kindermädchen verlangte, über die Feiertage zu arbeiten, also schüttelte ich den Kopf. »Ich habe nur nachgedacht. Wir werden wohl Familienbesuch bekommen. Deshalb.«

Nora hatte das Gästezimmer belegt, das am nächsten zu Pennys Kinderzimmer lag. So hatten wir bloß noch ein Zimmer für Besuch übrig. Nicht dass ich jemanden eingeladen hatte. Zweifellos waren alle schon verplant. Ich hatte von keinem etwas gehört. Nicht einmal eine Einladung, Clara und Alexander wie letztes Jahr nach Balmoral zu begleiten, war gekommen.

Letztes Jahr? Weihnachten in Schottland schien so lange her zu sein. Damals hatte ich gehofft, schwanger zu werden, hatte so glücklich und zuversichtlich in die Zukunft geblickt. Es war schwer zu glauben, dass das erst ein Jahr her war. Es schien nur noch eine ferne Erinnerung zu sein.

Wir fuhren in Thornhams kreisförmige Einfahrt und parkten. Mit all den Babysachen, auf denen ich nach unserem letzten katastrophalen Ausflug bestanden hatte, meinen Tüten aus der Apotheke und dem Baby selbst hatten wir alle Hände voll. Als wir die Tür erreichten, schwang sie auf. Ich rechnete damit, dass Humphrey uns zu Hilfe eilte, und war überrascht, als Smith auf Strümpfen herauskam und mir Penny abnahm.

»Her mit der Kleinen.« Er nahm sie in den Arm und küsste sie auf die Stirn. »Hallo, meine Schöne.«

Seine Worte, die an unsere Tochter gerichtet waren, versetzten mir einen Stich, doch natürlich nannte er sie so. Sie war wunderschön. Penny war das hübscheste Baby, das ich je gesehen hatte. Das war völlig normal.

»Hast du auf uns gewartet?« Ich ließ den Blick über ihn gleiten. Er trug eine alte Jeans und einen lockeren Zopfpullover. Seine schmutzigen Stiefel standen neben der Tür.

»Ich bin gerade fertig geworden und habe euch kommen sehen«, sagte er sanft und beugte sich vor, um mir einen Kuss zu geben.

Ich runzelte die Stirn. »Du hast uns gesehen?«

»Wie ihr die Auffahrt heraufkamt«, sagte er, wich jedoch meinem Blick aus.

Smith log mich an. Das wusste ich genauso sicher, wie ich wusste, dass ich ihn liebte und dass er mein Seelenverwandter war. Die Lüge schnürte mir das Herz zu.

»Wie ist es gelaufen?«, fragte er für meinen Geschmack zu gelassen.

»Er hat mir etwas verschrieben.« Ich hielt die Apothekentüten hoch. »Das bringt mich wieder in Ordnung.«

»Das ist alles?« Er klang enttäuscht, und ich fragte mich, ob er erwartet hatte, dass ich als Stepford-Frau zurückkäme, plötzlich sittsam, gefällig und ausgeglichen.

»Ich soll spazieren gehen und um Hilfe bitten«, stieß ich mit einem müden Lächeln hervor. Bevor ich zu Ende sprechen konnte, unterbrach uns die Türklingel. Smith hatte Penny auf dem Arm, und Nora war verschwunden, um ihre Sachen wegzubringen. Als ich öffnete, kam gerade Humphrey um die Ecke.

Vor der Tür stand der Detective, der die Untersuchung in unserem Keller beaufsichtigt hatte. Ich warf Smith einen fragenden Blick zu.

»Ich glaube, Sie sind einer mehr als beim letzten Mal«, sagte der Detective in fröhlichem Ton.

Ich brauchte eine Sekunde, um zu begreifen, dass er von Penny sprach. Als er das letzte Mal hier war, war ich schwanger gewesen. »Kommen Sie rein.«

Humphrey eilte herbei, um ihm den Mantel abzunehmen.

»Ich müsste mit Mr. Price sprechen«, sagte der Detective und behielt den Mantel über dem Arm. »Aber wenn ich ungelegen komme …«

»Nein, schon gut«, sagte Smith.

Ich streckte die Arme aus, um das Baby zu nehmen, und fragte mich, worum es hier ging. Smith reichte Penny an mich weiter, bevor er den Polizisten ins Wohnzimmer führte. Er drehte sich um und lächelte, bevor er nach den Schiebetüren griff. Als sie zuglitten, wurde mir klar, dass Smith mich nicht nur anlog.

Er hatte Geheimnisse vor mir.

# 20

*Smith*

»Bitte entschuldigen Sie, dass ich hier so einfach aufkreuze«, sagte Detective Longborn und nahm auf dem Sofa Platz. Er schaute sich im Raum um und nickte anerkennend in Richtung der Weihnachtsdekoration. »Es ist schön, das Haus wieder mit Leben gefüllt zu sehen. Hier hat schon lange niemand mehr Weihnachten gefeiert.«

»Thornham ist wieder das Heim einer Familie«, sagte ich mit fester Stimme. Longborns Timing hätte nicht schlechter sein können. Gerade hatte sie von ihrem Arzttermin erzählen wollen. So verschlossen, wie sie in letzter Zeit war, machte ich mir unweigerlich Sorgen, dass meine Chance, Details zu hören, verstrichen wäre, wenn wir hier fertig waren. Ich wollte Nora nicht um Informationen bitten müssen. Fast hätte ich mich schon verraten und zugegeben, dass ich das Kindermädchen gebeten hatte, mir eine Nachricht zu schicken, sobald sie auf dem Heimweg waren.

»Sie sagten, Sie hätten Neuigkeiten für mich«, drängte ich, um die Sache abzukürzen.

»Ja, aber ich fürchte, keine guten.«

Ich hielt inne, und mein Blick wanderte zu einem nahe gelegenen Servierwagen aus Messing, auf dem eine Kristallkaraffe stand. Ich hatte mir vor einem Jahr vorgenommen, das Trinken aufzugeben. Seitdem hatte ich dieses Vorhaben mehr als nur einmal gebrochen. Ich dachte unwillkürlich, dass ein Detective, der mir schlechte Nachrichten über die Knochen in meinem Keller überbrachte, ein Anlass war, es wieder zu tun. »Möchten Sie einen Drink?«

Ich rechnete eigentlich damit, dass er ablehnen würde, da er eindeutig im Dienst war, aber er nickte. Vielleicht war das auf dem Land ja so üblich. Schließlich hatte Briarshead nicht gerade eine hohe Kriminalitätsrate. Sicherlich konnte ein Detective am Nachmittag mit einem Einheimischen etwas trinken. Doch als ich mich umdrehte, um ihm einzuschenken, bemerkte ich, wie sein Blick nervös durch den Raum huschte. Was hatte er mir zu sagen, das ihn so nervös machte?

»Erinnern Sie sich an die Weihnachtstage hier?«, fragte ich ihn.

»Das war vor meiner Zeit«, sagte er. »Aber immer mal wieder erzählt jemand im Dorf Geschichten über die glorreichen Tage von Thornham.«

»Sie sagen das so, als wäre es unwiederbringlich vorbei«, bemerkte ich und goss Macallan in einen Tumbler.

Als ich ihm das Glas reichte, lächelte er entschuldigend. »Ich wollte Sie nicht beleidigen. Es ist schwer, sich daran zu gewöhnen, dass hier wieder jemand wohnt. Das Anwesen stand fast mein ganzes Leben lang leer.«

»Warum?« Der Kauf des Anwesens war einfacher gewesen als erwartet. Ich war überrascht gewesen, als ich erfuhr, dass es so lange leer gestanden hatte, bevor es zum Verkauf angeboten wurde. Das Haus war erst ein paar Wochen auf dem Markt gewesen, als wir es kauften.

»Die verbliebene Familie wollte nicht verkaufen«, sagte er achselzuckend, bevor er einen Schluck von seinem Scotch trank und anerkennend seufzte. »Sie haben das gute Zeug.«

Da hatte er recht. Ich war stolz darauf, das gute Zeug zu haben. Das größte Haus. Die schönste Frau. Den besten Scotch. Doch dass Longborn hier saß, erinnerte mich daran, dass nichts für immer war. Ich hatte das größte Haus, aber ich wusste nichts darüber. Ich wusste nicht, warum es all die Jahre leer gestanden hatte. Ich hatte die schönste Frau, aber in ihr lauerte etwas Dunkles, das sie verletzte, und ich schien es nicht ausmerzen zu können. In Wirklichkeit schien mein Scotch das Einzige zu sein, das Bestand hatte.

»Ich nehme an, es geht um die Knochen.« Die Zeit für Höflichkeiten war vorbei.

»Ich weiß, bei unserem ersten Gespräch habe ich gesagt, dass ein solcher Fund in einem Haus dieses Alters nicht ungewöhnlich sei.« Sein Daumen glitt über den geschliffenen Kristallrand seines Glases.

Ich nickte. Ich dachte das Gleiche. Ein Haus, das seit dem 16. Jahrhundert existierte, musste seine eigene Geschichte haben – mit guten und schlechten Anteilen.

»Leider haben die Laborergebnisse ergeben, dass die Knochen nicht ganz so alt sind, wie wir vermutet haben.«

»Wie alt sind sie?«, fragte ich zögernd, bereits sicher, dass ich die Antwort nicht wissen wollte.

»Ein paar Jahrzehnte«, sagte er mit ruhiger Stimme und erinnerte mich damit an das, was Georgia am Telefon gesagt hatte.

»Hat es etwas mit der gesperrten Akte zu tun, die Sie meiner Mitarbeiterin nicht zugänglich machen wollten?«, fragte ich kühl. Wenn dieser Dorfpolizist gekommen war, um mir schlechte Nachrichten zu überbringen, sollte er endlich damit rausrücken.

»Es ist bei uns nicht üblich, gesperrte Akten an jeden herauszugeben, der anruft.« Longborn warf sich in die Brust, aber sein suchender Blick verriet mir, dass seine Selbstsicherheit nur Fassade war.

»Sie werden feststellen, dass Georgia Kincaid jede Akte zu lesen bekommt, die sie will«, sagte ich ausdruckslos und fügte hinzu: »Ebenso wie ich.«

»Ach ja?«

Ich nutzte meine Verbindungen zur Königsfamilie nicht oft zu meinem Vorteil, aber manchmal musste es sein.

»Sie ist im Security-Team der Königin«, sagte ich.

Vor Überraschung schossen seine Augenbrauen in die Höhe. Er hielt inne, bevor er einen großen Schluck Scotch nahm.

»Und Sie verfügen über die gleichen Freigaben und Genehmigungen?«, fragte Longborn, als ich nicht weitersprach.

»Ja. Ich bin sicher, ich kann jemanden bitten, Sie anzurufen, um es Ihnen zu bestätigen.«

»Ich überprüfe das«, sagte Longborn.

Ich verstand plötzlich einen Teil seines Zögerns. Die meiste Zeit verbrachte er wahrscheinlich damit, in den örtlichen Geschäften nach dem Rechten zu sehen, sich um belanglose Störungen zu kümmern, die von alten Damen gemeldet wurden, und sich mit dem Stadtrat zu treffen. Er musste sich nicht mit Knochen und gesperrten Akten auseinandersetzen.

»Vielen Dank. Aber was sagt ihr Alter über die Knochen aus?« Ich wollte nicht vergessen, das anzusprechen.

»Um so alte Häuser ranken sich unweigerlich Geschichten. Solche, die wir unseren Kindern in kalten Nächten erzählen, um ihnen einen ordentlichen Schrecken einzujagen.« Longborn starrte in sein Glas, dann hob er den Blick. »Das Schwierige ist, die Fakten von den Geschichten zu unterscheiden.«

»Mit den Knochen wird das nicht leichter«, vermutete ich.

»Vielleicht«, gab er zu und stieß einen Seufzer aus. »Ich weiß nicht, ob es einen Sinn hat, in alten Verbrechen zu wühlen.«

»Kommt auf das Verbrechen an«, sagte ich.

»Sagen Sie das auch noch, wenn ich Ihren Keller aufreißen muss?«, fragte er. »Ich kann mit der Stadtverwaltung sprechen und alte Ermittlungen zu verschwundenen Personen rund um das Anwesen wieder aufnehmen.«

»Verschwundene Personen?« Das wurde ja immer schlimmer. Das Letzte, was ich wollte, war, eine schlechte Geschichte auszugraben. Das passte mir jetzt gar nicht. Ich musste mich auf meine Frau und meine Familie konzentrieren. Aber ich konnte nicht einfach ignorieren, was wir gefunden hatten. »Ich würde die Akte gern von meinen Leuten überprüfen lassen. Ich glaube nicht, dass es einen Grund gibt, den Stadtrat einzuschalten.«

Longborn lächelte verständnisvoll. Er hielt inne, öffnete den Mund, sagte jedoch nichts.

»Es sei denn, das ist ein Problem«, sagte ich.

»Es liegt mir fern, einem Mann zu erklären, wie er sein Haus führen soll«, begann er, und ich hatte das Gefühl, dass er genau das tun wollte, »aber manchmal lässt man die Vergangenheit besser ruhen.«

Das hatte ich auch oft gedacht. Aber jedes Mal wenn ich nach vorn schauen wollte, schien die Vergangenheit ihre fauligen Hände aus der Erde zu strecken und mich zurück in die Hölle zu ziehen. Vielleicht gab es keine Antworten, wenn es um Thornham ging.

»Ich merke es mir«, versprach ich. Ich wusste nicht, was ich tun sollte, wenn diese Akte kam. Vielleicht war es das Beste, sie einfach an Georgia weiterzugeben, damit sie sich der Sache annahm. Sie hatte mehr Abstand zu den Dingen.

Ich brachte Longborn zur Tür. »Danke für den Scotch«, sagte er. »Rufen Sie mich an, wenn Sie weitere seltsame Entdeckungen machen.«

»Muss ich damit rechnen?«, fragte ich irritiert.

»Ich kann mir vorstellen, dass dieses Haus noch mehr Geheimnisse birgt«, sagte er schlicht. »Herzlichen Glückwunsch zu Ihrem Baby. Grüßen Sie Ihre Frau von mir. Und, Mr. Price, wenn ich das sagen darf, passen Sie auf sie auf.«

»Mach ich.«

Er steckte die Hände in die Taschen und ging die Treppe hinunter zu einem alten Renault, der in der Auffahrt parkte. Ich sah ihm hinterher und fragte mich, ob seine letzten Worte nur ein gut gemeinter Ratschlag oder eine Warnung gewesen waren.

Ich schloss die Tür hinter ihm und ließ meine Finger über das Schloss gleiten. Es war mitten am Tag. Humphrey, Mrs. Winters und Rowan würden alle kommen und gehen. Ich war nicht mehr in London, wo das Abschließen der Tür selbstverständlich war. Es gab keinen Grund, in einem Haus dieser Größe die Türen abzuschließen, aber Longborns Worte gingen mir nach. Ich zog meine Hand zurück und entschied, dass es lächerlich war, mitten am Nachmittag die Tür abzuschließen. Dann machte ich mich auf die Suche nach Belle.

Im Kinderzimmer stieß ich auf Nora, die Penny sanft wiegte. Das Licht, das von draußen hereinfiel, bildete einen glänzenden Schimmer um sie. Sie sah zu mir hoch und lächelte. Ich erwiderte ihr Lächeln und schlich mich leise aus dem Zimmer. Ich war froh, sie zur Unterstützung zu haben, aber ich hatte mich noch nicht ganz daran gewöhnt, sie mit dem Baby zu sehen. Das würde Zeit brauchen. Ich warf einen Blick ins Schlafzimmer, doch das war leer. Schließlich fand ich Belle hinter meinem Schreibtisch, den Stuhl zum Fenster gedreht, das einen Blick auf das Anwesen bot.

»Wartest du auf mich, meine Schöne?«, fragte ich.

Sie antwortete nicht, und ich trat in den Raum zu ihr. Als ich den Schreibtisch erreichte, stellte ich fest, dass die Schubladen offen standen und eine Reihe von Gegenständen auf der Platte verstreut lagen, darunter die Waffe meines Vaters. Ich brauchte einen Moment, um zu verarbeiten, was ich sah. »Hast du etwas gesucht?«

»Nicht ganz.«

Ich hob die Pistole hoch und legte sie hinten in die mittlere Schublade. Dann tat ich das Gleiche mit ein paar Akten. Meine Hände zitterten ein wenig, es wühlte mich auf, sie hier mit einer Pistole neben sich zu finden, auch wenn die Waffe nicht geladen war. Ich wurde das Gefühl nicht los, dass sie meine Schubladen aus einem bestimmten Grund durchwühlt hatte.

»Was suchst du?«, fragte ich.

»Was auch immer du versteckst«, sagte sie mit rauer Stimme.

»Was ich verstecke?« Ich hatte nichts vor Belle zu verbergen. Mein Leben war ein offenes Buch für sie. Könnte ich doch nur dasselbe von ihr sagen. »Ich verheimliche dir nichts, meine Schöne.«

Ich wartete, dass sie antwortete.

»Hey, ich meine es ernst.« Ich drehte den Ledersessel herum und bemerkte, dass sie einen vertrauten Bilderrahmen in den Händen hielt.

»Das hast du mir nicht verheimlicht?«, fragte sie, wobei ihre Unterlippe zitterte.

Ich hätte das Foto von Margot am Tag, als ich es fand, wegwerfen sollen. »Ich weiß nicht, wie das hierhergekommen ist«, sagte ich ehrlich. »Ich habe es in einen Karton gelegt.«

»Es war in deiner Schreibtischschublade«, sagte sie leise.

Ich hatte es in den Karton gelegt. »Das stimmt«, erwiderte ich. »Ich weiß nicht, warum du es dort hineingelegt hast. Als ich es sah, habe ich es in einen leeren Karton geworfen, um es zu entsorgen.«

»Ich habe es nicht in die Schublade gelegt«, sagte sie, und ihre Stimme schnellte eine Oktave in die Höhe. »Ich habe es gerade dort gefunden.«

»Ich meine nicht heute.« Ich hatte keine Ahnung, wie das Foto aus dem Karton zurück in meine Schreibtischschublade gekommen war. »Als du ausgepackt hast, musst du es in die Schublade gelegt haben.«

»Warum sollte ich ein Bild von deiner toten Frau dorthin legen?«, blaffte Belle. War sie vorher verletzt gewesen, war sie jetzt wütend. Sie warf das Foto mit solcher Wucht auf den Schreibtisch, dass das Glas zersprang und um Margots Lächeln herum splitterte. »Ups. Entschuldigung.«

Ich ignorierte ihren herausfordernden Ton. Es tat ihr nicht im Geringsten leid. Nicht dass mich das verdammte Foto interessierte. »Es hätte gar nicht hier sein sollen. Ich wusste nicht einmal, dass ich es noch hatte. Tut mir leid, dass du es gefunden hast.«

»Das erste Mal oder dieses Mal?« Sie stieß sich vom Stuhl hoch und wich kopfschüttelnd vor mir zurück. »Ich bin nicht verrückt, Smith. Ich habe das nicht in deine Schublade gelegt.«

»Du warst die Einzige, die hier ausgepackt hat«, sagte ich. Das ergab keinen Sinn.

»Ich habe ein paar Bücher in das Regal gestellt.« Sie verschränkte schützend die Arme vor der Brust. »Ein paar Stifte in den Schreibtisch gelegt. Ich habe über die Waffe hinweggesehen, die ich dort gefunden habe. Aber ich habe nichts mit diesem verdammten Foto zu tun. Ich werde allerdings nicht mehr den Fehler machen, in deinen Geheimnissen zu wühlen. Du musst nicht ehrlich zu mir sein.«

»Ehrlich? Was soll das? Ich habe nichts vor dir zu verbergen.«

»Woher wusstest du, dass ich nach Hause komme?« Sie richtete ihre blauen Augen auf mich, und ich wusste, dass sie mich erwischt hatte. »Ich weiß, dass du uns nicht die Auffahrt hast heraufkommen sehen.«

Es war eine schlechte Lüge, das war mir gleich klar gewesen. Wenn ich sie gesehen hätte, wäre ich draußen geblieben und hätte ihr geholfen, das Baby hereinzutragen. Stattdessen hatte sie mich auf Strümpfen an der Tür angetroffen. Aber in dieser Hinsicht ehrlich zu ihr zu sein untergrub mein Arrangement mit Nora.

»Gut«, sagte sie und warf gereizt die Hände in die Luft. »Dann sag es mir eben nicht. Aber erzähl mir nicht, dass du keine Geheimnisse hast. Du verheimlichst mir etwas.«

Sie stürmte aus dem Zimmer, und ich starrte ihr hinterher. Ich hatte keine Geheimnisse vor meiner Frau.

Aber … irgendwie doch.

Ich bereute es nicht, dass ich Nora gebeten hatte, mich auf den neuesten Stand zu bringen, zumal Belle sich geweigert hatte, sich mir anzuvertrauen. Sie war nicht ehrlich zu mir gewesen, was den Tag im Restaurant anging. Ich hatte ihr reichlich Zeit gegeben, mir zu sagen, was vorgefallen war. Mit dieser Lüge konnte ich leben. Aber was war mit Longborn und den Knochen? Belle wollte nicht in Thornham sein. So viel war klar. Doch ich war mir nicht sicher, ob wir unsere Probleme dadurch lösen konnten, dass wir zurück nach London gingen. Und so sehr ich mich auch bemühte, ich konnte das unheimliche Geschenk von der Babyparty nicht vergessen. Niemand hatte die Verantwortung dafür übernommen. Es hatte keine weiteren Botschaften dieser Art gegeben. Ich konnte die Nachricht nur so deuten, wie sie gemeint war. In London waren wir so sehr in die Ränke der königlichen Familie verstrickt, dass das gefährliche Unkraut, das in ihnen wucherte und sie durchdrang, immer auch uns erreichen konnte. Solange wir dort in Alexanders und Claras Umlaufbahn blieben, würden wir nie frei von unserer Vergangenheit sein. Wir würden nie unsere eigenen Entscheidungen treffen. Wir würden immer in Gefahr sein. Für Belle und Penny wollte ich ein anderes Leben. Deshalb konnte ich ihr nicht erzählen, dass Longborn beunruhigt gewirkt hatte. Nicht bevor ich die Akte gesehen hatte und was darin stand. Vielleicht war alles überbewertet. Die Knochen seien Jahrzehnte alt, hatte Longborn gesagt. Aber das konnten zwanzig oder neunzig Jahre sein. Es hatte keinen Sinn, Belle weiter zu beunruhigen, ehe ich mehr wusste, nicht, solange ich selbst bei den einfachsten Themen kaum noch an sie herankam.

Das war das eigentliche Problem. Ich hatte schon einmal den Zugang zu Belle verloren, nachdem sie unser erstes Kind durch eine Fehlgeburt verloren hatte. Damals hatte ich sie nicht trösten können. Und jetzt war ich dabei, sie noch einmal zu verlieren. Das wollte ich nicht, aber ich wusste nicht, wie ich zu ihr durchdringen konnte.

Ich warf einen Blick auf das zerbrochene Bild von Margot und schüttelte den Kopf. Ich nahm es und schleuderte es quer durch den Raum. Es schlug gegen die Wand, und das bereits gesprungene Glas fiel klirrend auf den Boden, als der Rahmen in zwei Teile zerbrach.

War es überhaupt möglich, aus vergangenen Fehlern zu lernen? An irgendeinem Punkt hatte ich eine falsche Entscheidung getroffen, und jetzt musste ich alles zurückverfolgen, bis ich herausgefunden hatte, an welcher Stelle ich mich geirrt hatte. Ich wusste nur eines: Ich musste zu Belle durchdringen, ehe es zu spät war.

Ich konnte nicht länger warten.

Ich lief in die Richtung, in die sie verschwunden war. Irgendwie wusste ich, dass ich sie nicht im Kinderzimmer finden würde. Es brach mir das Herz zu sehen, wie sie mit ihrer Mutterschaft kämpfte. Ich musste sie daran erinnern, dass sie genügte. Mehr als das, sie war mein Ein und Alles. Als ich das Schlafzimmer betrat, saß sie auf der Bettkante und sah nicht auf.

Ich setzte mich neben sie, strich ihr über die Arme und beugte mich vor, um ihre Schulter zu küssen. Belle drehte sich wortlos zu mir um. Ich umfasste ihr Kinn und zog ihre Lippen auf meine. Wir mussten zueinander zurückfinden. Sicher ging es ihr genauso.

Ich legte sie sanft auf den Rücken.

»Ich will dich«, sagte ich und trat zwischen ihre Beine. Als ich ihr den Slip auszog, schloss sie flatternd die Lider, und als ich meinen Schwanz herauszog, spreizte sie die Beine. Wir hatten nicht alle Antworten, aber wir hatten das hier. Wir hatten einander. Ich schob mich in sie hinein, und sie stöhnte leise auf. Es war zu lange her, dass ich meine Frau gespürt hatte. Belle fasste nach der Bettkante, und ich hob ihre Beine hoch und schlang sie um meine Taille.

Aber ich brauchte mehr. Ich musste sie fühlen, sie küssen, meine Haut auf ihrer spüren, meine Lippen auf ihren Lippen.

Ich zog mich aus ihr zurück, und sie schloss die Beine, als ich sie auf dem Bett hochschob. Als ich auf sie stieg, um erneut in sie einzudringen, öffnete sie sich mir wieder. Ich bewegte mich langsam in ihr und wollte diesen Teil unserer Liebe sanft erwecken. Wir hatten unsere Beziehung gewaltsam begonnen, mit einer Gier, die zur Besessenheit geworden war. Jetzt konnten wir uns den Rest unseres Lebens genießen. Das wollte ich. Genau das wollte ich auskosten.

»Du fühlst dich wunderbar an«, murmelte ich und senkte meinen Mund, um sie zu küssen.

Sie ließ es zu, aber sie reagierte nicht. Ich rückte von ihr ab, stützte mich auf einen Arm und strich mit dem Finger über ihr Gesicht.

»Ist das okay? Wir können langsamer machen.«

Belle bog den Rücken durch und küsste mich erneut, doch der Kuss hatte nichts Leidenschaftliches. Er fühlte sich mechanisch und gezwungen an, und ich verlangsamte den Rhythmus und versuchte zu verstehen. Vielleicht war Sanftheit nicht der richtige Weg, um uns wieder zusammenzubringen. Ich steigerte das Tempo und stieß in sie hinein.

»Komm für mich«, drängte ich. »Zeig es mir.«

Sie öffnete die Lider, und als ich das Blau ihrer Augen sah, kam ich, doch es war nicht Belle, die mich ansah. Wo sie sein sollte, war nichts als Leere.

Ich rollte mich von ihr herunter und wollte sie in den Arm nehmen, aber sie drehte mir den Rücken zu und machte sich klein, indem sie die Knie an die Brust zog. Mir war übel. Ich strich mit den Fingern über ihre Schulter.

»Ich liebe dich.«

Keine Reaktion.

Ich blieb, bis sie eingeschlafen war. Mehr konnte ich nicht tun. Ich war mir nicht einmal sicher, ob sie mich überhaupt bei sich haben wollte.

Niedergeschlagen ging ich zurück in mein Büro, ich wusste genau, was ich zu tun hatte. Ich wählte Edwards Nummer, unsicher, ob er abnehmen würde. Er hatte sich sogar noch mehr Mühe gegeben als ich, sich von den Royals zu distanzieren. Beim dritten Klingeln hob er ab.

»Sie braucht dich«, sagte ich.

»Was ist los?«

»Sie ist vollkommen verloren, und ich dringe nicht zu ihr durch.« Ich sank auf den Stuhl und vergrub das Gesicht in den Händen. »Ich habe Angst, dass bald nichts mehr von der alten Belle übrig ist.«

Es folgte eine Pause. Er musste eine Entscheidung treffen. »Ich suche mir einen Flug raus.«

Ich legte auf und hoffte, dass es noch nicht zu spät war.

# 21

*Smith*

In den letzten drei Tagen hatten wir kaum miteinander gesprochen. Nachts wandte sich Belle im Bett von mir ab. Thornham hatte auch einen verheerenden Nachteil, den ich nicht vorhergesehen hatte. Auf dem weitläufigen Gelände des Anwesens konnte man jemandem hervorragend aus dem Weg gehen, wenn man das wollte. Es schien, als würde ich Belle ständig suchen. Ich hatte Noras mitfühlendes Lächeln satt, wenn sie mir sagte, dass Belle spazieren gegangen war, oder Mrs. Winters' geschürzte Lippen, wenn sie auf die Frage, ob sie meine Frau gesehen hätte, den Kopf schüttelte.

»Haben Sie sie schon wieder verloren?«, sagte sie missbilligend, schüttelte den Kopf und wandte sich wieder dem Shepherd's Pie zu, den sie fürs Dinner zubereitete.

Meine Verzweiflung war unangenehmen Schuldgefühlen gewichen. Zum ersten Mal stellte ich meine intime Beziehung zu meiner Frau infrage. Mein Blick auf neulich Abend hatte sich verändert. Ich hatte nicht versucht, sie zu erreichen, sondern ich war zu arrogant gewesen, um zu erkennen, dass ich nicht erwünscht war. Hatte sich der Blick in ihre Augen deshalb so angefühlt, als würde man in die unendlichen Tiefen des Ozeans starren?

Ich vermisste meine Frau. Ich liebte sie. Ich wusste nur nicht, wie ich mit ihr umgehen sollte.

»Wir werden zum Dinner einen Gast haben«, sagte ich zu Mrs. Winters. Sie schnaubte und schimpfte vor sich hin, dass man sie nicht vorgewarnt hatte, während sie mit der Zubereitung des Abendessens fortfuhr. Ich ließ sie stehen. Irgendwie hatte ich das Gefühl, dass sie ohne ihr Gejammer nicht dieselbe wäre. Sie kochte genug für eine ganze Armee. Belle aß derzeit kaum etwas, pickte auf ihrem Teller herum wie ein Vögelchen. Immer war etwas übrig. Sie musste sich lediglich die Mühe machen, noch ein weiteres Gedeck auf unseren neuen Esstisch zu legen, der früher als angekündigt eingetroffen war.

Ich gab es auf, Belle finden zu wollen. Meine Frau konnte sich ruhig vor mir verstecken. Diesmal hatte ich ein Ass im Ärmel.

Am Nachmittag, nachdem ich mich mit Rowan über den Garten beraten hatte, beschloss ich, schnell zu duschen, bevor ich in die Stadt fuhr, um Pennys Weihnachtsgeschenk abzuholen. Ich stieg in die Dusche und drehte das Wasser auf, um den Schmutz von draußen abzuspülen. Als wir aufs Land zogen, war mir nicht klar gewesen, wie viel verdammte Arbeit es kostete, das Haus auf Vordermann zu bringen. Ich lehnte mich nach vorn, stützte mich mit den Händen an den Fliesen ab und ließ das heiße Wasser über meinen schmerzenden Nacken und die Schultern laufen. In London hatte ich mich mit

Gewichten und Laufen in Form gehalten, aber die Übungen, die den städtischen Lebensstil ausgleichen sollten, hatten mich nicht auf die Strapazen der körperlichen Arbeit hier vorbereitet. Etwas mit meinen Händen zu erschaffen, dieses Haus für meine Familie zu vervollkommnen, war eines der erfüllendsten Dinge, die ich je getan hatte, auch wenn ich jeden Abend Muskelkater hatte.

So gut sich die Dusche auch anfühlte, ich hatte nicht viel Zeit, wenn ich es vor Einbruch der Dunkelheit ins Dorf schaffen wollte. Die Tage waren kürzer geworden, je näher Weihnachten rückte. Jeden Morgen rechnete ich damit, dass es in der Nacht geschneit hatte, aber bislang war das nicht der Fall. Stattdessen wurde es schon um vier Uhr dunkel. Auf dem Land war die Dunkelheit undurchdringlich und tief.

Ich wusch mir schnell die Haare und spülte das Shampoo aus. Als ich das Wasser abstellte, hörte ich Schritte auf den Fliesen.

Trotz allem hatte die Ehe einen Optimisten aus mir gemacht, denn ich konnte mich nicht beherrschen, nach Belle zu rufen, während ich mir das Gesicht mit einem Handtuch trocken rieb: »Du kommst zu spät, meine Schöne. Aber ich könnte mich überreden lassen, die Dusche wieder anzustellen, wenn du mir Gesellschaft leisten willst.«

Das darauffolgende Keuchen und die Stimme, die ich vernahm, waren nicht die von Belle.

»Shit! Bitte entschuldigen Sie!«, sagte Nora.

Ich nahm das Handtuch vom Gesicht und wickelte es mir um die Taille, dann bemerkte ich das Kindermädchen, das wie angewurzelt in der Tür stand und mich anstarrte. Zu einem anderen Zeitpunkt und in einem anderen Leben hätte ich ihr offensichtliches Interesse vielleicht zu schätzen gewusst, aber jetzt gehörte jeder Teil von mir Belle.

»Was machst du hier?«, brüllte ich sie an.

Das genügte, um sie aus ihrer Benommenheit zu reißen. Sie wandte rasch den Blick ab und wich zurück. »Belle sucht … Entschuldigung!«

Sie drehte sich um und rannte aus dem Bad.

Das hatte mir gerade noch gefehlt. Ich trat aus der Dusche und gab meinen Plan, ins Dorf zu fahren, bereits auf. So wie die Lage zwischen meiner Frau und mir derzeit war, wollte ich unter keinen Umständen riskieren, dass sie von dieser kleinen Begegnung von irgendjemand anderem als mir erfuhr, schon gar nicht von Nora. Es war harmlos gewesen. Ein Fehler. Aber ich war ein Mann, der derzeit auf rohen Eiern lief. Ich hatte zwar kein Interesse an Nora, aber Belle hatte betont, dass sie das Kindermädchen schön fand. Ich konnte mir vorstellen, was sie in ihrem Kopf daraus machen würde, wenn sie davon erfuhr, vor allem nach der Sache mit dem Foto von Margot.

Ich schlüpfte in eine Hose und einen dicken braun melierten Zopfpullover und machte mir nicht die Mühe, mir die Haare zu bürsten oder Schuhe anzuziehen. Hoffentlich war Belle nicht wieder auf einem ihrer verdammten Spaziergänge. Ich stürmte aus dem Ankleidezimmer und blieb abrupt stehen, als ich sie neben dem Bett stehen sah.

»In Eile?«, fragte sie und zog eine Augenbraue hoch.

»Ich habe dich gesucht«, erwiderte ich.

»Im Ankleidezimmer?«

»Hör zu, meine Schöne«, sagte ich hastig, ich wollte nicht, dass sich daraus ein neuer Streit entwickelte. »Ich wollte nur schnell duschen, als du Nora reingeschickt hast, um irgendetwas zu holen. Ich will nicht, dass du denkst, dass etwas passiert ist.«

»Ist etwas passiert?«

»Nein«, wiederholte ich. »Ich wollte dich nur wissen lassen, dass es passiert ist.«

»Aber du hast doch gerade gesagt, dass nichts passiert ist«, sagte sie.

Sie machte mich verrückt. Das machte mich hart. »Ja. Ich meine, nein. Mein Gott, Belle, was willst du?«

»Etwas Lotion, um genau zu sein.« Sie brach ihr Verhör ab und schlenderte ins Badezimmer, um in einer Schublade zu wühlen. Als sie wieder herauskam, wedelte sie mit der Flasche. »Deshalb habe ich Nora reingeschickt.«

»Vielleicht sagst du ihr, dass sie das nächste Mal anklopfen sollte«, bemerkte ich trocken und streckte ihr einen Arm entgegen. Belle war erstaunlich gut gelaunt – sogar verspielt.

Sie trat einen Schritt zurück und zerstörte meine Illusionen. »Sie hat mir erzählt, was passiert ist. Es klang wie ein Unfall.«

»Es *war* ein Unfall.« Ich runzelte die Stirn und fragte mich, ob sie mich jemals wieder an sich heranlassen würde. Ich wurde nicht für die Sache mit Nora bestraft. Es ging um etwas anderes. Um neulich Abend? Oder hatte ich noch Schlimmeres verbockt als das?

»Wenn das so ist …« Belle ging auf die Tür zu.

»Willst du mich weiter bestrafen?«, rief ich ihr hinterher, bevor ich mich beherrschen konnte.

»Du hast nichts falsch gemacht, schon vergessen?«

Ihr Tonfall ärgerte mich. Nein, ich hatte nichts falsch gemacht, aber das hielt sie nicht davon ab, mir weiterhin die kalte Schulter zu zeigen. Solange sie nicht sagte, was sie bedrückte, konnte ich nicht hoffen, irgendetwas daran zu ändern. Aber wenn sie weiterhin glauben wollte, dass ich Bilder meiner toten Frau in meinem Schreibtisch aufbewahrte oder dass ich es genoss, ein junges hübsches Kindermädchen im Haus zu haben, wusste ich nicht, was ich dagegen tun konnte. Ich war Margots Bild losgeworden. Ich hatte kein Interesse an Nora. Musste ich sie entlassen und eine alte Frau aus dem Dorf einstellen? Ich würde alles tun, wenn es bedeutete, dass Belle wieder glücklich war.

»Wenn du denkst…« Die Türklingel unterbrach sie mitten im Satz. Sie stöhnte und warf den Kopf zurück. »Wir haben schon den ganzen Tag über Lieferungen bekommen. Jane hat etwas geschickt, und von Clara und Alexander sind auch Geschenke gekommen.«

»Deine Freunde vermissen dich«, sagte ich vorsichtig. »Wir haben nie darüber gesprochen, ob wir Weihnachten vielleicht nach London fahren.«

»Inzwischen haben alle etwas vor«, schnauzte sie mich an und drehte sich auf dem Absatz um, um aus dem Zimmer zu gehen. Ich war zwei Schritte hinter ihr, als eine vertraute und sehr willkommene Stimme vom unteren Treppenabsatz heraufschallte.

»So werde ich hier empfangen? Normalerweise bekomme ich eine Parade.«

Belle drehte sich mit überraschter Miene zu mir um und sagte: »Edward?«

»Ich dachte, du brauchst deinen besten Freund«, sagte ich, und die Worte schmeckten bitter auf meiner Zunge. Ich schluckte gegen den Geschmack an und erinnerte mich daran, dass ich alles für sie tun würde, auch wenn ich nicht derjenige war, den sie wirklich wollte. Ich ging an ihr vorbei und strich ihr über den Unterarm. »Ich wünschte, ich könnte dir alles geben, was du brauchst.«

Einen Moment lang sahen wir uns durchdringend in die Augen, und ich hoffte, einen Blick auf die Frau zu erhaschen, die ich liebte. Sie sah mich mit undurchdringlicher Miene an, dann senkte sie die Lider und flüsterte. »Das hast du. Ich danke dir.«

In mir zerbrach etwas. Ich hatte ihr gegeben, was sie brauchte, hatte ihren besten Freund für sie hergeholt – jemanden, mit dem sie vielleicht wirklich reden konnte –, aber der Sieg fühlte sich hohl an. Ich wollte dieser Mensch für sie sein. Bis vor ein paar Wochen dachte ich, ich wäre dieser Mensch. Wir blieben noch einen Moment stehen und hörten in der Ferne Humphrey und Mrs. Winters, die Edward unten empfingen. Schließlich drehte sich Belle um und ging auf die Treppe zu. Ohne nachzudenken, streckte ich die Hand aus und griff nach ihrer. »Finde den Weg zurück zu mir, meine Schöne.«

Sie öffnete den Mund, wie um etwas zu sagen, aber dann ging sie wortlos die Treppe hinunter.

# 22

*Belle*

»Achtung, Mrs. Winters ist leicht reizbar«, sagte ich leise.

Edward schenkte mir ein schiefes Lächeln. »Du vergisst, dass ich in meiner Familie früher der Friedenswächter war. Meinem Charme kann keiner widerstehen.«

Das bezweifelte ich sehr, aber ich konnte nicht umhin zu bemerken, wie viel entspannter Edward seit seiner Rückkehr aus Italien schien. Er hatte mir von seiner Reise erzählt. Die meiste Zeit hatte er an der Riviera verbracht oder war auf der Suche nach guten Weinen durch die Toskana gefahren. Irgendwie hatte er es sogar geschafft, inkognito zu bleiben und nicht erkannt zu werden. Es fiel mir immer noch schwer, das zu glauben. Vielleicht waren die Leute dort einfach weniger an den Skandalen um seine Familie interessiert.

Als wir uns an den neuen Esstisch setzten, war klar, dass er sein Versprechen, Mrs. Winters' Zuneigung zu gewinnen, beim Abendessen einlösen wollte. Als sie den großen Shepherd's Pie in die Mitte des Tisches stellte, stieß er einen anerkennenden Pfiff aus.

»Das anständige Essen hat mir gefehlt«, sagte er zu ihr. »Ich glaube, ich habe genug Nudeln für ein ganzes Leben gegessen.«

»Nun, das sieht man Ihnen aber nicht an«, entgegnete sie und beäugte ihn mit einer Mischung aus Misstrauen und Stolz. »Aber ich koche Ihnen gern Ihre Lieblingsspeisen, solange Sie hier sind.«

Fröhlich vor sich hin summend, eilte sie zurück in die Küche. Sie bestand immer noch darauf, dass ihr Platz dort war und unserer hier im offiziellen Esszimmer, aber ich hatte sie noch nie so selbstzufrieden gesehen. Edward zwinkerte mir zu, als wollte er sagen: *Siehst du?*

»Sie fragt mich immer, was ich essen möchte«, sagte ich achselzuckend.

»Das liegt daran, dass du die Dame des Hauses bist«, sagte er, entfaltete seine Serviette und legte sie auf seinen Schoß. »Du sollst den Speiseplan bestimmen.«

»Als ob mich interessieren würde, was wir essen. Ich bin nur froh, dass ich versorgt werde.«

»Clara hat sich über dasselbe beklagt, als sie in den Buckingham Palast gezogen sind.« Die Bemerkung war schon aus seinem Mund, ehe er merkte, was er gesagt hatte. Sofort senkte sich eine bedrückende Stille über den Tisch, und ich sah hilfesuchend zu Smith in der Hoffnung, dass ihm etwas – *irgendetwas* – einfiel, um das Thema zu wechseln.

»Bleibst du über Weihnachten?«, fragte Smith.

Ich war ein wenig überrascht, hatte ich doch gedacht, das sei ein Teil von Smith' Geschenk: dass er Edward überzeugt hatte, die Feiertage mit uns zu verbringen.

»Ich will mich nicht aufdrängen, aber ich hätte schon längst die kleine Penny kennenlernen sollen.« Edward schob die Kartoffeln auf seinem Teller hin und her, ohne einen Bissen zu nehmen. »Ich bleibe, so lange ihr wollt.«

»Vorsicht«, warnte Smith, »sie wird dich nie wieder gehen lassen.«

Obwohl er lächelte, entging mir nicht die Schärfe, die in seinen Worten anklang. Edward jedoch schien die Doppeldeutigkeit von Smith' Aussage nicht zu bemerken.

»Das Haus ist groß genug«, sagte er. »Ich würde gern über Weihnachten bleiben, wenn ihr mich so lange ertragt.«

Das war die beste Nachricht seit Wochen. »Du kannst mir beim Geschenkekaufen helfen. Ich habe noch nicht mal damit angefangen.«

»Natürlich nicht«, sagte er lachend. »Du hast gerade ein Baby bekommen. Du hast ein neues Haus. Ehrlich gesagt, ist es schon beeindruckend, wenn du weißt, welcher Wochentag ist.«

Ein Ausdruck der Dankbarkeit flog über Smith' Gesicht, aber sobald er bemerkte, dass ich ihn sah, richtete er seine Aufmerksamkeit wieder auf seinen Teller.

»Ich glaube, das ist das Beste, was sie je gekocht hat«, sagte er im Plauderton.

»Ich muss sie fragen, ob sie es mir beibringt«, sagte Edward.

Ich erstarrte – die Gabel auf halbem Weg zu meinem Mund. »Wie bitte?«

»Ob sie es mir beibringt«, wiederholte er. »Das Rezept?«, fügte er hinzu, als ich ihn weiter anstarrte.

»Ich war mir ziemlich sicher, dass du nicht weißt, wie man ein Ei kocht«, erwiderte ich.

»So hilflos bin ich nicht.«

Ich legte meine Gabel auf den Tisch und sah ihn herausfordernd an. »Du weißt also, wie man ein Ei kocht?«

»Ich könnte es lernen«, antwortete er und wedelte mit der Hand. »In meinem Kochkurs kam Eierkochen nicht vor.«

»Kochkurs?«, wiederholte ich noch überraschter.

»Was meinst du, was ich in Italien gemacht habe?«, fragte er.

»Keine Ahnung.« Ich zuckte mit den Schultern. Jedenfalls keinen Kochkurs. »Schöne italienische Männer anstarren und Spritz schlürfen?«

»Es hat sich herausgestellt, dass man das nicht den ganzen Tag machen kann«, sagte er trocken. »Ich dachte mir, wenn ich auf eigenen Füßen stehen will, muss ich wissen, wie man kocht.«

Es folgte ein kurzer Moment angespannter Stille, als ich begriff, was er damit andeuten wollte. Ich schaute Smith an und sah, dass er es ebenfalls verstand.

»Das ist toll«, sagte ich schnell, weil ich befürchtete, das Gespräch würde auf gefährliches Terrain abgleiten. Es war das erste Mal, dass Edward über Pläne sprach, die über eine Urlaubsreise hinausgingen. Es war schön zu sehen, dass er über die Zukunft nachdachte, auch wenn mir die Andeutung, dass er sich allein durchschlagen wollte, nicht gefiel. »Also, Weihnachtsshopping? Ich habe keine Ahnung, ob es in Briarshead anständige Geschäfte gibt.«

»Sicher nicht Harrods«, sagte er, »aber irgendwas finden wir schon. Smith braucht bestimmt eine Jagdausrüstung oder eine Golfausrüstung oder was auch immer für ein männliches Hobby er auf dem Lande ausübt.«

»Ich habe genug zu tun«, sagte mein Mann knapp. »Mir wäre es lieber, ihr amüsiert euch und kümmert euch nicht um mich.«

Ich konnte nicht umhin, mich zu fragen, ob Smith sich überhaupt die Mühe gemacht hatte, mir ein Weihnachtsgeschenk zu besorgen. Vielleicht wollte er deshalb nicht, dass ich etwas für ihn kaufte. Es war schließlich keine Zeit gewesen, und keiner von uns war seit Pennys Geburt in London gewesen. Er war immer hier, arbeitete die ganze Zeit und beaufsichtigte ständig irgendein neues Projekt auf dem Gelände. Ich hatte mich entschlossen, mir wegen eines Geschenks für ihn keinen Stress zu machen. Wenn mir etwas ins Auge fiel, würde ich es mitnehmen. Ansonsten schienen ein neues Baby und ein neues Haus mehr als genug für ein Jahr zu sein.

In der Zwischenzeit hatte Edward sein Smartphone gezückt, um im Internet nachzuschauen, welche Geschäfte uns im Ort zur Verfügung standen. Als er sie seinem Interesse gemäß in eine Reihenfolge brachte und komisch-abfällige Bemerkungen über ein paar davon machte, musste ich lachen. Nach ein paar Minuten spürte ich Smith' Blick auf mir. Ich sah auf und erblickte eine steinerne Maske anstelle eines Lächelns. Als wir uns kennenlernten, hatte er sie oft angelegt, um sich vor mir zu schützen. Jetzt war sie wieder da. Er war derjenige gewesen, der Edward hierher geholt hatte, also warum war er jetzt so kalt? Bevor ich nach weiteren Hinweisen suchen konnte, legte er seine Serviette auf den Tisch und stand auf.

»Wenn ihr mich entschuldigen würdet. Ich muss ein paar Anrufe erledigen«, sagte er. »Und ich sehe nach Penny.«

»Das können wir doch machen«, sagte Edward schnell. »Ich möchte Zeit mit meinem Patenkind verbringen. Ich bin doch wohl ihr Patenonkel?«

»Ich werde dich vormerken«, sagte Smith nur. »Gute Nacht.« Er verschwand in der Halle, um in sein Arbeitszimmer zu gehen und zu tun, was immer er dort abends machte. Die Erinnerung daran, wie ich seine Schreibtischschublade geöffnet und Margots Foto gefunden hatte, stieg in mir auf, doch ich verdrängte sie.

Heute Abend wollte ich glücklich sein. Das war der erste Schritt, um zu ihm zurückzufinden.

Edwards gute Laune setzte sich am nächsten Tag fort. Er bestand darauf, dass wir Penny zum Shoppen mitnahmen. Ich überwand meine Angst und stimmte zu. Seit einer Stunde schlenderten wir nun durch Briarshead und gingen in die kleinen Läden des Ortes. Die meisten von ihnen verlangten, dass wir den Kinderwagen draußen ließen, da die Gebäude so alt und eng waren, und so nahm Edward Penny auf den Arm. Er war ein Naturtalent, und es war klar, dass Penny ihren Onkel Edward anbetete.

»Spuck's aus«, forderte ich. »Was ist dein Geheimnis?«

Er drehte sich um, wiegte die schlafende Penny im Arm und hielt in der freien Hand ein Buch. »Wie bitte?«

»Du bist glatt rasiert, gut gekleidet und gut gelaunt«, sagte ich, verschränkte die Arme und musterte ihn.

»Und ist das ein Problem?«, fragte er.

Ich zögerte, weil ich befürchtete, dass ich die Weihnachtsstimmung zerstörte, wenn ich David erwähnte. Bei seiner Ankunft hatte ein Teil von mir gedacht, dass es jetzt jemanden gab, mit dem ich mein Elend teilen konnte. Stattdessen bekam ich meinen besten Freund in aufgeräumter, fröhlicher Stimmung geliefert. »Das letzte Mal, als ich dich gesehen habe …«

»Seither haben sich ein paar Dinge geändert«, sagte er leise und stellte das Buch zurück ins Regal. »Manches aber auch nicht.«

»Was hat sich geändert?«, fragte ich und versuchte nicht, das

Flehen in meiner Stimme zu verbergen. Edward war nicht nur wegen Weihnachten gekommen. Er war von Smith herbeigerufen worden, was bedeutete, dass er wusste, was in meinem Leben vor sich ging. Er wusste von der postpartalen Depression, da war ich mir sicher. Wenn er ein Heilmittel hatte, wollte ich es wissen.

»Ich habe angefangen, Tabletten zu nehmen«, sagte er und fügte eilig hinzu: »Die man mir verschrieben hat, meine ich. Ich war bei einem Arzt. Ich habe einfach beschlossen, dass ich nicht mehr traurig sein will.«

In meiner Kehle bildete sich ein Kloß. Das war sein Geheimnis? Ich blinzelte gegen die Tränen an. Mit Tabletten versuchte ich es auch gerade.

»Hey, rede mit mir. Ich habe das Gefühl, das ist nicht das, was du hören wolltest.« Edward trat näher, um uns ein wenig Privatsphäre zu geben. Die Blicke folgten ihm. Briarshead wusste, dass Prinz Edward in der Stadt war.

»Ich war auch beim Arzt«, flüsterte ich, »und ich habe mit Medikamenten angefangen, aber sie machen mich nur schläfrig und benebelt.«

Er schob den Steg seiner Hornbrille auf der Nase nach oben und nickte nachdenklich. »Seit wann nimmst du sie?«

»Seit ein paar Tagen«, sagte ich.

»Es dauert mindestens zwei Wochen, bis sie wirken«, erklärte er.

»Machen sie, dass ich mich für immer so schrecklich fühle?«, fragte ich.

»Ich hatte keine Nebenwirkungen, aber ich habe die Packungsbeilage gelesen, die mir der Apotheker gegeben hat«, sagte er mit einem Grinsen. »Ich denke, du wirst wieder. Wenn es dir in zwei Wochen nicht besser geht, solltest du vielleicht mit deinem Arzt über ein anderes Präparat sprechen.«

Ich hatte das seltsame Gefühl, mich in einer Art Werbung wiederzufinden: *Sprechen Sie mit Ihrem Arzt über dieses oder jenes Medikament oder über irgendetwas, das aus diesem Desaster wieder die strahlende selbstsichere Frau macht, die Sie einmal gewesen sind.* Ich zwang mich zu einem Lächeln.

»Mach das nicht mit mir«, sagte er fest. »Wenn dir nicht nach Lächeln ist, dann lass es bleiben.«

»Wäre es dir lieber, ich würde nur heulen?«, fragte ich, als wir aus der Buchhandlung traten und Edward Penny vorsichtig in ihren Kinderwagen legte und mehrere Decken um sie wickelte. Sie rührte sich, öffnete kurz die verschlafenen Augen und sah, dass er sie anlächelte. Das genügte, um sie zu beruhigen, und sie schlief wieder ein.

»Mir wäre lieber, du wärst glücklich«, gab er zu. »Und ich glaube, das möchte Smith auch. Der erste Schritt besteht darin, sich einzugestehen, dass man nicht glücklich ist. Hör auf, dir und den anderen was vorzumachen.«

Er legte einen Arm um meine Schulter und zog mich an sich. »Ich möchte glücklich sein«, sagte ich leise.

»Das ist der erste Schritt, Süße.« Er drückte einen Kuss auf meine Schläfe.

»Was ist der nächste?«

»Geh einen Tag nach dem anderen an«, riet er, »und wenn alles zu viel ist, Schokolade geht immer.«

»Dann weiß ich genau den richtigen Ort für dich«, sagte ich.

Wir gingen weiter die Hauptstraße hinunter und plauderten locker über die in den Schaufenstern ausgestellten Waren. Die

Wahrheit war, dass er meiner Seele so guttat, wie ich es nicht für möglich gehalten hatte.

»Was ist mit Smith?«, fragte Edward.

»Ich habe dieses Jahr nichts für ihn, außer einem Baby«, sagte ich leise.

»Nein, das meine ich nicht. Wie geht es Smith? Er wirkte besorgt, als er mich angerufen hat.« Offenbar wollte Edward schwierigen Gesprächen nicht aus dem Weg gehen. Er hatte es ernst gemeint, dass er mir helfen wollte. Vermutlich hatte er auf die harte Tour gelernt, mit diesen Dingen umzugehen.

»Ihm geht es gut. Er betet die Kleine an. Und sie betet ihn an.«

»Und?«, hakte Edward nach.

Ich zuckte die Schultern. »Was noch?«

»Ihr zwei könnt doch normalerweise nicht die Finger voneinander lassen«, sagte er bedeutungsvoll. »Gestern Abend habt ihr euch kaum angesehen.«

»Was hast du noch gesagt? Es hat sich einiges verändert?« Meine Worte klangen hohl und waren von der Bitterkeit gefärbt, die ich über die Situation empfand.

»Jetzt mache ich mir wirklich Sorgen«, sagte er. »Willst du darüber reden?«

»Es ist einfach alles so anders«, gestand ich. »Ich bin nicht sehr gut in diesem Mutter-Ding. Das hast du ja bestimmt schon gehört.«

»Ich habe nur gehört, dass du gestresst bist. Niemand – Smith eingeschlossen – hat etwas über deine Fähigkeiten als Mutter gesagt. Außerdem ist es ja nicht so, als wäre es keine große Umstellung. Würdest du bei irgendeinem Job, den du neu anfängst, erwarten, dass du ihn gleich vom ersten Tag an beherrschst?«

»Ich bin mir ziemlich sicher, dass es genau so sein sollte, wenn man Mutter wird.« Zumindest kam es mir so vor. »Sieh dir Clara an.«

»Clara hat nichts anderes zu tun«, murmelte Edward. »Dafür sorgt mein Bruder.«

»Sie ist eine gute Mutter«, sagte ich und lenkte das Gespräch von Alexander weg und zurück zum ursprünglichen Thema.

Er zögerte. »Das stimmt.«

»Willst du darüber reden?«, fragte ich. Wir hatten das Thema umschifft, als ich ihn das letzte Mal in London getroffen hatte. Damals hatte ich damit gerechnet, dass er jeden Moment explodieren würde. Jetzt spürte ich davon nichts mehr. Das hieß aber nicht, dass ich nicht jedes Mal, wenn das Gespräch auf seinen Bruder Alexander oder seinen verstorbenen Mann kam, fürchtete, er könnte zusammenbrechen.

»Ich versuche, mich mit der Tatsache abzufinden, dass ich nie erfahren werde, warum er mich belogen und so etwas Schreckliches getan hat«, sagte Edward mit belegter Stimme. »Ich glaube, mehr kann ich nicht tun.«

»Du wolltest mir etwas erzählen«, sagte ich nachdenklich, als wir kurz anhielten, damit ich Pennys Decke zurechtrücken und noch einmal überprüfen konnte, ob das Verdeck des Kinderwagens den Wind richtig abhielt. Ihre Wangen waren leicht gerötet, aber alles deutete darauf hin, dass sie warm genug eingepackt war. »Du sagtest, das Schlimmste sei, dass manchmal … und dann ist Smith aufgetaucht, bevor du es mir sagen konntest.«

»Ich gebe es zu, wenn du es zugibst«, sagte er.

»Was soll ich zugeben?«, fragte ich.

»Ich werde nicht so tun, als sei ich geheilt oder darüber hinweg. Manchmal bin ich jetzt glücklich. An anderen Tagen möchte ich nicht aus dem Bett aufstehen«, gestand er. »Der wichtigste Schritt war, dass ich nicht mehr all die schrecklichen Gedanken verdrängt habe, die ich hatte.« Er hielt inne und warf mir einen bedeutungsvollen Blick zu. Wir hatten das Briar Rose Inn erreicht, blieben aber noch vor der Tür stehen.

»Willst du, dass ich dir alle meine verrückten Gedanken erzähle?«

»Dass du sie als verrückt bezeichnest, ist schon mal ein gutes Zeichen. Das bedeutet, dass du ihnen nicht glaubst«, murmelte er. »Aber ja. Ich verspreche, dass ich dich nicht verurteilen werde.«

»So, wie du Alexander nicht verurteilst?«

Edwards Augen blitzten, aber bevor er ausspucken konnte, was in ihm hochkochte, stand Tomas in der Tür zum Restaurant.

»Wollt ihr da draußen mit dem Baby in der Kälte festwachsen oder reinkommen?«, fragte er und winkte uns hinein.

Die Ablenkung gab uns beiden einen Moment Zeit, wieder runterzukommen, während wir den Kinderwagen an der Tür abstellten, Penny herausholten und mit ihr hineingingen.

»Hallo«, sagte Tomas und streckte Edward die Hand entgegen. »Ich bin Tomas. Belles Lieblingsperson in Briarshead.«

»Du bist der einzige Mensch, den ich in Briarshead kenne«, erinnerte ich ihn.

»Wie ich schon sagte, ganz oben auf der Liste.«

»Edward.« Er nahm Tomas' ausgestreckte Hand und schüttelte sie, aber ich bemerkte das kleine Zögern auf seinem Gesicht. Edward wartete, dass Tomas ihn erkannte, doch der schien ahnungslos zu sein.

»Bist du zu Besuch hier?«, fragte Tomas, als er uns zu dem, wie er sagte, besten Platz des Restaurants führte. In Anbetracht der Tatsache, dass es leer war, war jeder Platz gut. Ich machte mir ein wenig Sorgen, dass die Dorfbewohner von Briarshead trotz Tomas' offensichtlichen Talents das Angebot des Restaurants nicht zu schätzen wussten.

»Ich bin gerade erst angekommen«, sagte Edward und warf mir einen Blick über Tomas' Schulter zu, als wollte er sagen: *Passiert das hier gerade wirklich?*

»Bleibst du über die Feiertage?«

»Ja, obwohl ich nicht sicher bin, dass das sonderlich aufregend wird«, sagte Edward lachend. »Plötzlich verbringt meine beste Freundin den ganzen Tag mit einem Baby und schläft schon um neun ein. Das wird wohl ein etwas anderes Weihnachten als letztes Jahr werden.«

Ich wartete darauf, dass Edward merkte, was er gerade gesagt hatte. Letztes Jahr Weihnachten waren wir nämlich in Schottland und hatten seine Überraschungshochzeit mit David geplant. Jetzt war David tot und hatte ein tragisches Erbe hinterlassen. Aber vielleicht war Edward zu abgelenkt – weil er rätselte, ob Tomas sich absichtlich dumm stellte oder wirklich nicht wusste, wer er war. So oder so – Edward wirkte richtiggehend gut gelaunt.

»Also, wenn dir langweilig ist, komm her und trink ein Bier mit mir«, bot Tomas an. »Im Ort ist abends nicht mehr viel los, aber es gibt einen Pub, der lange genug offen bleibt. Da ist es warm. Allerdings ist das Essen nicht so gut wie bei mir, darum musst du mich vielleicht überreden, herzugehen und die Küche noch mal zu öffnen, wenn wir zu viel getrunken haben.«

»Apropos.« Ich nutzte die Gelegenheit zu unterbrechen, was

auch immer zwischen den beiden abging. »Könnten wir zur Vorspeise ein paar von diesen umhüllten Datteln bekommen?«

»Kommt sofort, doch ansonsten suche ich euer Essen aus«, sagte Tomas verschmitzt.

»Aber ich wollte die Fish & Chips«, erwiderte ich trocken.

Er stöhnte nur, stapfte zurück in die Küche und tat, als sei er verärgert.

Gegenüber von mir hob Edward eine Augenbraue.

»Seine Kochkünste sind bei den Leuten hier reinste Verschwendung«, erklärte ich meinem Freund. »Außerdem dachte ich, als ich ihn das erste Mal traf, er würde mit mir flirten, aber …«

»Er hat mich gerade auf Drinks eingeladen«, sagte Edward und grinste wie ein Honigkuchenpferd.

»Ich bin schon zu lange aus der Übung«, erwiderte ich und schüttelte den Kopf. »Ich habe nicht bemerkt, dass er schwul ist.«

»Du bist nur abgelenkt«, beruhigte Edward mich. »Du hast seinen offensichtlich guten Geschmack und sein Interesse an dir damit verwechselt, dass er dich anbaggert.«

»Na, wenn das so ist …« Ich lachte. Das war ein Fehler, denn Penny regte sich bei dem »Lärm« und stieß ein unglückliches Miauen aus, bevor sie ihre Nase an Edwards Schulter vergrub.

»Ich glaube, das bedeutet, sie will dich«, sagte er und reichte sie mir.

Ich brauchte ein paar Versuche, bis sie die Brust nahm. Sie schien irgendwie unglücklich zu sein, was mich ebenfalls unglücklich machte. Aber Edward an meiner Seite zu haben machte es einfacher. Er lenkte mich ab, indem er mir alberne Geschichten über seine Zeit in Italien erzählte. Es stellte sich heraus, dass er zwar einen Kochkurs belegt hatte, aber nicht behaupten konnte, auch nur im Entferntesten ein guter Koch zu sein. Den Geschichten nach zu urteilen, schien er mehr denn je eine Abneigung gegen das Kochen zu hegen.

Tomas brachte uns einen Teller mit einem halben Dutzend kunstvoll arrangierter in Speck gewickelter Datteln. Er setzte sich zu uns und hörte das Ende einer verhängnisvollen Geschichte, in der Edward beim Kochkurs Zucker mit Salz verwechselt hatte.

»Ich glaube, das Kochen überlässt du besser mir«, sagte Tomas.

»Was ist mit mir?«, fragte ich, endlich entspannt, weil Penny trank.

»Eine Frau wie du sollte nicht kochen müssen«, sagte Tomas mit Kennermiene. »Wenn du keinen eigenen Koch hast, komme ich und bin dein Koch.«

»Ich glaube nicht, dass Mrs. Winters einfach so ihren Platz räumt«, sagte ich.

»Abigail?«, fragte Tomas. »Ich wusste nicht, dass sie eine Stelle angenommen hat.«

»Du kennst sie?« Das war eine dumme Frage. Natürlich kannte er sie. In Briarshead kannte jeder jeden. So war das eben, wenn man in einem kleinen Dorf lebte.

»Klar«, sagte er. »Die Familie Winters lebt schon fast so lange hier wie meine Familie. Sie war eine Weile weg und hat in einigen Häusern in London gearbeitet, dann ist sie zurückgekommen. Sie bleibt am liebsten für sich.«

»Es sei denn, sie hat eine Meinung zu dem, was du tust«, sagte ich trocken.

»Du wirst feststellen, dass die meisten Leute im Dorf dir sagen, was sie von dem halten, was du tust.« Er stand schmunzelnd auf. »Ich mache mich besser an euer Lunch. Ich muss dafür sorgen, dass er etwas isst.«

Als er nach hinten verschwand, hob und senkte ich die Augenbrauen. »Was denkst du?«

»Worüber?«

»Er ist süß«, drängte ich. Er war mehr als süß, Tomas war scharf. Ich fand ihn attraktiv, als ich ihn das erste Mal getroffen hatte, aber da ich mir eingebildet hatte, dass er mich anmachte, hatte ich mich zurückgehalten. Seit ich wusste, dass er keine Gefahr war, konnte ich ihn unverhohlen gut finden. »Ihr zwei wärt bezaubernd zusammen.«

Edward antwortete mit einem knappen Lächeln. »Ich bin noch nicht bereit dafür.«

»Tut mir leid«, sagte ich und fühlte mich sofort schrecklich. »Das war unsensibel von mir.«

»Es gibt wohl keinen richtigen oder falschen Weg, damit klarzukommen. Ich kann dir nicht sagen, wann ich bereit sein werde«, sagte er und klang plötzlich deprimiert. »Ich werde es erst wissen, wenn es so weit ist.«

»Bis dahin gehe ich jederzeit ein Bier mit dir trinken«, bot ich an.

»Vielleicht gehe ich ja was mit ihm trinken«, sagte Edward, und auf seinen Lippen lag die Andeutung eines Lächelns. »Vor allem, wenn er bereit ist, für mich zu kochen.«

Den Rest des Nachmittags über brachten wir uns gegenseitig auf den neuesten Stand. Als wir das riesige Stück Schokoladenkuchen aßen, das Tomas uns brachte, bevor er verschwand, um das Abendessen vorzubereiten, hatte Edwards Stimmung sich plötzlich verdüstert, und er stocherte mit seiner Gabel auf dem Teller herum.

»Ich glaube, ich hätte ihm verziehen«, sagte er leise.

»Was?«, fragte ich, nicht sicher, ob ich ihn richtig verstanden hatte.

»Du hast mich gefragt, was ich an dem Tag in London sagen wollte. Das ist das Schlimmste«, gab er zu. »Ich glaube, ich hätte ihm verziehen, wenn er es mir nur gesagt hätte. Ich hätte versucht, ihm zu helfen. Ich weiß nicht, was ich hätte tun können. Ich denke immer wieder darüber nach. Warum hat er es mir nicht gesagt?«

»Vielleicht wollte er dich nicht in diese Lage bringen«, sagte ich sanft. Ich spießte ein Stückchen Schokoglasur auf meine Gabel und schob es mir in den Mund. Vielleicht brauchten wir für dieses Gespräch noch ein zweites Stück Kuchen.

»Ich rede es mir ein. Ich rede mir ein, dass er es mir sagen wollte. Aber das ändert nichts an der Tatsache, dass er es nicht getan hat. Es ändert nicht, was er Clara oder Alexander angetan hat. Es ändert nicht, was er bereit war, mit William zu machen.« Edward schluckte schwer. »Deshalb kann ich sie nicht sehen. Weil ich wütend bin, dass ich mich nicht von meinem Mann verabschieden konnte. Ich bin wütend, weil Alexander ihn mir weggenommen hat. Aber ich fühle mich auch jedes Mal schuldig, wenn ich an meinen Neffen denke. Ich hätte es wissen müssen. Ich hätte ihn und Clara beschützen müssen. Was wäre passiert, wenn man sie nicht rechtzeitig gefunden hätte?«

Ich nahm seine Hand und drückte sie. »Aber man hat sie gefunden«, sagte ich sanft. »Sie sind gesund. Sie sind in Sicherheit. Du darfst nicht dich für seine Entscheidungen bestrafen. Und du solltest dich nie schlecht fühlen, weil du jemanden liebst, auch wenn er dich nicht verdient hat. Das ist sein Fehler, nicht deiner.«

Wie es war, jemanden zu lieben, der von sich meinte, er sei nicht zu retten, das wusste ich. Ich hatte erlebt, wie Smith darum gekämpft hatte, der Mann zu werden, der er heute war. Aber ich hatte nicht nur gelernt, ihn trotz der Bestie in ihm zu lieben, sondern auch, die Bestie zu lieben.

»Ich glaube irgendwie, du solltest deinen eigenen Rat befolgen«, sagte Edward bedeutungsvoll.

»Das mache ich doch, oder?« Ich veränderte meine Haltung und legte Penny auf meine andere Schulter.

»Hör auf, dich zu bestrafen. Und hör auf, Smith zu bestrafen.«

»Ich verstehe nicht, was das mit …«

»Du bestrafst ihn dafür, dass er dich liebt«, murmelte Edward. »Das sehe ich. Du leidest. Du bist nicht du selbst. Ich glaube daran, dass du wieder zu dir findest. Smith glaubt auch an dich. Deshalb hat er mich angerufen. Er würde alles für dich tun.«

»Er hat Geheimnisse vor mir«, sagte ich.

»Willst du einen Rat haben? Sprich ihn einfach darauf an«, sagte Edward. »Und hör auf, die Lügen zu glauben, die dir deine Depression erzählt. Du verdienst es, geliebt zu werden. Du verdienst Magie. Du verdienst es, für immer glücklich zu sein.«

Nichts wünschte ich mir sehnlicher, als dass das stimmte. Vielleicht konnte ich es jetzt gerade nicht glauben, aber ich war entschlossen, zu mir selbst zurückzufinden, zu Smith, zu Penny. Denn ich wollte für immer glücklich sein, und ich war bereit, dafür zu kämpfen.

# 23

*Smith*

Nach einem weiteren Abendessen war klar, dass Edward recht gehabt hatte: Er hatte Mrs. Winters für sich gewonnen. Sein Lob für ihr Brathähnchen hatte sie tatsächlich erröten lassen, und entweder behauptete er überzeugend, kochen lernen zu wollen, oder er meinte es ernst. Da war ich mir nicht ganz sicher.

Seit seiner Ankunft war die Stimmung im Haus leichter. Ich konnte nicht leugnen, dass er alle in gute Laune versetzte, vor allem meine Frau.

Ein Teil von mir ärgerte sich über das leichte Geplänkel zwischen ihm und Belle, war es doch eine Ewigkeit her, seit ich sie hatte lachen hören. Aber das war nur ein kleiner unbedeutender Teil in mir. Hauptsächlich war ich erleichtert. Nora war abgereist, um Weihnachten mit ihrer Familie zu verbringen, und würde ein paar Tage weg sein, also stand ich auf, als Mrs. Winters die Teller abräumte, und kündigte an, nach Penny zu sehen.

Bevor ich vom Tisch weggehen konnte, sprang Edward auf. »Lass mich das machen«, sagte er und warf Belle einen bedeutungsvollen Blick zu. »Ich habe noch nicht genug Zeit mit dem neuen Mädchen in meinem Leben verbracht.«

»Ich mach das schon«, winkte ich ab. Ich hatte ihn hergebeten, um sich um Belle zu kümmern, dass er auch noch für das Kindermädchen einsprang, war wohl ein bisschen zu viel des Guten.

Aber zu meiner Überraschung sagte Belle: »Ich würde das Angebot nicht ablehnen. Er ist total hingerissen von Penny, und ich bin mir ziemlich sicher, dass das auf Gegenseitigkeit beruht.«

Das war mir nicht neu. Die beiden waren die letzten Tage durch den Ort spaziert und mit Paketen beladen zurückgekehrt, und ich hatte nicht die Andeutung irgendeiner Schwierigkeit gehört, obwohl sie das Baby fast bei jedem Ausflug mitnahmen. Vielleicht besaß Edward magische Kräfte. Ich stellte fest, dass ich dankbar für seine Anwesenheit war, auch wenn Belle seine Gesellschaft meiner vorzog.

»Bist du sicher?«

Edward ging auf die Tür zu und hielt inne, um mir auf die Schulter zu klopfen. Dann beugte er sich zu mir und senkte die Stimme zu einem Flüstern: »Ich glaube, ihr zwei könnt etwas Zeit für euch gebrauchen.«

Zeit allein mit meiner Frau klang zu schön, um wahr zu sein. Natürlich war genauso gut möglich, dass sie sich ungestört mit mir streiten wollte.

Er nahm sich das Babyfon vom Tisch, winkte uns damit zu und verließ das Esszimmer.

Nachdem er gegangen war, stand ich etwas unbeholfen da

und wartete darauf, dass Belle mir sagte, was sie erwartete. Ich hatte keine Ahnung, wann das mit uns passiert war. Es schien noch gar nicht so lange her zu sein, dass wir uns nachts oder wann immer wir eine freie Minute fanden, voller Leidenschaft begegnet waren und an einer gemeinsamen Zukunft gearbeitet hatten. Jetzt war ich mir unsicher, wie ich mich verhalten sollte. Ich wollte sie nicht verschrecken und sie nicht noch mehr verletzen, als sie es schon selbst tat.

Belle schwieg, und ich konnte sehen, wie sie überlegte. Sie hatte das nicht geplant, so viel war klar. Edward hatte sie überrumpelt. Jetzt musste sie entscheiden, was sie tun wollte. Schließlich stand sie auf, rückte ihren Kaschmirpulli zurecht und richtete den Blick auf den Boden. Stumm durchquerte sie den Raum. Ich erwartete, dass sie gehen würde. Offenbar sprachen wir immer noch nicht miteinander. Doch anstatt direkt zur Tür zu gehen, blieb sie stehen und streckte mir die Hand hin.

War sie sich sicher? Woher kam diese Entschlossenheit?

Sie hielt mir weiter die Hand hin, und schließlich nahm ich sie. Schweigend gingen wir zusammen die Treppe hinauf. Als wir oben ankamen, hörten wir, wie Edward im Kinderzimmer mit Penny sang. Belle lächelte, bevor sie mich in Richtung unseres Schlafzimmers zog.

Den Großteil unserer Beziehung hatte ich das Kommando übernommen, aber heute Abend erlaubte ich ihr, mich zu unserem Bett zu führen. Ich würde keine Vermutungen anstellen. Ich würde keine Fehler machen. Ich durfte nicht riskieren, dass sie sich noch weiter von mir entfernte als ohnehin schon.

»Du hast mich hergebracht, meine Schöne. Was hast du jetzt vor?«, fragte ich und stand reglos da.

Belle kniff die Augen zusammen, dann legte sie die Hände

auf meine Brust. In der Berührung lag eine Sehnsucht, die ich kannte, doch dann beugte sie sich vor und warf mich auf die Matratze. Gierig sah ich zu, wie sie auf meinen Schoß kletterte und sich auf mich setzte. Sie legte einen Arm um meinen Hals, vergrub die Finger in meinem Haar und riss meinen Kopf nach hinten. Sie senkte ihr Gesicht zu meinem herab, ihre Lippen waren nur einen Hauch von meinen entfernt, nah genug, dass ich sie küssen konnte – aber ich wartete.

»Du scheinst plötzlich so geduldig zu sein«, schnurrte sie.

»Ich möchte dir geben, was immer du brauchst«, entgegnete ich.

»Dann sei mein Mann«, befahl sie und ließ keinen Zweifel daran, was sie wollte.

Das brauchte sie mir nicht zweimal zu sagen. Ich nahm sie bei den Hüften und warf sie auf das Bett. Neulich Abend hatte ich sie sanft zu mir zurückholen wollen. Warum hatte ich gedacht, das würde funktionieren? Wir mussten miteinander kämpfen, das war es, was uns unzertrennlich machte – unsere Liebe war durch Feuer geschmiedet. Wir brauchten das. Wir brauchten die Härte. Wir mussten uns gegenseitig zeigen, dass wir das alles wieder und wieder erdulden konnten. Ich riss ihren Pullover hoch, ohne mir die Mühe zu machen, ihn ihr ganz auszuziehen, sodass ihre Arme über ihrem Kopf gefangen waren, während ich ihren Mund eroberte. Belle stöhnte an meinen Lippen und strich mit der Zungenspitze über meine Zähne.

Wir brauchten uns. Wir liebten uns. Das war alles, was zählte. Wir konnten alles durchstehen, solange sie mir am Ende des Tages ihre Hand hinhielt, solange ich sie jeden Abend mit ins Bett nahm. Wir mussten uns nur immer wieder aufeinander einlassen.

»Ich brauche dich in meinem verdammten Mund«, knurrte ich und ließ meine Lippen an ihrem Hals hinuntergleiten, um in das Tal an ihrem Schlüsselbein einzutauchen. Ich ließ eine Hand zu ihrem Rücken gleiten und öffnete ihren BH, um ihre vollen Brüste freizulegen. Das war nicht wie beim letzten Mal. Belle bog sich mir entgegen und gab sich mir mit jeder Faser hin. Die Botschaft war klar: Sie gehörte mir. Ich beugte mich zu ihrem Nippel vor, umkreiste ihn mit meiner Zunge, bis er sich zu einer festen Perle formte, dann kniff ich ganz leicht hinein. Ein winziger Milchtropfen perlte hervor, und Belles Augen weiteten sich vor Verlegenheit. Ohne den Blickkontakt zu lösen, strich ich mit meiner Zunge darüber. Dann leckte ich mir über die Lippen.

»Wie oft muss ich dir das noch sagen?«, keuchte ich. »Ich will alles von dir. Du schmeckst so verdammt süß, meine Süße.«

Ich ließ mich weiter nach unten gleiten und küsste die zarte Haut an ihrem Bauch. Sie war jetzt weicher, weiblicher. Die Wölbung an ihren Hüften gab ganz leicht nach, als ich sie mit den Händen fasste. Ich hätte nicht gedacht, dass sie noch verführerischer sein könnte, und doch wollte ich sie heute Abend mehr als je zuvor. Ich hakte meine Finger in den Bund ihrer Hose, zog sie langsam herunter und küsste ihre blasse Haut, die ich mehr und mehr enthüllte. Als ich ihre Knie erreichte, schob ich die Hose bis zu ihren Knöcheln hinunter, ohne mir die Mühe zu machen, sie ihr auszuziehen. Ich hatte keine Zeit, ein Seil zu finden und sie zu fesseln, aber ich wollte, dass sie mir so weit wie möglich ausgeliefert war. Ich legte die Hände auf die Innenseiten ihrer Schenkel, spreizte sie weit auf, strich mit der Nase über den Spitzenstoff, der ihre Muschi bedeckte, und atmete tief ein. »Das ist mein absoluter Lieblingsduft. Und weißt du, was das Beste daran ist?«

Mein Blick wanderte nach oben, und ich sah, wie sie den Hals reckte und mich beobachtete, wobei sie sich erwartungsvoll auf die Unterlippe biss. Sie schüttelte leicht den Kopf.

»Noch besser ist der Geschmack«, knurrte ich. Ich schob den Spitzenstoff zur Seite, vergrub meinen Mund in ihrer Scham und teilte sie grob mit der Zunge, durchpflügte ihre feuchte Lust.

»Oh mein Gott!«, schrie Belle.

Ich zog mich ein wenig zurück und ließ meinen Atem über das geschwollene Fleisch streichen. »So heiße ich nicht, meine Schöne.«

»Oh Sir!«, stöhnte sie und hob mir ihre Hüften entgegen.

Ich hockte mich vors Bett, zog ihr ihre Hose ganz aus, schlang die Arme um ihre Oberschenkel und zog ihre Scham an mein Gesicht. Ich legte die Hände auf ihren Bauch und presste sie auf die Bettkante, während ich sie verschlang. Sie war bereit für mich gewesen, und Sekunden später kam sie an meinem Mund, presste die Schenkel um mein Gesicht. Aber ich hörte nicht auf. Ich saugte härter, ich musste ihr beweisen, dass ich sie so zum Höhepunkt bringen konnte, wie ich wollte – so oft, wie sie es aushalten konnte.

Ihr Körper wand sich und wehrte sich gegen meinen Griff, aber ich hörte nicht auf, sie zu befriedigen. Sie wollte, dass ich ein Mann war, und das hier war, was ein Mann tat. Das Einzige, was er von einer Frau bekam, war die Anerkennung, ihr Vergnügen zu bereiten. Er nahm sie, aber nur, um zu sehen, wie sich ihm ihre Schönheit enthüllte. Ein echter Mann wusste, dass die Größe seines Schwanzes nicht annähernd so wichtig war wie das, was er damit tun konnte – und im Moment arbeitete ich ohnehin nur mit dem Mund.

»Bitte«, keuchte sie, aber ich hörte nicht auf. »Bitte, Sir, fick mich.«

Ich wartete, bis ihr Flehen nur noch ein unverständliches Stöhnen und Ächzen der Lust war, unterbrochen von einem gelegentlichen *Sir* oder *bitte*. Ich wusste, was sie wollte, aber ich konnte ihr mehr geben als das. Als sie bloß noch wimmerte, schob ich sie aufs Bett, sodass nur ihre Füße über den Rand hingen, und stand auf. Ich zog meine Hose aus, schlang ihre Schenkel um meine Taille und hatte sie nackt vor mir, bis auf das bisschen Spitze, das immer noch an der Seite ihrer Muschi klemmte. Ich kümmerte mich nicht darum. Stattdessen richtete ich meinen Schwanz auf, bis seine Spitze an ihrer heißen Pforte lag. Belle hatte sich in etwas Ursprüngliches aufgelöst, sie wimmerte und wand sich, hielt die Augen fest geschlossen und grub die Finger in ihren Pullover.

»Ist es das, was du brauchst, meine Schöne?« Ich stieß vor, und ihre Schamlippen schlossen sich um meinen breiten Schaft. Sie stöhnte auf und ließ verzweifelt die Hüften kreisen. »Ich habe dich nicht verstanden.«

Sie wimmerte und flüsterte dann ein leises *Bitte*.

»Was?«, wiederholte ich und spürte beinahe schmerzhaft, wie das Blut in meinen Schwanz schoss, voller Erwartung, gleich in ihr zu sein.

Ich konnte sehen, wie viel Anstrengung es sie kostete, die Worte zu formen. Als sie den Weg zu ihren Lippen fanden, schaute sie mich unter ihren langen schwarzen Wimpern hervor an. »Bitte, Sir.«

Fuck. Sie konnte alles von mir haben. Als ich in sie stieß, zerriss ein unheimlicher Schrei die Luft um uns herum. Sie war so feucht, so bereit. »Du fühlst dich verdammt gut an, meine

Schöne. Es war wundervoll, wie du auf meiner Zunge gekommen bist, aber jetzt muss ich dich auf meinem Schwanz kommen sehen. Das willst du doch, oder?«

»Bitte, gib es mir. Bitte, gib es mir … Sir«, fügte sie atemlos hinzu.

»Nimm dir alles«, stöhnte ich. »Lass deine Muschi nehmen, was dir gehört.«

Bei meinen Worten kam Belle, und ich spürte, wie sie sich um meinen Schaft zusammenzog und mich zum Höhepunkt drängte, bis ich mich in ihr ergoss und sie wieder als mein Eigentum markierte. Als sie den letzten Rest meiner Lust mit ihrer unersättlichen Muschi aufgesogen hatte, ließ ich sie auf das Bett sinken und legte mich neben sie.

»Ich liebe dich, meine Schöne«, flüsterte ich. »Egal, was passiert. Für immer.«

»Auch wenn ich es nicht verdiene?«, flüsterte sie.

»Ich gehöre dir. Du musst mir nie etwas beweisen.«

»Du hast mir alles gegeben, und ich habe …«

»Da fällt mir etwas ein«, unterbrach ich sie, bevor sie wieder etwas Schlechtes über sich sagen konnte. Ich stand auf und zog meine Hose über meinen erschöpften Schwanz. Dann ging ich zum Schrank hinüber und nahm ihren Seidenmorgenrock.

Belle lag auf dem Bett und blinzelte mich verträumt an. »Normalerweise willst du mich nicht so schnell bedecken.«

»Wir haben Besuch«, erinnerte ich sie. »Wenn es nach mir ginge, würde ich dafür sorgen, dass du hier die ganze Zeit nackt herumläufst.«

»Das würde Mrs. Winters aber schockieren«, scherzte sie und stützte sich auf einem Ellbogen hoch.

Ich nahm ihre Hände und zog sie auf die Füße, dann half

ich ihr in den Morgenrock. Statt hinaus auf den Flur ging ich zu den Flügeltüren, die zu einem kleinen Balkon führten. Als wir das Haus besichtigt hatten, hatten wir darüber gesprochen, dass wir morgens hier frühstücken könnten. Aber bei allem, was sonst zu tun gewesen war, hatte das keine Priorität gehabt. Wir waren immer zu beschäftigt, um innezuhalten und Kaffee zu trinken oder den Sonnenaufgang zu beobachten. Das musste sich ändern, und heute Abend würden wir damit anfangen. Belle schaute mich neugierig an, als ich die Türen öffnete und sie nach draußen führte. Ich trat hinter sie und legte die Arme um sie, um sie vor der kalten Dezemberluft zu schützen. Ich umfasste ihr Kinn und neigte ihren Kopf, sodass sie den Himmel sah. Ich beugte mich hinunter und schmiegte meine Lippen an ihr Ohr. »Ich glaube, ich habe dir irgendwann mal die Sterne versprochen.«

Belle keuchte. Der Himmel war wolkenlos, ein nicht enden wollendes schwarzes Tuch, durchbrochen von hellen Lichtern, die sich über unseren Köpfen zu Sternbildern formten. Hier, weit weg von der Stadt und unserer Vergangenheit, konnten wir die Sterne wieder klar sehen. Wir mussten nur daran denken hinzusehen.

# 24

*Belle*

In dieser Nacht schlief Penny glückselige fünf Stunden am Stück in ihrem Stubenwagen. Als sie am frühen Morgen schrie, weil sie gestillt werden wollte, drehte ich mich um, als hätte ich ein neues Kapitel aufgeschlagen. Smith rührte sich neben mir, als er sie hörte, und öffnete müde ein Auge.

»Brauchst du meine Hilfe?«, fragte er mit einer rauen Stimme, die mir Schauer über den Rücken jagte.

»Ich komm schon klar«, versprach ich, schob mich im Bett hoch und genoss einen Moment, wie viel von ihm zu sehen war. Wir hatten es geschafft, noch mehr Sex zu haben, nachdem Penny eingeschlafen war, und er war noch nackt, und sein leicht erigierter Schwanz zeichnete sich unter der dünnen ägyptischen Baumwolldecke ab.

Pennys Weinen wurde eindringlicher, und ich riss meinen Blick von meinem Mann los, um sie zu holen. Normalerweise trug ich sie ins Kinderzimmer und stillte sie dort, wenn sie so früh aufwachte. Heute aber kletterte ich zurück ins Bett und wiegte sie zärtlich in den Armen, während ich sie gegen das Kopfteil gestützt zum Stillen anlegte.

Smith drehte sich auf die Seite und beobachtete mich stumm. Aber es war klar, dass er etwas auf dem Herzen hatte.

»Raus mit der Sprache, Price.«

»Ich habe gerade gedacht, wie schön ihr zwei seid. Ich kann nicht glauben, dass *wir* das gemacht haben.« In seiner Stimme klang Ehrfurcht an, wie immer, wenn er von Penny sprach, und zum ersten Mal, seit ich mich erinnern konnte, erfüllte mich das mit Freude. Vielleicht wirkten die Medikamente endlich. Vielleicht wurde es besser. Vielleicht lag das Schlimmste hinter uns.

»Oh nein«, flüsterte ich, als mir einfiel, dass ich gestern Abend so abgelenkt gewesen war, dass ich nicht daran gedacht hatte, sie zu nehmen. »Ich habe vergessen, meine Pille zu nehmen.«

»Heißt das, wir bekommen noch so eins?«, fragte er mit einem Grinsen. »Ich bin dabei.«

»Nicht *die* Pille«, sagte ich trocken. Natürlich, wenn sich die Lage weiter wie gestern Nacht entwickeln würde, musste ich eher früher als später wieder damit anfangen. Smith mochte für die zweite Runde bereit sein, aber ich brauchte noch ein wenig Zeit.

Er missverstand meine Nachdenklichkeit. »Wir müssen nicht noch mehr Babys bekommen.«

»Wenn ich ehrlich bin, denke ich, wir sollten noch eine Weile warten.«

»Wir tun, was immer du brauchst«, versprach er, beugte sich hinunter und gab Penny einen Kuss auf den Haarflaum auf ihrem Kopf, bevor er seine Lippen auf meinen Handrücken legte. »Ich hole dir deine Tabletten.«

Er sprang aus dem Bett, und ich bewunderte seinen strammen Hintern, als er ins Bad ging.

»Lass dir Zeit«, rief ich. »Ich genieße die Aussicht.«

Als er mir die Tabletten brachte, umfasste er mein Kinn und fing meinen Blick mit seinen Augen ein. Er sagte nichts, er sah mich nur durchdringend an, dann wandte er sich ab. Aber ich hatte es gesehen – den ganzen Schmerz, die Unsicherheit und die Hoffnung. Er war die ganze Zeit bei mir gewesen. Er war so beständig da wie die Sterne, die er mir letzte Nacht gezeigt hatte. Ich musste nur daran denken hinzusehen, und ich würde ihn finden.

Heute Morgen fühlte sich alles anders an, denn es hatte geschneit. In der Küche stieß ich auf Edward, der unter der Aufsicht von Mrs. Winters fleißig in einer Schüssel rührte und gestresster aussah, als ich ihn je gesehen hatte.

»Wir haben versucht, dich aus dem Bett zu treiben«, sagte er. »Ich wollte dir Frühstück machen.«

»Bist du sicher, dass das eine gute Idee ist?« Ich versuchte, in die Schüssel zu spähen.

»Ich lasse nicht zu, dass er Sie vergiftet«, sagte Mrs. Winters ernst. Irgendetwas an ihrem Tonfall ließ darauf schließen, dass sie tatsächlich Angst hatte, das könnte passieren. So schlecht konnte er als Koch doch nicht sein, oder? Doch just als ich das dachte, folgte er ihrer Anweisung, ein Ei in die Schüssel zu schlagen, und ließ nicht nur Eigelb und Eiweiß hineinfallen, sondern auch die Schale.

Egal.

»Ich glaube, ich gehe ein bisschen spazieren. Penny ist bei Smith«, sagte ich.

»Wenn Sie zurückkommen, mache ich Ihnen Ihren Tee, und Sie bekommen ein kleines Frühstück«, sagte Mrs. Winters brüsk. Ich konnte nie sicher sein, ob sie mich mochte, aber es bestand kein Zweifel daran, dass sie sich um mich kümmerte. Und im Ernst, was brauchte ich mehr? Mrs. Winters stieß Edward mit dem Ellbogen an. »Warum begleiten Sie sie nicht, mein Lieber? Ich räume das hier auf.«

Edward wirkte enttäuscht, dass man ihn vor dem endgültigen Desaster aus der Küche schickte, aber er folgte mir in den hinteren Vorraum. Dort schnappte er sich eine Jacke von Smith vom Haken, anstatt nach oben zu laufen und sich seine eigene zu holen. Wir stapften über die hintere Hälfte des Grundstücks. Es gab so vieles auf dem Gelände, das ich noch nicht erkundet hatte. Ich erinnerte mich daran, dass Dr. Stanton von einem See gesprochen hatte. Oder war es ein Teich? Ich wusste es nicht einmal.

»In welche Richtung?«, fragte Edward, die Hände in den Taschen vergraben und die Schultern zum Schutz vor der Kälte bis zu den Ohren hochgezogen.

»Bist du sicher, dass du mitkommen willst?« Ich lachte, als ich merkte, dass seine Nase von der Kälte bereits rot wurde.

»Machst du Witze? Ich liebe Schnee. Als Kinder war es für uns das Schönste, an Weihnachten nach Schottland zu fahren. Da lag immer Schnee, und alle waren ein bisschen betrunken, sodass wir den ganzen Tag unbeaufsichtigt spielen konnten. Es ist ein Wunder, dass wir noch alle Finger und Zehen haben«, gestand er lachend.

So liebevoll hatte er nicht von seiner Familie gesprochen, seit er hier war. Doch ich wollte mein Glück nicht überstrapazieren, darum lenkte ich das Gespräch behutsam auf andere Themen und nahm es als gutes Zeichen, dass er nicht sofort an die gestörte Beziehung zu seinem Bruder dachte. Manchmal brauchte die Liebe Zeit, stellte ich fest. Es war wichtig, sich daran zu erinnern, dass die bedingungslose Liebe – nach der sich jeder sehnte – alle Anstrengungen wert war.

»Ich glaube, hier hinten ist irgendwo ein Schuppen, oder vielleicht ist es ein Pferdestall. Ich weiß nicht, ich habe den Überblick über all die Nebengebäude verloren«, gestand ich.

»Wenn du dich nicht mehr erinnern kannst, welche Häuser dir eigentlich gehören«, scherzte er, »bist du definitiv schon zu lange mit meiner Familie zusammen.«

»Ich war hochschwanger, als wir es gekauft haben, und Smith wollte mich nicht zu weit auf das Gelände gehen lassen. Er war besorgt, dass ich mich überanstrengen würde.«

»Deinen Schreien nach zu urteilen, hat er sich darüber gestern Abend keine Sorgen gemacht.«

Ich schenkte ihm ein verschmitztes Grinsen. »Du hast uns gehört?«

»Euch haben sie bis London gehört, Süße«, sagte er. »Ich bin nur froh, dass ihr zwei Fortschritte macht.«

»Ich glaube, das haben wir dir zu verdanken«, sagte ich. Edward war genau zur richtigen Zeit gekommen. Vielleicht war es Zufall, vielleicht begannen meine Medikamente endlich zu wirken, aber mit ihm fühlte ich mich hier unwillkürlich unbeschwerter. Er erinnerte mich an alles, was wir in London zurückgelassen hatten. Solange er hier war, war alles in Ordnung.

»Glaubst du, in diesen Ställen gibt es einen Schlitten?«, fragte er.

»Sehen wir doch nach.«

Doch wir waren erst ein paar Meter weit gekommen, als Rowan mit einer großen Schaufel in den Händen auf uns zustapfte.

»Wo wollen Sie denn hin?«, fragte er und blieb stehen.

Ich hatte nicht viel Kontakt zu dem Gärtner gehabt. Er verbrachte seine ganze Zeit draußen. Smith gegenüber schien er respektvoll zu sein, aber nicht sehr an Menschen interessiert. Vermutlich konnte er deshalb so gut mit Pflanzen umgehen.

»Wir machen nur einen Spaziergang«, sagte ich. »Ich habe gehört, dass es hier einen Teich gibt.«

»Der Teich ist in der anderen Richtung, Ma'am«, sagte er und kaute auf jedem Wort. »Dort drüben stecke ich gerade mitten in einem Projekt, und ich wäre Ihnen dankbar, wenn Sie erst hingingen, wenn ich fertig bin. Das ist kein Ort für eine Dame.«

Vorübergehend war ich fassungslos. Ich öffnete den Mund und wollte gerade fragen, wie er es wagen konnte, mir auf meinem eigenen Grundstück Anweisungen zu erteilen, als Edward meine Hand nahm und mich in die andere Richtung zog.

»Lass uns den Teich suchen.«

Rowan rief uns nach: »Der Teich mag gefroren aussehen, aber es ist noch nicht kalt genug gewesen. Gehen Sie nicht auf das Eis!«

»Ich hatte keine Ahnung, dass er so herrisch ist«, murmelte ich Edward zu, »oder unhöflich oder sexistisch.«

»Das ist es nicht, was mich beunruhigt«, sagte Edward. »Was gräbt er jetzt im Schnee herum? Der Boden ist gefroren. Er kann doch nicht pflanzen, oder?«

»Du bist derjenige mit den Ländereien. Ich bin sicher, dass auch im Winter etwas gepflanzt werden muss.« Daran hatte ich nicht gedacht. Ich war zu sehr damit beschäftigt gewesen, wegen seines Tons mir gegenüber beleidigt zu sein.

»Ich bin kein Botaniker, aber das scheint mir nicht das richtige Wetter für Pflanzen zu sein«, sagte er spitz. Wir liefen weitere zehn Minuten, ohne den Teich zu finden, von dem Dr. Stanton gesprochen hatte. Inzwischen klapperten Edwards Zähne derart laut, dass ich Mitleid mit ihm hatte.

»Gehen wir eine Tasse Tee trinken«, schlug ich vor.

»Ja, deinen *Spezialtee*«, sagte Edward mit Nachdruck, »und ein kleines Frühstück wär nicht schlecht. Wegen Mrs. Winters würde ich mir keine Sorgen machen. Ich denke, du hast sie um den Finger gewickelt, ganz gleich, wie sie sich verhält. Denk daran, wir Briten zeigen unsere Zuneigung auf seltsame Weise.«

»Wie auch immer, und der Tee ist wirklich besonders, weil er mir nämlich hilft, meine Tochter zu ernähren.« Ich streckte ihm die Zunge heraus.

»Wenn du das sagst.«

»Bleibst du über Silvester?«, fragte ich ihn nachdenklich. Weihnachten zu überstehen würde am schwersten für ihn, aber Silvester kam gleich danach.

»Ja, aber ich habe vor, mich heftig zu betrinken«, sagte er ernst.

»Gut.«

Er zog skeptisch die Brauen zusammen, weil keine Strafpredigt folgte. »Was hast du vor?«

Ich stürmte nach vorne, bevor er mich mit weiteren Fragen löchern konnte, schlüpfte in den Vorraum und aus meinem Mantel. Meinetwegen konnte Edward sich gern an Silvester betrinken. Zumal ich vorhatte, Tomas einzuladen. Da das Baby zu Hause war und ich stillte, konnte ich nicht in demselben Maße feiern, aber das bedeutete nicht, dass Edward nicht einen Freund dabeihaben konnte. Vielleicht könnte ich sogar Lola einladen. Ich bezweifelte, dass Alexander Clara herkommen lassen würde, zumal sie selbst ein Baby hatte. Der Gedanke machte mich traurig. Natürlich konnte sie nicht kommen, sie waren sicher auf Balmoral. Ich war froh, Edward jetzt bei mir zu haben. Nächstes Jahr musste ich Smith überreden, mit den anderen nach Schottland zu fahren. Ich brauchte meine Freunde. Sie waren meine Familie. Das würde ich Smith klarmachen müssen.

»Ihr Tee steht auf dem Tisch.« Mrs. Winters deutete mit dem Kopf auf eine Teekanne aus Porzellan, aus deren Tülle Dampf aufstieg. Dann wandte sie sich Edward zu. »Und was möchten Sie trinken, Eure Hoheit?«

»Bitte nennen Sie mich nicht so«, sagte er grimmig. »Ich bin nur Edward.«

Unwillkürlich fragte ich mich, ob das bedeutete, dass er seinen Platz in der königlichen Familie infrage stellte. Doch dann schüttelte ich meine Bedenken ab. Er brauchte einfach mehr Zeit.

Ich schenkte mir heißen Tee ein, legte meine Hände um die Tasse aus feinem Porzellan und genoss, wie die Wärme in meine eiskalten Fingerspitzen drang. Ich atmete den Minzgeruch ein und trank einen großen Schluck. Ich hatte nicht gewusst, was ich von dem Kräutertee erwarten sollte, normalerweise zog ich etwas Stärkeres vor. Einen schönen Darjeeling vielleicht. Doch der Muttertee schmeckte erfrischend und blumig. Eigentlich sollte ich mehrmals am Tag eine Tasse davon trinken, aber ich vergaß es immer wieder. Ich schaute zu Mrs. Winters hoch. »Danke.«

»Laut Packung sollen Sie mehrmals am Tag eine Tasse trinken«, sagte sie zu mir. »Obwohl es andere Wege gibt …«

»Das passt schon«, unterbrach ich sie. Ich konnte mir nicht

vorstellen, dass Edward sich ein Gespräch über das Stillen antun wollte.

Ich stand auf, um mir noch einen Toast zu machen. Doch Mrs. Winters beorderte mich zurück an den Tisch. Als sie mir gerade den Toast brachte, kam Smith mit Penny auf dem Arm herein.

»Ich fürchte, sie braucht dich«, sagte er.

»Ja, gut.« Ich stand auf, um sie zu nehmen. Doch plötzlich sah ich Sternchen an den Rändern meines Sichtfelds, taumelte nach vorne und fing mich am Tisch ab, bevor ich auf den Stuhl sank. Wie von fern hörte ich besorgte Rufe und legte mir eine Hand an die Schläfe. Ich nahm mir einen Moment Zeit, richtete mich auf und blinzelte. Mein Kopf fühlte sich benebelt an, als hätte ich zu viel getrunken. Nach einem Moment schien es vorbei zu sein. »Mir geht's gut. Ich glaube, ich bin nur zu schnell aufgestanden.«

Smith blieb dicht neben mir und bestand darauf, Penny in das andere Zimmer zu tragen, wo ich mich hinsetzen und sie stillen konnte. Er blieb bei mir und musterte mich eindringlich, und obwohl ich mir alle Mühe gab, die Augen offen zu halten, wurden meine Lider immer schwerer.

»Hast du mir die falschen Tabletten gegeben?«, fragte ich ihn schläfrig.

»Das glaube ich nicht.« Er stutzte. »Ich habe sie aus der Packung genommen, auf der Sertralin stand.«

»Das ist die richtige«, sagte ich. Das Denken fiel mir immer schwerer. »Ich dachte nur, du hättest mir vielleicht aus Versehen das Schlafmittel gegeben.«

»Bist du müde?« Mir entging nicht ein Hauch von Stolz in seiner Stimme. »Ich habe dich letzte Nacht ziemlich auf Trab gehalten.«

»Das muss es sein.«

»Leg dich hin und schlaf noch ein Stündchen, wenn du sie gestillt hast«, sagte er.

»Aber morgen ist Weihnachten«, protestierte ich.

»Ich schaff das schon«, sagte er. »Du musst dich ausruhen …« Er beugte sich herunter, um mich zu küssen, und flüsterte: »… weil ich vorhabe, heute Nacht eine Menge sehr verruchter Dinge mit dir anzustellen.«

Ich seufzte glücklich.

»Was habt ihr vorhin eigentlich da draußen gemacht?«, fragte er. »Konntet ihr es nicht erwarten, im Schnee zu spielen?«

»Das erinnert mich daran, dass Edward Schlitten fahren wollte. Weißt du, ob es in den Ställen einen Schlitten gibt?«, fragte ich schläfrig.

»Ställe?«, wiederholte er. »Du bist doch nicht bis dorthin gegangen, oder?«

»Nein.« Ich gähnte. »Rowan hat mich aufgehalten. Was hat er überhaupt vor? Wir haben überlegt, was man im Winter pflanzt.«

»Man pflanzt jetzt nichts«, sagte er.

Ich öffnete den Mund, um ihm von der Schaufel und der Erde zu erzählen, aber ich war zu müde, um zu sprechen.

»Gib mir das Baby, meine Schöne«, befahl er, »und schwing deinen sturen Hintern für eine Weile ins Bett.« Er brachte mich in unser Schlafzimmer und deckte mich zu. Penny krächzte ein wenig, dann schmiegte sie sich glücklich an die Schulter ihres Daddys. Ich blinzelte zu ihm hoch und versuchte, mir das Bild von meinem Mann mit unserem Kind einzuprägen, aber ich war zu müde, und alles war zu verschwommen, also hörte ich auf zu kämpfen und ließ los, weil ich wusste, dass Smith da sein würde, wenn ich aufwachte.

# 25

*Smith*

Der Weihnachtsmorgen war eine gemächliche Angelegenheit. Penny weckte uns früh, und wir nahmen uns Zeit, um uns im Wohnzimmer um den Weihnachtsbaum zu versammeln. Edward machte Kaffee, der einigermaßen genießbar war – solange ich genug Milch hinzugab. Belle nippte zufrieden an ihrem Kräutertee, während Penny auf einer Decke lag und fasziniert zu den Lichtern des Weihnachtsbaums hinaufstarrte. Ich hielt inne, lehnte mich gegen den Türrahmen und beobachtete meine Frau und ihren besten Freund, die über einen Witz lachten, in den ich nicht eingeweiht war. Ich hatte mich vor den Feiertagen gefürchtet, aber jetzt fühlte es sich an, als hätte ich bereits das einzige Geschenk bekommen, das ich mir wünschte: sie glücklich zu sehen.

Lächelnd winkte Belle mich zu sich heran. Einige Minuten oder auch Stunden packten wir Geschenke aus. Es schien kaum eine Rolle zu spielen. Edward hatte Belle ein paar Jimmy Choos geschenkt, die ihr gefallen hatten, als sie in London zusammen unterwegs gewesen waren.

»Ich habe dir doch gesagt, dass ich die nirgendwo tragen kann«, sagte sie, schaute jedoch sehnsüchtig auf die Pumps.

Edward schüttelte den Kopf, seine Locken waren noch vom Schlafen zerzaust.

»Im Leben geht es darum, Momente zu schaffen, nicht, auf sie zu warten.«

Ich nahm mir vor, eine Gelegenheit zu finden, mit Belle auszugehen. Mit Penny im Haus konnten wir vielleicht nicht bis nach London fahren, aber sobald Nora wieder bei uns war, konnten wir zumindest in dieses Restaurant gehen. Ich wollte den berühmten Tomas kennenlernen, der Belle und Edward hinter meinem Rücken zum Kichern brachte. Ich war mir nicht sicher, ob ich eifersüchtig auf den Mann sein musste oder nicht.

Belle hatte es sich zur Aufgabe gemacht, mich mit allem zu versorgen, was ein Mann mit einem Landsitz brauchen konnte – von Gummistiefeln über eine neue Steppweste bis hin zu einer wahrhaft schockierenden Auswahl an dicken Flanellhemden. Ich war etwas in Sorge, dass ich irgendwo unter dem Baum einen Labrador finden könnte.

»Magst du mich nicht mehr im Anzug sehen, meine Schöne?«

»Ich werde es nie satthaben, dich im Anzug zu sehen«, flüsterte sie, als ich mich zu ihr beugte, um sie zu küssen. »Aber was auch immer du und Rowan im Garten ausgrabt, du solltest es nicht in einem Dreiteiler tun.«

Ich hob eine Augenbraue. Da hatte sie nicht ganz unrecht. Doch sie grub ebenfalls – nach Informationen. Seit gestern hatte sie Rowan schon ein paarmal erwähnt. Zum Glück konnte ich ihr endlich sagen, was er da draußen machte.

»Eine Sache habe ich noch für dich«, sagte ich. »Aber du musst dich erst anziehen.«

»Sag mir, dass es Ferrari-rot ist«, schnurrte sie.

»Dieses Jahr ist es kein Auto«, sagte ich und ignorierte, wie mein Schwanz bei der Vorstellung zuckte, sie hinter dem Lenkrad eines knallroten Sportwagens zu sehen. Manchmal schien Belle anzudeuten, diese Tage lägen hinter uns. Aber ich würde sie noch auf der Motorhaube eines italienischen Sportwagens vögeln, wenn sie neunzig war.

»Ich passe auf das Baby auf«, bot Edward an. Belle rannte die Treppe hinauf, ich direkt hinter ihr, und wir hörten ihn rufen: »Wehe, ihr zwei rennt einfach weg, um zu vögeln!«

Sie lachte und rannte mit mir um die Wette, um sich anzuziehen. Ein paar Minuten später trat sie auf ihrer Seite des Ankleidezimmers hervor. Sie trug hellbraune Lederstiefel, die ihr bis zu den Knien reichten, eine dicke hoch taillierte Hose, in die sie ein Flanellhemd gesteckt hatte. Sie rollte mit den Augen, als sie mich bereits in Jeans und Pullover vorfand, und zog eine marineblaue Barbour-Jacke über. Ich trat zu ihr, zog die Jacke vorn zusammen und knöpfte sie ihr in der Taille zu.

»Ich will nicht, dass dir kalt wird«, sagte ich.

Sehnsüchtig schaute sie zu mir hoch. »Du kannst mich jederzeit aufwärmen.«

»Ich glaube, uns wurde gesagt, wir sollen nicht vögeln.« Ich küsste sie auf die Nasenspitze und ließ meine Hand in ihre gleiten.

Belle war nicht überrascht, als ich sie nach draußen führte, aber sie zögerte. »Ist es wirklich kein Auto?«

»Ich vergesse immer, wie leicht du zu erfreuen bist.« Ich konnte mir ein Grinsen nicht verkneifen. Als ich Belle kennengelernt hatte, fand ich es umwerfend, als sie mir verriet, dass sie Autos liebte – da wusste ich, dass ich meine Seelenverwandte gefunden hatte.

»Schon okay«, sagte sie heiser. »Wir haben ja bald Hochzeitstag.«

»Zur Kenntnis genommen.« Ich zog sie in Richtung des Geländes.

»Warte«, sagte sie, als ich sie führte, »ist es das, woran Rowan gearbeitet hat?«

»Vielleicht.« Wir gingen, bis wir eine kleine Baumgruppe erreichten. Ich hielt inne und holte eine Augenbinde aus meiner Tasche.

Sie musterte sie mit Interesse. »Sexy.«

»Nicht vögeln, schon vergessen?«

»Und eine schöne Augenbinde verschwenden?«, schmollte sie. Wenn sie das so sagte … Ich nahm mir vor, später für eine Zweitverwertung zu sorgen. Ich verband ihr die Augen und beugte mich vor, um ihr ins Ohr zu flüstern: »Vertraust du mir?«

»Für immer«, sagte sie. Es war das Versprechen, das wir uns vor zwei Jahren gegeben hatten. Ich trat hinter sie, umfasste ihre Taille und führte sie langsam an dem Hain vorbei, bis wir mein Weihnachtsgeschenk erreichten. Als es in Sichtweite war, löste ich ihre Augenbinde. Sie blinzelte einen Moment lang, bis sich ihre Augen wieder an das Tageslicht gewöhnt hatten.

»Du hast mir eine … Scheune geschenkt?« Sie legte den Kopf schief und versuchte zu verstehen. Ihr Blick glitt über das einst baufällige Gebäude, und ich sah, wie sie allmählich begriff, dass sich dahinter mehr verbarg.

Belle hatte nicht das Gelände erkunden können, als wir das Haus besichtigten. Sie hatte die alten Ställe nie gesehen, aber als wir das erste Mal durch Thornham gingen, wusste ich sofort, wofür sie gedacht waren. Es hatte Monate gedauert, und die Bauarbeiter mussten durch eine Nebenstraße fahren, damit sie nichts merkte, aber ich hatte es geschafft, ihr Weihnachtsgeschenk rechtzeitig fertigzustellen. Als ihr Blick auf den neu gestalteten Stalltüren landete, sah sie endlich das Schild: *Bless*.

»Ist das …?« Sie schlug sich eine Hand vor den Mund und drehte sich mit Tränen in den Augen zu mir um.

»Nicht weinen, meine Schöne«, sagte ich leise. Tränen hatte ich in letzter Zeit zu oft gesehen.

»Ich weine vor Glück. Wie hast du das gemacht?«

»Das erzähle ich dir später, aber jetzt will ich es dir zeigen.« Ich nahm ihre Hand und zog sie zu ihren neuen Firmenräumen, dann öffnete ich die bogenförmigen Stalltüren, trat zur Seite und ließ sie zuerst eintreten. Belle blieb der Mund offen stehen, als sie den großen Raum betrat.

Wir hatten das Gebäude komplett entkernt und in zwei große Räume verwandelt. Ich geleitete sie in den ersten. Die Stallwände waren verputzt und weiß gestrichen. Die Balken, die sich unter der Decke kreuzten, hatten wir beibehalten; das dunkle, verwitterte Holz bildete einen perfekten Kontrast zu der modernen Einrichtung, die wir darunter entworfen hatten. Wir hatten einen glänzenden Boden aus Eiche verlegt und mehrere Arbeitsplätze eingerichtet. Aber das Herzstück des Raums war ein großer Tisch mit einer Marmorplatte, ringsherum Stühle für zehn Personen.

»Ich werde mehr Leute einstellen müssen«, sagte sie und drehte sich einmal um ihre Achse, um alles in sich aufzunehmen. Sie hielt inne, als sie den besonderen Platz sah, den ich in der Ecke entworfen hatte. Drei halbhohe Wände und ein Tor umgaben eine Spielecke mit Stofftieren und Büchern, einem Schaukelstuhl und einem Kinderbett.

»Für Penny«, sagte ich und fügte hinzu, »nur für alle Fälle.« Ich wollte meine Frau nicht unter Druck setzen, unsere Tochter mit in ihr neues Büro zu nehmen, aber ich wollte, dass sie die Möglichkeit dazu hatte.

»Du hast an alles gedacht«, sagte sie atemlos.

»Lola hat mir geholfen«, gab ich zu.

Belle schnippte mit den Fingern. »Deshalb musste sie nach Briarshead kommen.«

»Ich bin mir sicher, dass sie dich schon auch sehen wollte«, sagte ich trocken. Ich nahm ihre Hand. »Komm mit. Da ist noch mehr.«

Der andere Raum war in ein Lager verwandelt worden, das die besonderen Bedürfnisse ihres Bekleidungsverleihs berücksichtigte. Es gab eine Versandstation, die bis hin zum richtigen Klebeband für jede Kartongröße alles bereithielt, sowie jede Menge Gänge mit maßgefertigten Regalen. Das meiste hier hatte Lola entschieden.

»Ich wollte, dass du hier arbeiten kannst«, sagte ich. »Ich weiß, du hast dein Büro in London vermisst. Es ist immer noch da, aber …«

Sie legte eine Hand um meinen Nacken und brachte mich mit einem Kuss zum Schweigen. »Es ist perfekt.«

»Ist es okay?« In letzter Zeit hatte ich nicht viel richtig gemacht und genoss es, mal wieder zu punkten.

»Mehr als das.« Sie leckte sich über die Unterlippe. »Damit warst du beschäftigt?«

»Überwiegend.« Ich zuckte mit den Schultern. Weihnachten schien nicht der richtige Zeitpunkt zu sein, die anderen Themen anzusprechen, die mich beschäftigten. »Weißt du, meine Schöne, du könntest hier eine tolle Modenschau veranstalten.«

»Du willst, dass ich mich für dich verkleide?«

»Verkleiden ist eines meiner Lieblingsspiele«, erinnerte ich sie. »Weißt du noch – das erste Mal?«

»Bei Harrods?« Sie hob eine Braue. »So einen Einkaufsbummel vergisst eine Frau nicht. Hast du an Silvester schon was vor?«

»Machen wir eine Party?«, fragte ich.

»Ich denke, ich könnte eine private Besichtigung unserer Sammlung arrangieren – um das Jahr festlich zu beginnen«, fügte sie unschuldig hinzu.

»Natürlich.« Ich trat einen Schritt näher und hakte meinen Zeigefinger in den Bund ihrer Hose. »Ich will ehrlich sein, mein Lieblingsstück in deinem Büro ist der große Konferenztisch.«

»Warum das, Mr. Price?«

»Weil ich mir, seit ich die Bestellung aufgegeben habe, vorstelle, wie ich dich darauf auf jede erdenkliche Weise vögele.«

»Ach nur auf jede erdenkliche Weise?«, fragte sie.

Ich liebte es, wenn sie mich herausforderte. Ich hob sie hoch, unsere Münder trafen sich, und ich trug sie zurück ins Büro. Vor dem Konferenztisch stellte ich sie auf den Boden.

»Wir müssen uns beeilen«, keuchte sie, während sie sich an meiner Jeans zu schaffen machte.

Später würde Zeit sein, das ganze Potenzial der spektakulär glatten Marmorplatte des Tisches zu erkunden. Für den Moment musste ich ihr recht geben. Weihnachten hatte gerade erst begonnen. Ich drehte sie von mir weg, riss ihr die Hose herunter und beugte sie über den Tisch, dann strich ich mit einem Finger an ihrem Hintern entlang. »Es ist lange her, dass ich dich so gefickt habe, meine Schöne. Nächstes Mal …« Ich drückte meinen Daumen gegen ihre Rosette, und sie stöhnte auf und stützte sich zitternd mit den Händen ab.

Ich befreite meinen Schwanz und drückte ihn gegen ihre nasse Scham, schob ihn in sein Zuhause. Während ich in sie stieß, drückte ich weiter mit dem Daumen gegen ihre Rosette, und sie schrie auf.

»Wem gehört diese Muschi?«, fragte ich.

»Dir, Sir.«

»Und dieser Hintern?«

»Dir, Sir.«

Ich griff mit der freien Hand ihr Haar, zog ihren Kopf zurück und küsste sie grob, während ich weiter mit meinem Daumen ihren engen Hintern fickte. Meine Lippen wanderten über ihre Kieferpartie bis zu ihrem Ohr. »Und wem gehörst du, meine Schöne?«

»Dir, Sir. Für immer«, flüsterte sie. »Alles von mir gehört dir.«

Bei ihren Worten kam ich, und ich stöhnte, als ich mich in sie ergoss. Sie zog sich um meinen Schwanz und um meinen Daumen zusammen, ihr ganzer Körper bebte, als sie kam. Ich schlang einen Arm um ihre Taille und drückte sie an mich, bis wir beide ganz still geworden waren.

»Ich liebe dich«, murmelte ich. »Ich will dich nicht gehen lassen.«

Sie drehte den Kopf, ihr Haar war immer noch in meiner Faust. Ihre Augen strahlten voller Leben. »Dann tu's nicht.«

# 26

*Belle*

Irgendetwas stimmte nicht. Ich wusste es sofort, als ich Penny am Morgen nach Weihnachten zu stillen versuchte. Über Nacht war aus meinem glücklichen zwei Monate alten Baby eine Tyrannin geworden. Jedes Mal wenn ich sie an die Brust legte, schrie sie. Der weihnachtliche Zauber schien endgültig vorbei zu sein.

»Kannst du ihr nicht eine Flasche geben?«, schlug Edward sanft vor, nachdem sie zwei Stunden lang ununterbrochen geschrien hatte.

»Ich werde abpumpen müssen.« Ich hievte mich aus dem Sessel hoch, in den ich gefallen war, nachdem Smith mich abgelöst und versucht hatte, unser kleines Biest zu beruhigen. Ich brauchte ein paar Minuten, um die Pumpe zu finden. Ich hatte sie noch nicht einmal ausgepackt, da ich Penny noch nie eine Flasche hatte geben müssen. Mit Edwards Hilfe schaffte ich es, sie zum Laufen zu bringen. Aber eine halbe Stunde später war kaum etwas herausgekommen.

Smith erschien in der Tür des Kinderzimmers, die schluchzende Penny im Arm. Sie war hungrig, und ich konnte sie nicht füttern. Wieder einmal genügte nicht, was ich tat.

»Ich glaube, ich habe keine Milch mehr«, sagte ich mit hohler Stimme. Ich verstand das nicht. Doktor Stanton hatte gesagt, ich solle sie mehr füttern und den Tee trinken. Diese Woche mussten wir zur Gewichtskontrolle, aber ich wusste schon, was er mir sagen würde. »Sie braucht Ersatzmilch.«

Smith ging hinüber und legte eine starke Hand auf meine Schulter. »Das tut mir leid, meine Schöne. Ich könnte losfahren und welche besorgen? Vielleicht musst du mehr von dem Tee trinken?«

Ich zuckte die Achseln und schluckte schwer. Schreckliche Gedanken meldeten sich kreischend in meinem Kopf und übertönten Pennys Wehklagen. Jedes Mal wenn ich glücklich war – und sei es nur für einen Moment –, wurde ich bestraft. Das hier war meine Schuld. Ich hatte mich ablenken lassen. Ich hatte zu viel Zeit ohne das Baby verbracht. Ich hatte nicht genug von dem verdammten Tee getrunken. Ich genügte nicht. Ganz gleich, wie sehr ich es versuchte.

»Ich bin dran.« Edward streckte die Hände aus. »Nimm dir eine Minute Zeit für dich. Ist schon okay.«

Ich ging aus dem Zimmer, ohne wirklich zu wissen, wohin. Ich war aufgewacht, um Penny zu füttern, dann war es losgegangen. Wir waren alle noch in Bademänteln und Pyjamas. Smith folgte mir ins Schlafzimmer und zog sich um.

»Kommst du zurecht?«, fragte er und warf mir einen besorgten Blick zu. »Vielleicht solltest du mitkommen.«

Ich schüttelte den Kopf. »Ich gehe duschen, nehme meine Tabletten und warte auf dich.«

»Ich bin nicht lange weg«, versprach er.

Er küsste mich zum Abschied, und ich zog mich in meine Routine zurück, die mich beruhigte. Wenigstens wusste ich noch, wie ich meine Haare waschen und mich anziehen sollte. Als ich aus der Dusche kam, wischte ich den Dampf vom Spiegel. Gestern war ich mir sicher gewesen, dass ich es war, die mich daraus ansah. Heute sah ich eine Fremde. Was war nur mit mir los? Ich nahm die Tablettenpackung und überprüfte das Etikett, damit ich nicht die falsche nahm. Ein Teil von mir war versucht, trotzdem eine Schlaftablette zu nehmen und zu behaupten, ich hätte mich geirrt. Ich könnte morgen aufwachen, und der Spuk wäre vorbei, aber das würde weder mir noch meinem Baby helfen.

Smith hatte recht. Wir würden das durchstehen. Ein schriller Schrei zerriss die Luft, und ich schloss die Augen, bevor ich losging, um alles zu tun, um meine Tochter zu beruhigen, wohl wissend, dass es nie genug sein würde.

# 27

*Smith*

Die Apotheke öffnete gerade, als ich den Range Rover davor in eine Parklücke fuhr. Ich hatte den Tee von zu Hause mitgenommen, den Belle getrunken hatte. Es war nur eine vage Hoffnung, aber ich hatte den Herzschmerz in ihrem Gesicht gesehen, als sie Penny nicht stillen konnte. Sie hatte es in den letzten Wochen so weit gebracht. Ich würde nicht zulassen, dass sie kampflos aufgab. Nicht wenn sie so kurz davor war, wieder zu sich zu finden. Wir konnten mehr tun. Ich selbst konnte sicherlich mehr tun.

Eine Glocke erklang, als ich die Tür öffnete und eintrat. Die Frau hinter dem Tresen schaute überrascht von der Kasse auf.

»Ein Frühaufsteher«, sagte sie zur Begrüßung.

»Ich brauche Ersatzmilch«, sagte ich und sah mich um. »Wir haben daheim einen kleinen Notfall.«

Sie kam hinter dem Tresen hervor und führte mich zu der kleinen Auswahl an Säuglingsbedarf. »Welche brauchen Sie?«

»Keine Ahnung, leider.« Noch nie hatte ich mich so hilflos gefühlt. Pennys Weinen hallte noch in meinen Ohren. Ich konnte nur daran denken, dass ich ihr bringen musste, was sie brauchte. »Meine Frau hat sie gestillt, aber heute Morgen kam keine Milch mehr. Die Kleine wollte nicht aufhören zu weinen.«

»Dann nehmen wir die hier.« Sie packte ein paar Dosen auf ihre Arme. »Den Fehler können wir später suchen, aber jetzt müssen Sie erst mal schnell nach Hause.« Sie trug die Dosen zum Tresen und begann, sie einzutippen, während sie mich mit Fragen löcherte. »Hat sie versucht abzupumpen?«

»Ja. Heute Morgen«, sagte ich und spürte eine weitere Welle der Verzweiflung in mir aufsteigen.

»Hat sie ihre Periode wieder bekommen? Das kann Frauen beeinträchtigen«, sagte sie.

»Ich glaube nicht. Unsere Tochter ist erst zwei Monate alt.«

»Es gibt ein paar Kräuter, die sie ausprobieren kann. Geben Sie dem Baby ein Fläschchen, aber legen Sie es zum Stillen weiterhin an die Brust«, riet sie. »Sie sollte weiter abpumpen und warm duschen.«

Ich versuchte, mir alles zu merken, während sie einen Vorschlag nach dem anderen herunterrasselte. Ich schenkte ihr ein dankbares Lächeln, als sie mir eine Tüte reichte. Ich wollte schon gehen, als mir der Tee einfiel.

»Was für Kräuter empfehlen Sie denn?«, fragte ich und zog die Dose mit Belles Tee aus der Tasche. »Sie hat das hier getrunken. Soll sie noch etwas anderes probieren?«

Sie nahm die Dose in die Hand, öffnete den Deckel und roch daran. Dann bekam sie große Augen. »Das hat sie getrunken?«

»Ja, ich glaube, sie hat den Tee von hier.«

»Minze. Salbei.« Sie roch noch einmal. »Brennnessel. Das

trocknet ihren Milchfluss aus. Das geben wir normalerweise Müttern, die abstillen wollen … oder Müttern, die …« Sie unterbrach sich und schüttelte den Kopf. »Das muss ein Irrtum gewesen sein. Vielleicht hat sie nach dem Falschen gefragt.«

Ich schloss die Augen. »Den hat sie ständig getrunken. Der Arzt hat ihr gesagt, dass das Baby an Gewicht zulegen muss.«

»Sie soll all die Dinge tun, die ich Ihnen gesagt habe.« Sie zog eine Dose aus dem Regal. »Und sie soll das hier trinken. Es schmeckt ein bisschen nach Lakritze. Das braucht sie, wenn sie noch stillen will.«

»Danke«, rief ich und schnappte mir die Teedose.

Die Räder des Range Rovers drehten auf dem gefrorenen Boden durch, als ich mich auf den Weg zurück nach Thornham machte. Ich hatte gerade den Ortsausgang passiert, als mein Telefon klingelte. Ich nahm den Anruf über die Freisprechanlage an.

»Es ist gerade schlecht.«

»Wo bist du?«, meldete sich Georgias raue Stimme. »Du hörst dich an, als würdest du fahren.«

»Ich musste zur Apotheke.« Ich machte mir nicht die Mühe, sie über die Einzelheiten aufzuklären. Ich bezweifelte, dass es sie interessieren würde.

»Ich bin auf dem Weg zu dir«, sagte sie.

»Weihnachten war gestern«, merkte ich trocken an.

»Sehr witzig«, sagte sie und klang nicht im Geringsten amüsiert.

Wir hatten nie um das Klavier herumgestanden und gesungen, also bezweifelte ich, dass ihr plötzlicher Besuch etwas mit den Feiertagen zu tun hatte.

Am Schild von Thornham bog ich in den Feldweg ein, der gleich in einen holprigen unbefestigten Pfad überging. »Was ist los?«

»Also, erstens sag deiner Frau, sie soll ihre beste Freundin zurückrufen, bevor Clara einen Herzinfarkt bekommt.«

»Stimmt etwas nicht?«

»Sie hat seit Wochen versucht, Belle zu erreichen, und ich konnte sie nur mit Mühe davon abhalten, ins Auto zu steigen und von Schottland nach Sussex zu fahren. Sie macht sich Sorgen.«

»Sag ihr, Edward ist bei uns«, antwortete ich. »Das sollte sie beruhigen.«

»Wahrscheinlich«, sagte Georgia.

»Warum kommst du?«, fragte ich, als Thornham vor mir auftauchte.

»Es geht um dein Haus«, erklärte sie grimmig. »Ich habe die Akte. Ich denke, du könntest jemanden gebrauchen, der die Sache mit dir vor Ort untersucht.«

Ein Schauer lief mir über den Nacken. »Was hast du gefunden?«

»Wir werden sehen. Bis heute Abend.« Sie legte auf.

Georgia hatte die gesperrte Akte gesehen – die Longborn ihr nicht hatte geben wollen – und war auf dem Weg nach Briarshead. Das war kein gutes Zeichen. Ich überlegte, wie ich Belle sagen sollte, dass wir weiteren Besuch bekamen, als ich vor dem Haus anhielt und sah, dass die Haustür offen stand.

Ich zog die Handbremse des Geländewagens an, schnappte mir die Tüte aus der Apotheke und rannte panisch die Treppe hinauf. Ich konnte es nicht länger leugnen. Hier ging es um mehr als nur um Belle oder mich. Irgendetwas an Thornham war nicht in Ordnung. Ich glaubte nicht an Geister, zumindest nicht an die Art, die man in dunklen Gemäuern findet. Die Geister, die uns in unseren Erinnerungen verfolgten, kannte ich zur Genüge. Aber seit wir hergezogen waren, war alles schiefgelaufen.

Als ich die offene Tür erreichte, stieß ich mit Nora zusammen, die vor Überraschung die Tasse fallen ließ, die sie in der Hand hielt.

»Tut mir leid«, stieß ich hervor, als sie sich bückte, um die Scherben aufzuheben.

»Ich bin gerade gekommen«, sagte sie. »Ich war oben, um nach Belle zu sehen.« Sie sammelte die Scherben in ihre Handfläche.

»Geht es ihr gut? Sie hatte einen harten Morgen mit Penny.« Ich hatte keine Zeit, sie über weitere Einzelheiten aufzuklären. Georgia war auf dem Weg. Das Baby musste gefüttert werden. Und in den letzten paar Stunden hatte mein Leben begonnen, um mich herum zusammenzubrechen.

»Sie ist nicht in ihrem Zimmer.« Nora zuckte mit den Schultern. »Wahrscheinlich ist sie spazieren gegangen. Wo ist das Baby?«

»Edward ist mit ihr im Kinderzimmer«, sagte ich. Ich reichte ihr die Tüte. »Ich habe keine Ahnung, wie man so etwas macht. Kannst du das?«

Sie spähte hinein und fand die Ersatzmilch und ein paar Fläschchen, die die Apothekerin mir mitgegeben hatte. »Natürlich.«

Sie beeilte sich, und ich war dankbar, dass ich nicht noch mehr Zeit mit Erklärungen verschwenden musste. Ich stieg die Treppe hinauf und bereitete mich darauf vor, all die Informationen weiterzugeben, mit denen ich in der letzten halben Stunde bombardiert worden war. Doch als ich das Kinderzimmer betrat, war es leer.

Ich sah mich um, ging ein paar Schritte den Flur hinunter und klopfte an Edwards Tür. Er öffnete mit einem Handtuch um die Taille.

»Wo ist Penny?«, fragte ich, wartete jedoch nicht auf eine Antwort, sondern stürmte an ihm vorbei, zurück in den Flur.

»Was ist los?«, rief er mir hinterher. »Sie ist eingeschlafen. Belle hat sie hingelegt.«

Ich rannte zurück ins Kinderzimmer, und mein Blick fiel auf ein leeres Kinderbett. Ich wusste es schon, auch im Elternschlafzimmer erwartete mich ein leeres Bettchen. Ein leerer Stubenwagen.

Edward rief immer noch ratlos hinter mir her, was los sei, als ich schon die Treppe hinunterstürzte. Ich stürmte an Nora vorbei, die mir mit einer Flasche hinterherlief. Rowan kam aus der Richtung von Belles neuem Haus und trug einen Sack mit Rollrasen über den Schultern. Er hatte hartnäckig darauf bestanden, auch mitten im Winter an der Gartengestaltung zu arbeiten.

»Sie sehen aus, als wäre der Teufel hinter Ihnen her«, rief er.

»Haben Sie meine Frau gesehen?«

»Heute Morgen nicht. Ich komme gerade aus den Ställen …«

Seine Worte raubten mir die letzte Hoffnung. Ich rannte in die entgegengesetzte Richtung. Belle kannte das Gelände nicht so gut wie ich, aber irgendwie – und ich konnte es mir nicht erklären – wusste ich genau, wo sie war.

Der Teich lag fast einen Kilometer vom Haupthaus entfernt. Ich war mir vage bewusst, dass mir jemand folgte. Als der Teich endlich in Sicht kam, zögerte ich nur einen Moment, bevor ich vorwärtssprintete. Sie stand mit dem Rücken zu mir, das blonde Haar wehte im Wind. Ich war noch ein paar Meter entfernt, als ich merkte, dass sie nicht am Ufer stand.

»Belle«, rief ich. Ich hatte Angst, sie zu erschrecken, Angst, sie würde weiter auf das brüchige Eis hinausgehen. »Meine Schöne!«

Pennys Schreie hallten durch die Luft, und Angst erfasste mich. Bis zu diesem Moment, in dem ich meine Frau und mein Kind auf dieser dünnen Eisschicht sah, hatte ich keine Angst gekannt. Belle drehte sich um, und sanft winkte ich sie heran. »Meine Schöne, komm zu mir.«

Ihre Augen waren wieder leer – die Augen eines Geistes –, dann blinzelte sie und erschrak.

»Vorsichtig«, warnte ich. »Komm einfach her.«

Ängstlich senkte sie den Blick auf das Eis unter ihr und klammerte sich fester an Penny. »Smith? Wo bin ich …?«

Ich durfte nicht riskieren, das Eis zu betreten. Sie musste zu mir kommen, aber sie bewegte sich nicht. Hinter uns ertönten ferne Rufe. Unsere Blicke trafen sich, und alles andere verblasste.

»Für immer, meine Schöne«, erinnerte ich sie, und mein Versprechen war nun eine Bitte.

*Bitte Gott, nimm mir nicht meine Welt. Nimm mir nicht mein Herz. Nimm mir nicht meine Frau und mein Kind.*

»Bitte«, flehte ich sie an und streckte meine Hand aus. »Bitte komm zurück zu mir.«

Ich erteilte ihr keinen Befehl. Ich bettelte um mein Leben, dass da draußen auf dem kaum gefrorenen Teich war.

Belle schob ihren Fuß vor, dann den anderen. Ihr Blick blieb auf mich gerichtet, und ich streckte ihr meine Hände entgegen. Die Zeit schien außer Kraft gesetzt, es gab nur noch sie und mich und unsere Herzschläge. Ihre Finger schlossen sich um meine, und die Zeit schoss wieder vorwärts. Pennys Schreie durchdrangen die Luft zusammen mit Rufen und einem schrecklichen Splittern unter unseren Füßen. Ich packte Belles Handgelenk und riss sie vom Eis, fort von der Gefahr, zurück zu mir. Sie stürzte in meine Arme, und hinter uns ertönte ein Donnern, als das Eis dort nachgab, wo sie eben noch gestanden hatte.

»Smith«, schluchzte sie und klammerte sich an mich, die wimmernde Penny zwischen uns. »Smith …«

In ihren großen Augen sah ich die Angst, die auch in mir pochte.

»Hilf mir«, flehte sie. »Ich weiß nicht … warum …«

Das Eis brach hinter uns ein und wurde vom Wasser überspült. Ich drückte sie an mich und flüsterte ihr Versprechen zu, während ich erst sie und dann Penny auf den Kopf küsste. Sie waren in Sicherheit, und so etwas würde nie wieder vorkommen. Das würde ich nicht zulassen. Ich hätte nie gedacht, dass es so weit kommen würde.

Aber ich würde sie vor allem beschützen – sogar vor sich selbst.

# Leseprobe

aus »Royal Flames«

***von Geneva Lee***

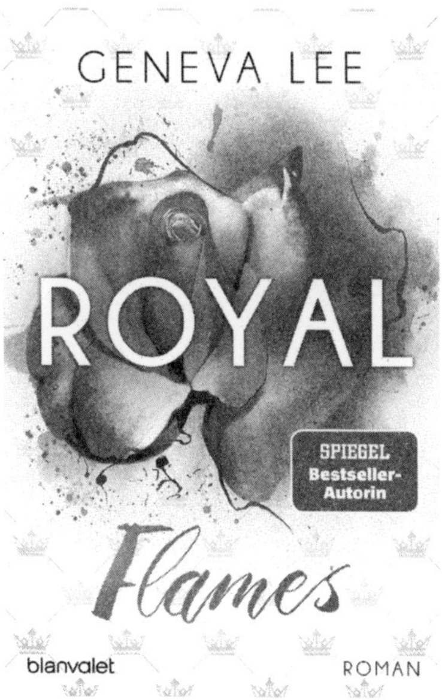


*Erscheinungstermin:*
*Herbst 2022*
*im Blanvalet Verlag*

# 1

*Belle*

Die eisige Kälte drang bis in meine Knochen. Der schneidende Wind peitschte mir das Haar ins Gesicht. Ich sah nichts als Weiß und hörte nur das Pfeifen des Windes, der die Schneeflocken um mich herum tanzen ließ. Es war seltsam friedlich, trotz der Kälte. Dann durchbrach ein lautes Jammern den stillen Morgen. Es kam von weit her. *Weinte irgendwo ein Baby?*

Ich wollte mich dem Weinen zuwenden und das Kind trösten, aber es war zu weit weg. Bald war nur noch das Rauschen der Stille um mich herum zu hören, ich war allein in meiner winterlichen Schneekugel. Meine Fingerspitzen kribbelten von der eisigen Kälte, aber das machte mir nichts aus. So entspannt hatte ich mich schon lange nicht mehr gefühlt. Warum konnte es nicht immer so sein?

Ruhig.

Friedlich.

Allein.

In meinem Hinterkopf meldete sich eine leise Stimme und flüsterte mir Gedanken zu, die ich nicht hören wollte. *Sie ist besser ohne dich dran,* murmelte die Stimme, *aber was für eine Mutter wärst du, wenn du sie verlassen würdest? Nimm sie mit. Es ist ganz einfach, dann hört sie auf zu weinen. Ihr beide hört auf zu weinen. Dann ist alles besser.*

Ich ging einen Schritt vorwärts und näherte mich dem weißen Vergessen vor mir, das Erlösung versprach.

Die Stimme begleitete mich in letzter Zeit beinahe ständig. Sie suchte mich im Schlaf heim und flüsterte mir die Wahrheit zu, die ich so lange zu ignorieren versucht hatte. Aber es stimmte ja. Wir würden beide glücklicher sein, sobald wir uns in die Arme der friedlichen Kälte geschmiegt hatten, die darauf wartete, uns zu sich zu holen. Ich konnte Penny nicht zurücklassen. Ich war für sie verantwortlich. Und irgendwo tief in mir wusste ich, dass ich sie liebte. Vielleicht konnte ich das Gefühl zu diesem Wissen auf der anderen Seite finden – an dem Ort, wo wir wieder sicher und glücklich wären.

»Belle!«

Das hier war nicht die angenehm leise Stimme. Sie sagte nie meinen Namen. Diese andere Stimme war tief, sie strahlte Autorität aus, wobei auch ein Hauch von Panik in ihr anklang. Ein Teil von mir wollte sich ihr zuwenden und ihr erklären, dass alles gut war. Ich hatte es endlich herausgefunden. Ich musste nur auf das kalte, helle Licht zugehen, dann würden Penny und ich frei sein.

»Meine Schöne!«, rief die andere Stimme. Ein neuer Gedanke formte sich in meinem Kopf: Smith. Er könnte uns begleiten.

*Nein,* flüsterte die Stimme. *Das wird er nicht verstehen.*

Zum ersten Mal meldeten sich Zweifel in mir. Die Stimme

kannte Smith nicht so, wie ich ihn kannte. Natürlich würde er es verstehen. Er würde dahin gehen wollen, wo ich hinging.

*Nein! Ich habe dir gesagt, dass du ihm nichts von mir erzählen darfst,* warnte die Stimme.

Ich ignorierte sie und drehte mich langsam um, immer noch sicher von der friedlichen winterlichen Landschaft umgeben. Mein Blick traf Smith', doch bevor ich ihn auffordern konnte, sich mir anzuschließen, bat er: »Komm zu mir, meine Schöne.«

Ich blinzelte, und er streckte die Arme aus und flehte mich an, zu ihm zu kommen. Warum wollte er, dass ich diesen friedlichen Ort verließ? Aber seine Worte zogen mich zu ihm, dagegen war ich machtlos. Wieder weinte ein Baby, und ich erinnerte mich daran, dass Penny in meinen Armen lag. Ich blickte hinunter, um sie zu trösten, und sah das Eis unter mir.

»Smith?«

Ich wusste nicht, wie ich hierher geraten war. Und was ich hier wollte. Mein ganzer Körper kribbelte und bebte. Ich drückte Penny fester an mich und hatte Angst, dass sie meinen tauben Händen entgleiten könnte. Ich war zu verängstigt, um mich zu bewegen, starr nicht nur vor Kälte, sondern auch vor Schreck. Warum war ich hier? Was war geschehen? Ich wartete darauf, dass die Stimme es mir sagte, aber sie blieb stumm.

Smith kam so nah an den Rand des Eises heran, wie er es wagen konnte, und drängte mich, zu ihm zu kommen. Seine Stimme war fest, doch ich konnte die Angst darin hören. Ich zwang mich in seine Richtung, schob einen Fuß über die dünne Eisfläche des Teiches, unter der ich das Wasser sehen konnte. Ein kleiner Riss schoss über die Fläche und splitterte neben meinen Füßen. Mir blieb fast das Herz stehen. Smith war da, redete ich mir gut zu. Penny lag in meinen Armen. Es kostete mich meine gesamte Kraft, mich vorwärtszubewegen. Sobald ich nahe genug war, streckte Smith den Arm aus und fasste mich um die Taille. Er zog mich an sich, und in dem Moment gab das Eis nach. Noch vor wenigen Sekunden hatte ich dort gestanden, wo jetzt schwarzes Wasser war. Wenn er nicht gekommen wäre – wenn er mich nicht gefunden hätte … Ich wagte nicht, daran zu denken, was dann passiert wäre.

Wir umschlossen Penny mit unseren Körpern, während ich mich an ihm festhielt und er die Arme um mich schloss. »Smith … Smith. Hilf mir. Ich weiß nicht, warum …«

Ich verstand das alles nicht. Ich verstand mich selbst nicht.

Lange sagte Smith nichts und sah mir nur durchdringend in die Augen, dann legte er eine Hand um meinen Nacken und zog mich näher an sich. Schließlich rückte er von mir ab und suchte in meinem Gesicht nach Antworten.

»Alles ist gut«, sagte er und klang, als würde er sich ebenso wie mir Mut zusprechen. »Du bist in Sicherheit. Alles ist gut.«

Ich schüttelte den Kopf und wich zurück, dann drückte ich Penny an seine Brust. Ich wollte sie nicht länger festhalten. Ich wollte ihr nicht wehtun.

»Nichts ist gut«, stieß ich hervor. Ich konnte das alles nicht erklären. »Smith, ich glaube, ich werde verrückt.«

# 2

*Smith*

Penny lag in eine Decke gepackt auf dem Wickeltisch, und ich zählte ihre Finger und Zehen. Ich küsste und rieb jedes ihrer kühlen Gliedmaßen, bis der bläuliche Schimmer verschwand und sie wieder warm und rosig war. Ich nahm eine Bewegung wahr, und als ich aufsah, kam Nora nervös mit einer frischen Wärmflasche ins Zimmer. Als ich merkte, dass sie es war, verließ mich der Mut. Belle weigerte sich, das Kinderzimmer zu betreten. Ein Teil von mir war dafür dankbar. Denn ich bekam das Bild nicht aus dem Kopf, wie sie mit unserer Tochter im Arm auf dem Eis gestanden hatte. Vermutlich war es das Letzte, was ich sehen würde, wenn ich eines Tages für immer die Augen schloss. So etwas brannte sich einem ins Gedächtnis ein. Der andere Teil von mir fragte sich besorgt, wie lange Belle sich für ihr seltsames Verhalten bestrafen würde.

»Sie hat Hunger«, sagte ich, nahm Penny auf den Arm und trug sie zum Schaukelstuhl. Ein frisches Feuer knisterte im Kamin des Kinderzimmers, und ich drückte Penny an mich und wiegte sie, während Nora mir die Flasche brachte. Sie zeigte mir, wie man Penny das Fläschchen gab, und sagte ansonsten nicht viel.

»Es geht ihr gut«, flüsterte Nora nach ein paar Minuten.

»Ich weiß«, erwiderte ich etwas barsch. »Belle würde ihr nie wehtun.«

Erschrocken trat Nora einen Schritt zurück, schlug sich eine Hand vor die Brust und schüttelte den Kopf. Tränen standen in ihren dunklen Augen. »Ich wollte nicht etwa andeuten …«

»Tut mir leid«, sagte ich erschrocken. »Meine Nerven liegen blank.«

»Das verstehe ich.« Aber sie blieb auf Distanz und begann, im Kinderzimmer herumzuräumen.

Es war ihre Aufgabe, sich um das Baby zu kümmern. Sie war jetzt zurück, was bedeutete, dass ein zweites Augenpaar auf Penny achtgeben würde. Das sollte mich eigentlich beruhigen, aber ich war mir nicht sicher, ob es ausreichen würde. Am liebsten hätte ich eine Festung um meine Tochter und meine Frau errichtet. Die Frage war, sollte ich sie in getrennten Türmen unterbringen oder in einem?

In meinen dunkelsten Gedanken überlegte ich, ob Penny bei Belle vielleicht nicht sicher war. Es widerstrebte mir zutiefst, mir das überhaupt einzugestehen. Aber Belle war mit ihr aufs Eis gegangen. Und der Blick, den sie mir zugeworfen hatte, als sie sich zu mir umdrehte – es war, als hätte ich in die Augen einer Fremden geblickt. Es war nicht meine Frau gewesen, die unser Kind hielt. Ich verstand nicht, was mit Belle geschah, aber ich würde alles in meiner Macht Stehende tun, um es herauszufinden. Bis dahin musste ich entscheiden, ob ich ihr das Baby anvertrauen konnte.

Wenn Penny etwas zustieße, würde Belle sich das nie verzeihen. Das wusste ich. Ich wusste auch, dass sie sich sorgte, dass sie ihr Baby nicht genug liebte. Ich wünschte, sie könnte sehen, was ich sah: ihre grenzenlose Liebe zu unserem Baby. Diese Liebe trieb Belle dazu, das Baby jemand anderem zu übergeben, weil sie sich selbst nicht mehr traute. Manchmal bedeutete Liebe loszulassen. Aber ich wollte Belle nicht loslassen, und ich wollte nicht, dass sie mich oder Penny losließ. Ich musste ihr helfen. Und der erste Schritt dazu war, dass wir aufhörten, einander zu meiden. Wir mussten das gemeinsam durchstehen.

Vorsichtig stand ich auf. Penny protestierte, weil sie gestört wurde, schloss eine Hand um die Flasche und die andere um meinen Finger. Als ich zu ihr hinuntersah und sie mich aus ihren blauen Augen betrachtete, wusste ich, dass ich sie über jeden stellen musste, sogar über Belle. Das würde Belle von mir erwarten. Ich musste Penny in Sicherheit bringen, bis Belle wieder sie selbst war, und das würde sie – bald schon. Etwas anderes wollte ich mir gar nicht vorstellen.

»Möchten Sie, dass ich sie nehme?«, fragte Nora vorsichtig.

Ich nickte. »Bitte. Ich sollte nach meiner Frau sehen.«

»Ich habe sie gesehen«, murmelte Nora, als ich näher kam. »Sie ist nicht sie selbst. Sie hat genauso wenig Schuld wie Sie.«

»Ich weiß.« Ich reichte ihr Penny, was mir ein missbilligendes Quengeln einbrachte, bis Nora sie an ihre Brust drückte.

Zum Glück richtete Nora ihre Aufmerksamkeit sofort auf ihren Schützling. Ich konnte jetzt keinen Vortrag darüber gebrauchen, wie sich ein Ehemann und Vater zu verhalten hatte. Ich war absolut in der Lage, das auch ohne ihre Hilfe zu versauen.

»Du hübsches Baby«, gurrte sie. »Du brauchst ein Nickerchen.« Sie trug Penny zurück zum Stuhl neben dem Kamin und setzte sich hinein.

Ich beobachtete sie einen Moment von der Tür aus. Bei ihr sah alles so leicht aus. So hatte ich mir das vorgestellt. Ich hatte erwartet, aus dem Büro nach Hause zu kommen und zu sehen, wie Belle friedlich ihre Tochter wiegte. Stattdessen wollte sie sich ihr nicht nähern.

Als ich in den Flur trat, sammelte ich mich einen Moment, fuhr mir mit der Hand über den Nacken und überlegte, was ich als Nächstes tun sollte. Bevor ich zu einem Entschluss kam, eilte Mrs. Winters mit einem Tablett mit Tee heran.

Sie blieb stehen und warf mir einen strengen Blick zu. »Sie sollten jetzt zu Ihrer Frau gehen.«

»Ich bin gerade auf dem Weg zu ihr«, sagte ich müde. Eigentlich hätte sie so nicht mit mir reden dürfen, aber mir war nicht danach, heute das gesamte Personal zu beleidigen. Nicht jetzt, wo ich sie alle mehr denn je brauchte.

An der Tür trafen wir auf Edward. Er warf mir einen besorgten Blick zu und sagte mit gesenkter Stimme: »Sie spricht nicht. Ich bin gleich am Ende des Flurs, falls du mich irgendwie brauchst.«

Er klopfte mir im Vorbeigehen auf die Schulter. Als wir Belle vom Eis geschafft hatten, war er fast so erschüttert gewesen wie ich. Alles war so schnell gegangen, dass ich immer noch dabei war zu verarbeiten, wie es dazu gekommen war. Der Morgen hatte in Panik begonnen, weil Belle Penny offenbar nicht hatte stillen können. Ich war in die Apotheke gefahren, um Milchpulver zu besorgen, und hatte herausgefunden, dass man ihr dort einen falschen Tee gegeben hatte. Anstatt den Milchfluss anzuregen, damit das Baby an Gewicht zunahm, hatte er ihn versiegen lassen. Ich dachte, das wäre die schlimmste Nachricht des Tages – bis ich zu Hause ankam, die Haustür weit offen stand und Belle zusammen mit unserer Tochter verschwunden war. Ich hatte Edward mit ihr und dem Baby zurückgelassen, und sein niedergeschlagener Blick zeigte deutlich, dass er sich dafür verantwortlich fühlte, dass sie dort draußen gelandet war.

Es war aber nicht seine Schuld. Ich hätte nie weggehen dürfen. Ich hätte ihn in den Ort schicken sollen, statt selbst zu fahren, oder Mrs. Winters oder warten, bis Nora auftauchte. Ich hätte es besser wissen müssen, ich hätte Belle nicht aus den Augen lassen dürfen.

Belle beachtete Mrs. Winters gar nicht, als diese das Tablett mit dem Tee auf dem Nachttisch neben dem Bett abstellte. Eine große Kaschmirdecke war um die zarten Schultern meiner Frau gewickelt. Sie hielt die Zipfel vor der Brust zusammen und starrte an die Wand.

»Dann wollen wir mal sehen, wie wir Sie aufwärmen können«, sagte Mrs. Winters in fröhlichem, aber angestrengtem Ton. »Sie werden sich ruckzuck besser fühlen.«

Belles Blick sprang zu ihr hoch, und ein höhnisches Grinsen verlieh ihrem Gesicht einen so grausamen Ausdruck, dass ich schockiert einen Schritt nach vorn machte. »Besser? Meinten Sie nicht verrückt?«

Frau Winters war einen Moment fassungslos, sammelte sich aber schnell. »Wir alle haben ab und zu seltsame Episoden.«

»Würden Sie uns wohl einen Moment allein lassen, Mrs. Winters?«, bat ich.

Sie warf mir einen vernichtenden Blick zu, machte sich aber auf den Weg ins Bad und rief über ihre Schulter: »Ich lasse Ihnen ein heißes Bad ein.«

Das war eine gute Idee. Darauf hätte ich auch kommen können. Offensichtlich dachte die Köchin das Gleiche. »Danke.« Ich hatte das seltsame Gefühl, dass ich ihre Gefühle verletzt hatte, als ich sie bat zu gehen, aber sie konnte die Situation nicht verbessern. Das konnten wir nur als Paar schaffen.

»Ich will nicht baden«, murmelte Belle, und ihre Worte gingen fast im Rauschen des Wassers unter.

»Das ist eine gute Idee, meine Schöne. Es war kalt da draußen«, sagte ich. »Ich denke, es wäre eine gute Idee, wenn du ein wenig Hilfe hättest, wenn du dich um Penny kümmerst.«

»Dafür ist doch Nora da«, sagte sie kalt. Jedes Wort fühlte sich an wie ein Ziegelstein, den sie zwischen uns legte. Sie errichtete eine Mauer um sich herum. Ich brauchte ihr keine Festung zu bauen, das machte sie ganz allein.

»Nora kann nicht die ganze Zeit hier sein«, sagte ich in ruhigem Ton. »Ich weiß, wir haben auch Edward, aber vielleicht sollten wir trotzdem deine Tante anrufen.«

»Du traust mir wirklich nicht«, sagte sie leise und krümmte sich zusammen. »Gut. Du solltest mir nicht trauen. Ich traue mir ja selbst nicht.«

»Was auch immer passiert, ich schwöre dir, dass wir es zusammen meistern.«

»Ich weiß.« Aber aus ihren Augen sprach keine Zuversicht, sondern nur Ablehnung.

# 3

*Belle*

Ich hasste die gemusterte Tapete an den Wänden. Ich hatte sie einen Großteil der letzten Stunde angestarrt, während Mrs. Winters und Smith sich alle Mühe gaben, mich zu verhätscheln. Penny hatte man ins Kinderzimmer gebracht, damit sie ihr Fläschchen bekam. Es war das erste Mal, dass ich nicht diejenige war, die sie fütterte. Stattdessen saß ich hier und starrte die verdammten Wände an. Ich hatte die geblümte Tapete ausgesucht, weil ich dachte, die satten Grüntöne würden einen sinnlichen Hintergrund in unserem Schlafzimmer bilden. Ich hatte wohl nicht genau genug hingesehen, denn erst jetzt bemerkte ich, was sich in dem Muster verbarg. Auf die Rosenblätter waren kleine Spinnen gemalt, die vor dem üppigen Hintergrund kaum zu sehen waren. Manchmal war ich überzeugt, dass sie über die Blätter krochen. »Meine Schöne, was siehst du da?«

Ich riss den Blick los und schüttelte den Kopf, als er die Stelle betrachtete, auf die ich gestarrt hatte. Konnte er die Spinnen sehen? »Ich war mit den Gedanken woanders.«

Schlechte Wortwahl. War das vorhin auf dem Eis wirklich passiert? Plötzlich fielen mir noch weitere Momente ein, die ich nicht erklären konnte. Dass ich das Foto von Margot in Smith' Schreibtischschublade gelegt und die Windeln auf dem Wickeltisch vergessen hatte. Ich hatte nicht einmal den Tee überprüft, den man mir in der Apotheke gegeben hatte. Es war ein Wunder, dass nichts Schlimmeres passiert war.

Aber diesmal waren wir um Haaresbreite davongekommen.

Ein Schauer kroch mir den Rücken hinauf, und ein Zittern ergriff meinen gesamten Körper, bis ich bebte wie die Blätter, über die die Spinnen auf der Tapete krabbelten. Smith griff nach meiner Hand und zog mich vom Bett hoch, damit er seine starken Arme um mich legen konnte. Aber der Impuls, den ich normalerweise verspürte – mich an die Brust meines Mannes zu lehnen und mit ihm zu verschmelzen –, stellte sich nicht ein. Ich stand wie erstarrt und ließ mich von ihm umarmen, aber ich wünschte mir etwas viel Dunkleres als Trost.

»Sie sollten Ihren Tee trinken«, verkündete Mrs. Winters unsensibel und eilte um uns herum, um mir eine Tasse einzuschenken. Bevor sie sie mir reichen konnte, fing Smith sie ab und hob sie an seine Nase.

»Ist das der Neue?«, fragte er.

»Weiß der Himmel. Er war in der Tüte aus der Apotheke.« Sie sah Smith an, als hätte er den Verstand verloren.

Ich fragte mich unwillkürlich, was sie von uns dachte. Die verzweifelte unfähige junge Mutter und ihr argwöhnischer, rätselhafter Ehemann. Aber was auch immer sie von uns dachte, Smith schien durch ihre Antwort beruhigt zu sein.

»Den solltest du trinken«, redete er mir gut zu.

Ich zog eine Augenbraue hoch und versuchte herauszufinden, was mit ihm los war. Wenn ich durchdrehte, war ich wenigstens nicht allein. »Hat mein Gifttester den geprüft?«

»Ich muss dir etwas sagen«, erklärte er und klang ungewöhnlich nervös. In Anbetracht der Tatsache, dass er gerade fast seine Frau und sein Kind hatte sterben sehen, konnte ich ihm das nicht wirklich verübeln. »Warum setzt du dich nicht wieder hin?«

Ich folgte seinem Vorschlag. Wenn ich auf ihn hörte, würde er für meine Sicherheit sorgen. Und das brauchte ich. Smith würde die Entscheidungen treffen. Oder Edward. Oder wer auch immer in der Nähe war und ein funktionierendes Gehirn in seinem Schädel hatte. Ich legte die Hände um die Teetasse und ließ ihre Wärme in meine Haut dringen, doch das Zittern hörte nicht auf. Der Tag war kalt gewesen, aber meine körperliche Reaktion hatte weniger mit dem Wetter zu tun als damit, dass ich nur so knapp davongekommen war.

»Es geht um den Tee«, sagte er, und ich sah ihn überrascht an. »Du hast den falschen bekommen. In der Apotheke muss es eine Verwechslung gegeben haben. Der Tee, den du getrunken hast, ist zum Abstillen.«

»Was?« Ich blinzelte ihn an. Das ergab keinen Sinn. »Ich habe doch gelesen, was auf der Tüte stand.«

»War er nicht in einer Dose?«, fragte er.

»Ich habe ihn in die Dose getan, damit er frisch bleibt«, rechtfertigte Mrs. Winters sich. Sie knetete ihre Finger und sah bei ihrem Geständnis zwischen uns hin und her. »Ich hätte fragen sollen.«

»Warum?«, fragte ich langsam.

»Als Sie ihn vom Arzt mit nach Hause gebracht haben, dachte ich, Sie wollten abstillen«, sagte Mrs. Winters.

»Warum sollte ich das wollen?« Ich war den Tränen nahe.

»Ich bin nicht neugierig«, sagte sie leise. »Sie waren beim Arzt und kamen mit einem Rezept zurück. Ich nahm an, dass Sie das Baby nicht stillen könnten und ihn deshalb trinken sollten. Ich dachte, das geht mich nichts an.«

»Aber Sie wussten, was der Tee bewirkt?«, fragte ich schockiert.

»Ich dachte, das wüssten Sie. Als ich die Schachtel in der Küche fand und Sie sagten, den müssten Sie trinken …« Sie verstummte, dann nahm sie ihren Mut zusammen, hob die Schultern und sah mir in die Augen. »Es tut mir sehr leid, dass das passiert ist.«

»Ein echter Fehler also«, sagte Smith mit undurchdringlicher Miene. Ich kannte meinen Mann gut genug, um zu sehen, dass ein Teil von ihm sie für den Fehler erwürgen wollte – der Teil von ihm, der mich um jeden Preis beschützen wollte.

Ich nahm einen Schluck von dem Tee und rümpfte ob des Geschmacks die Nase.

»Die Apothekerin sagte, er schmeckt wie Lakritze«, sagte Smith.

»Das stimmt.« Ich stellte die Tasse wieder auf dem Tablett ab und seufzte. »Es hat keinen Sinn, ich bin schon ausgetrocknet.«

»Die Apothekerin hat auch gesagt …«

Aber ich hörte nicht mehr zu. Ich war es leid, so zu tun, als könnte ich diese Probleme mit Medikamenten oder irgendwelchen Tees in den Griff bekommen. Was auch immer hier gerade mit mir geschah, ließ sich nicht mit einfachen Mitteln lösen. Ich würde alles tun, was Smith vorschlug, aber ich machte mir keine Illusionen, was die Ergebnisse anging.

Und ich würde mein Baby nie wieder so leiden lassen. Noch immer konnte ich Pennys klägliches Weinen hören, es hatte sich in meine Seele eingebrannt. Durch meine Fahrlässigkeit und meinen Stolz hatte ich ihr Leid zugefügt.

Smith' Vortrag über das erneute Anregen der Milchproduktion wurde durch ein Klopfen an der Tür unterbrochen. Er drehte sich um und rief herein.

Nora steckte den Kopf durch die Tür. »Sie ist eingeschlafen. Der arme Engel war erschöpft. Sie hat aber die ganze Flasche getrunken.«

»Danke«, sagte Smith kurz. Er mochte sie nicht, das spürte ich. Ich verstand nur nicht, warum. Sie würde eine bessere Mutter abgeben als ich.

»Würden Sie bitte ein Auge auf sie haben?«, bat Smith Nora. »Belle wird ein Bad nehmen.«

»Natürlich«, sagte sie fröhlich und verschwand. Ich konnte nicht umhin, mich zu fragen, woher sie diesen unbegrenzten Vorrat an Sonnenschein nahm. Ich war froh, dass sie hier war, um sich um Penny zu kümmern, da ich mich weiterhin als völlig nutzlos erwies. Aber ich glaubte nicht, dass ich ihr strahlendes Lächeln noch eine Minute länger ertragen hätte.

Nicht dass ich Nora nicht mochte. Es war hilfreich, sie um mich zu haben. Aber sie war auch eine ständige Erinnerung daran, dass ich total versagt hatte.

»Ihr Bad ist fertig, Ma'am«, verkündete Mrs. Winters.

Sie verbeugte sich leicht und ging in Richtung Tür. »Ich bin unten, wenn Sie mich brauchen.«

Widerstandslos ließ ich mich von Smith ins Bad führen. So war es richtig. Smith würde meine Tage lenken, und ich würde endlich gesund werden oder auch nicht, aber zumindest würde ich mich und andere nicht in Gefahr bringen. Das würde er nicht zulassen.

Doch als er mich entkleidete, hielt er den Blick von mir abgewandt. Seine Hände verweilten nicht auf meiner Haut. Nachdem er mir ins warme Wasser geholfen hatte, wandte er sich zum Gehen, und ich ergriff seine Hand.

»Verlass mich nicht«, stieß ich hervor.

Er schluckte und presste die Lippen zu einem Strich zusammen, dann zog er den Hocker unter meinem Toilettentisch hervor, wobei die Metallfüße schrill über die Fliesen schrammten, und setzte sich neben mich. Ich zog die Beine an die Brust und umschlang meine Knie. Das Frösteln, das ich auf meiner Haut gespürt hatte, löste sich in dem warmen Wasser, aber das Frösteln in meinem Inneren hielt an.

Was Smith wohl jetzt von mir dachte? Eine Träne stahl sich aus meinem Auge und lief mir über die Wange. Falls er es bemerkte, kümmerte es ihn jedenfalls nicht. Er rührte sich nicht vom Fleck, bis ich den Stöpsel zog. Als das Wasser im Ausfluss kreiselte, stand er mit einem Badetuch bereit, wickelte es um mich und half mir aus der Wanne.

Er folgte mir ins Schlafzimmer, verschwand im Ankleidezimmer und kam mit einem Bademantel wieder heraus.

Ich schüttelte den Kopf, und die Tränen begannen nun ungehindert zu fließen. »Smith«, krächzte ich. »Ich brauche dich.«

Sofort schloss er mich in die Arme und sah mit grenzenloser Liebe zu mir herunter. Ich kämpfte gegen den Drang an, mich abzuwenden. Diesen zärtlichen Blick hatte ich nicht verdient. Nicht nach dem, was ich getan hatte. Nicht nach dem, was er meinetwegen durchmachen musste.

»Ich brauche dich«, wiederholte ich und drückte meine

Handflächen an seine Brust, wie um mir zu beweisen, dass er wirklich hier bei mir war. Ich war mir bei gar nichts mehr sicher.

»Meine Schöne«, beschwor er mich, »ich bin ja da. Ich werde dich beschützen.«

»Ich will nicht, dass du mich beschützt«, sagte ich und richtete schamhaft den Blick auf den Boden. Smith und ich waren nie unsicher, wenn es um Intimität ging, aber ich hatte ihn nicht um Sex gebeten. Diesmal nicht.

»Was willst du damit sagen?«, fragte er gedehnt.

»Du musst mir helfen zu fliehen«, sagte ich und fügte schnell hinzu: »Ich meine, in den Subspace. Ich ertrage die Realität gerade nicht. Mach sie weg, nur für ein Weilchen.«

Smith zögerte, sein besorgter Blick glitt über mich. »Ich bin mir nicht sicher, ob …«

»Ich aber«, unterbrach ich ihn. Es war das erste Mal seit langer Zeit, dass ich mir sicher war. Ich war im Innersten davon überzeugt. Smith war der Einzige, der mich aus diesem Albtraum befreien konnte, und ich brauchte ihn auf eine Weise, wie ich ihn nie zuvor gebraucht hatte.

Ich hatte ihn immer gewollt. Ich sehnte mich danach, mich seiner Dominanz zu unterwerfen. Ich verstand es nicht ganz, aber es hatte sich schon richtig angefühlt, als er mich das erste Mal berührt hatte. Das hier jedoch war etwas anderes. Ich brauchte etwas ganz anderes. Ja, ich musste vollkommen die Kontrolle an ihn abgeben. Ich musste mich sicher fühlen. Ich musste wissen, dass mein Schicksal nicht in meinen Händen lag, sondern in seinen, denn ich vertraute ihm mehr, als ich mir selbst vertraute. Das alles konnte er tun, ohne mich zu berühren.

Doch jetzt? Brauchte ich es, von ihm bestraft zu werden.

»Ich gebe dir, was immer du brauchst«, versprach er. »Aber du musst vor nichts davonlaufen. Was auch immer hier los ist, wir werden es gemeinsam herausfinden.«

Ich nickte. Doch die Wahrheit war, dass wir es nicht herausfinden würden. Schließlich hatten wir es versucht. Irgendetwas stimmte nicht mit mir. Ich wurde das Gefühl nicht los, dass ich mich innerlich auflöste. Er konnte mir helfen, zumindest für eine Weile der Dunkelheit zu entkommen, die meinen Verstand trübte, und zwar indem er mich von der Wut befreite, die ich gegen mich selbst hegte. Und ich konnte mir nur einen Weg vorstellen, wie das möglich war.

Ich ließ das Badetuch fallen.

»Jetzt?« Smith starrte mich an.

Ich nickte. Ich konnte nicht eine Sekunde länger so leben, ich brauchte Erlösung.

»Es gibt etwas, das ich dir sagen muss«, begann er. »Es wird dir nicht gefallen …«

»Hinterher.« Ich verringerte den Abstand zwischen uns und presste meinen Mund auf seinen. Das war alles, was nötig war. Smith reagierte wie immer mit einer brutalen Männlichkeit, der mein Körper sich sofort fügte. Ich wimmerte an seinen Lippen. Ich verdiente ihn nicht, aber ich war selbstsüchtig und wollte ihn dennoch. Wir lösten uns voneinander, er trat zurück und musterte mich. Doch dies war nicht der Raubtierblick, den er mir normalerweise zuwarf, wenn er überlegte, auf welch köstliche Weise er mich zu foltern gedachte.

Stattdessen sah er mich prüfend an, als suchte er nach Rissen. Würde er sie finden? Hatte er Angst, dass er mich brechen würde?

»Fick mich«, bettelte ich, unfähig, einen weiteren Moment

der erdrückenden Realität zu ertragen. »Nimm mich. Benutze mich. Befreie mich.«

*Bestrafe mich.*

Etwas hielt mich zurück, diese Worte laut auszusprechen. Mein Mann hatte mich am Anfang unserer Beziehung getestet. Aber Bestrafung? Das stand normalerweise nicht zur Debatte. Smith war von Natur aus dominant, und ich kniete unterwürfig vor ihm, doch das bedeutete nicht, dass er mein Dom war. Ganz im Gegenteil. Er nahm meinen Körper, wie es ihm gefiel, und ich gab mich ihm bereitwillig hin. Ich hatte andere Beziehungen gesehen – dunklere Beziehungen – und wusste, dass er nicht darauf stand, mir wirklichen Schmerz zu verursachen. Zumindest hatte ich bislang keinen Schmerz durch ihn erfahren. Aber an einigen der geheimen Orte, die wir besucht hatten, war der Schmerz willkommen, das wusste ich. Und ich hatte gesehen, wie die Menschen dort auf seine Anwesenheit reagierten. Ich hatte oft den Verdacht, dass mein Mann Teile von sich vor mir verbarg. Er behauptete, sein Ersatzvater Hammond habe ihn zerstört und verdorben. Ich hatte gesehen, wie er ohne zu zögern einen Mann getötet hatte. Er war zu dunkleren Dingen fähig, als sich die meisten Menschen je hätten träumen lassen, und es war diese dunkle Seite an ihm, nach der ich mich jetzt sehnte.

Ein Schatten huschte über sein Gesicht, und seine Augen verhärteten sich zu kalten Smaragden. Er schnippte mit den Fingern. »Auf die Knie.«

»Ja, Sir«, sagte ich erleichtert und ließ mich auf die Knie fallen. Ich setzte mich auf die Fersen und faltete die Hände im Schoß, während er mich umkreiste.

»Zeig mir deine Brüste.«

Ich bewegte meine Hände hinter meinen Rücken, umfasste meine Handgelenke und streckte meine Brüste zu seinem Vergnügen nach vorn. Smith beugte sich vor, um seinen Zeigefinger unter mein Kinn zu legen, und hob mein Gesicht an. Ich hielt erwartungsvoll den Atem an.

»So schön. Ich glaube, ich würde dir gerne dabei zusehen, wie du meinen Schwanz lutschst.«

Mein Blick fiel auf seine Lenden und den unverkennbaren Umriss seiner Erektion, die sich unter seiner Jeans abzeichnete. Ich wusste es jedoch besser, als nach ihm zu greifen. Wieder sah ich zu Smith hoch und wartete.

»Ich mag es, wenn du geduldig bist.« Er öffnete den Gürtel und zog ihn mit einem zischenden Geräusch aus den Schlaufen. Stöhnend holte er seinen Schwanz heraus und schloss kurz die Augen. Ich strich mir mit der Zunge über die Lippen, und er grinste. »Es wird immer schwieriger, sich zu beherrschen, stimmt's?«

Er biss sich auf die Unterlippe, und strich grob mit einer Hand über seinen Schaft. Ich wand mich und spürte, wie feuchte Lust aus mir heraussickerte. Schließlich trat er einen Schritt näher und hielt seinen Schwanz an meine Lippen. »Blas mich, meine Schöne.«

Ich stülpte meine Lippen über ihn und achtete darauf, den Blick nach oben gerichtet zu halten, während ich seinen Schwanz tief in meiner Kehle aufnahm. Smith kniff die Augen zusammen und knurrte zustimmend. Dann nahm er mich bei den Haaren und zwang mir einen schnelleren Rhythmus auf, bis er meine Kehle tief fickte.

»Du wirst mich in deinem Mund kommen lassen«, stieß er hervor. »Doch ich bin noch nicht bereit zu kommen. Ich habe noch so viel mit dir vor, aber …« Er stieß ein tiefes Knurren aus, nahm meinen Kopf mit beiden Händen und schob seinen Schwanz so weit hinein, dass meine Unterlippe gegen seine Eier prallte. Ich würgte, aber als sein Saft in meine Kehle floss, entspannte ich mich instinktiv und gab meinen Körper ganz in seine Hände.

Es ging nur darum, ihm zu gefallen. Ich brauchte nicht zu atmen. Ich musste ihm Freude bereiten. Ich brauchte nicht zu denken. Ich musste nur die Geschenke annehmen, die seine Hände, sein Mund und sein Schwanz mir machten. Es gab nur ihn, er löschte die Welt aus, bis nur noch die Leine übrig war, die er mir reichte.

Smith zog sich zurück und schüttelte den Kopf. »Sieh nur, wozu du mich gebracht hast. Jetzt muss ich einen Weg finden, wieder hart zu werden, damit ich dich richtig vögeln kann.« Er überlegte einen Moment und musterte mich wie ein Feinschmecker eine Mahlzeit, bevor er den ersten Bissen nahm. »Steh auf.«

Ich rappelte mich auf, ich war seine Marionette – was immer er befahl, ich würde es tun, ohne zu fragen, ohne nachzudenken.

»An die Wand.« Ich trat an die Wand, und meine Nippel zogen sich zusammen, als sie mit dem kühlen Putz in Berührung kamen. Smith trat hinter mich, legte eine Hand auf die Mitte meines Rückens und drückte mich an die Wand. Ich keuchte vor Lust, als sich die Stimmung weiter verdunkelte. Er küsste mich jedoch nicht. Stattdessen schob er mit der anderen Hand meine Schenkel weiter auseinander.

»Ich glaube, das könnte mich inspirieren«, knurrte er, bevor er seine Hand zwischen meine Beine schob. Seine Finger spreizten grob mein Geschlecht und massierten mich, sodass er zwei Finger in mich schieben konnte. »Du bist so verdammt feucht. Es gefällt dir, dass du mir gehörst. Es gefällt dir, wenn ich mit dir spiele. Du bist meine perfekte Fickpuppe, und du willst es hart, oder?«

»Ja, Sir«, keuchte ich und presste meine Wange an die Wand. Ich stöhnte, als ein weiterer Finger seinen Weg in mich fand, und noch einer, bis die Hälfte seiner Hand in mir war. Er hielt inne und krümmte einen Finger, um jene empfindliche Stelle zu berühren, die ihm gehörte. Das trieb mich zum Höhepunkt, ich kam auf seiner Hand und befeuchtete sie, während mein Körper heftig zuckte. Die Hand, die mich an die Wand drückte, war das Einzige, was mich aufrecht hielt.

Als er mich losließ, sackte ich zusammen, und er fing mich auf. Smith trug mich zum Bett und ließ mich auf die Matratze fallen. Mit einer Hand drehte er mich auf den Bauch, bevor er meine Hüften packte und mich auf seinen Schwanz zog.

Ich schrie auf, als er in mich eindrang. Es gab keine langen Stöße. Er nahm mich hart und in einem gnadenlosen Rhythmus, es gab nur ihn und dieses wachsende Verlangen. Ich grub meine Finger in die Laken und hielt mich fest.

»Lass los«, befahl er, und ich löste meinen Griff. Nun schoben mich seine strafenden Stöße nach vorne, bis ich wie eine Stoffpuppe flach auf der Matratze lag.

»Jetzt ist es Zeit zu kommen«, sagte er barsch. »Melk meinen Schwanz, meine Schöne.«

Ich zog mich um ihn zusammen und ließ mich gehen, ich überließ mich voll und ganz seiner Kontrolle.

Wenn Sie wissen möchten,
wie es weitergeht, lesen Sie
Geneva Lee
***Royal Flames***

ISBN 978-3-7341-1152-5/
ISBN 978-3-641-29131-0 (E-Book)
Blanvalet

**Die verführerische
Rivals-Reihe von
SPIEGEL-Bestsellerautorin
Geneva Lee:**

448 S., 978-3-7341-1083-2

432 S., 978-3-7341-1088-7

464 S., 978-3-7341-1095-5

**Dramatisch, gefühlvoll, sexy ...**

Lesen Sie mehr unter: **www.blanvalet.de**